天地雪

吴凡 著

YUANFANG 远方出版社

图书在版编目（CIP）数据

天地雪 / 吴凡著. -- 呼和浩特 : 远方出版社，2018.12
ISBN 978-7-5555-1095-6

Ⅰ. ①天… Ⅱ. ①吴… Ⅲ. ①长篇小说－中国－当代 Ⅳ. ① I247.

中国版本图书馆 CIP 数据核字（2018）第 266547 号

天地雪
TIAN DI XUE

作　　者　吴　凡
责任编辑　王　叶
责任校对　王　叶
封面设计　吴　凡　李　征
出版发行　远方出版社
社　　址　呼和浩特市乌兰察布东路 666 号　邮编 010010
电　　话　（0471）2236473 总编室　2236460 发行部
经　　销　新华书店
印　　刷　内蒙古爱信达教育印务有限责任公司
开　　本　170mm×240mm　1/16
字　　数　250 千
印　　张　13.75
版　　次　2018 年 12 月 第 1 版
印　　次　2019 年 5 月 第 1 次印刷
标准书号　ISBN 978-7-5555-1095-6
定　　价　45.00 元

那一片雪

认识吴凡，是 十 年前。

那一年汶川地震。吴凡找到当时在宣传部门工作的我。我并不是很熟识他，他对我的熟识多数也只是从文字上产生的信任。吴凡递给我一页纸，是一首诗，手写的。他很急切地说，在全国上下都心系灾区热忱捐助之时，他也想尽一份力；但他没有工资，就想到了用稿酬。

我不太懂诗，在我看来诗也许写得不算多好，但有情：

“家里什么都没有了，
但我们还有爱，
每一颗火红的心，
都是共有的家；
…………
废墟阻断了回家的的路，
但阻不断我们中华民族的血脉，
挽起臂膀，
亲人，让我们一起回家！”

我把诗歌推荐给了当地一家报纸，发表了。稿酬并不会当时即付。我给了吴凡“稿酬”帮他完成善良的心愿。

后来，就慢慢熟悉起来，也知道了吴凡更多的故事。

吴凡执着于文字，只有初中毕业的他，几乎一边游走在频繁更换工作的路上，一边用不太灵便的手指敲打键盘。在生计第一的大前提下，这种看起来不太切实际的文学梦遭遇过很多人的规劝。吴凡不争辩，只是默默地写，直到将一本 十八万字的文稿捧在面前。

吴凡本身患有残疾，但如果把书中的主人公“张地”同吴凡本人直接等同，这是吴凡所担心的。如果吴凡只是写了个人的小情小爱、小恩小怨，或者是对世事冷暖的简单倾诉，这本书的意义就未免太局限了。很欣慰的是吴凡超越了，他蘸足了墨，浓重下笔，又淡淡铺陈，抽丝剥茧向人们揭开的是一种群体性、立体化生活。那种生活笑泪交融，旁人似乎熟视无睹却又鲜为人知。尤其写到张地躺在床上，任由弟弟皮带抽打还要随着节奏摇摆脸左右配合，场景令人触目惊心。书中说：“他们可能和我们穿着同样的衣服，过着物质条件和我们相差无几的生活。可是当真正意义上走进他们，或许会被震惊。”令人震惊的不仅仅是这一场暴力行为，这种家庭的暴力与一般家庭偶发性不同，它是潜藏在一个扭曲的家庭挥之不去的阴霾间歇性的爆发。张地的先天残疾，带来的是一个家庭的后天连锁反应：母亲的精神失常看似不是张地直接导致却又不无关系；张地的父亲，当年村里走出的第一个大学生，在两个残疾亲人的双重重压下由无人倾听的孤独走向无法言说的冷漠。对于父亲张成建，书中着墨不多，但在不多的描述里不止一次用了“帅气”“多才”来形容，假设生活一切正常，这是张地心目中崇敬的父亲本该应有的形象。至于直接的施暴者张天看似无可原谅，但这样想，一个缺少母爱也缺少引导的孩子面对一个“拿不出手”的哥哥，所剩下的或许只有这种暴虐无常的发泄。由此，一个人的遭遇就演化成一个家庭的境遇，张地的痛楚就成了整个家庭的痛处。在这样一种扭曲的家庭关系下，从某种角度来说，每个施暴者也都是“命运的受害者。”所以，我们听到了张地躺在“地上”心里却说出“我的亲生父母为我失去的是他们的整个人生”。这种超乎常人的清醒与理智，让人心疼，也令人感喟。

幸福家庭都相似！残疾家庭又各有怎样的不幸？当我们路过一个残疾家庭门前时，屋里的悲喜，又能听懂多少？

如果，这本书能从一个故事带领我们走进院，推开门，我相信这就是这本书的价值所在。

对于张地这个人物的塑造，如果说家庭伦理关系是令人心惊的一“撇”，那一“捺”则是延伸到更为广阔的社会生活。与健康家庭相比，虽然在同一片天空下，张地一家的生活还是有很大不同。书中用“孤岛”和“城堡”来形容。应该说，对于残疾群体的关注与救助，社会关怀的阳光已经很多，并且是越来越多。但得承认，阳光还大多止于墙外，真正走进内心聆听他们精神世界的饥渴，很少，也很难。我也是在写此文时，得以翻阅大量与残疾人相关的资料。在《残疾人机会均等标准规则》里，我发现有两个词像一对孪生兄弟反复出现，就是“残疾”与“障碍”。因“残疾”而生的“障碍”几乎如影相随，这意味着残疾朋友享受正常生活的同等性大大降低。我曾亲见一位残疾朋友，为完成接打电话的小事付出的周折：在约见地点，拨通电话许久没有接听，却看见不远处一高台前，朋友俯下身用嘴拉开背包拉链用残存的断臂一点点把手机挪出。平时隔空交往多些，几乎忘了对方身体不便，那刻我突然意识到，就在刚才在空阔的大街上在铃声响起时，她是多么的焦急无助。而当她收拾停当微笑着站在我们面前时，又有几人知道刚才的一幕。他们的痛往往是隐藏在自己咽下的眼泪里。据说造人是有比例的，总会有一部分人是“上帝咬了一口的苹果”，从某种角度，他们是在替健康人承担痛苦。在一些国家，每十个人中就有一个是残疾人，至少有百分之二十五的人因与残疾有关而受到影响。对于张地们，凭借自己的努力融入正常人的生活状态，是他们衣食之上最大的渴望。

在这片广阔天地里，他遇到了一片雪。

这片雪，带给张地的是圣洁如母亲的抚慰，不仅美丽，更是美好。这个名叫孙晓雪的女孩，只是张地一位热情率真的同事，但晓雪一个善意的“举手之劳”对于生长在特殊成长环境下的张地来说却是“恩重如山”。书中，“温暖”一词被一次次提及，一个微笑，一次让座，递一支笔，都让他驻足回味，从头到脚，感觉已温暖了一座城。由此他想尽办法要回报一声“谢谢”。这一个“谢”字是书中倾注感情最真挚的一部分，“谢”到最后已经演变为拧巴。越是如此放大这种情感，越反映出张地以往家庭温情生活的缺失甚至空白。也可见一种正常的人与人之间的交往与关爱，对于张地极度渴望的心是如何的情深义重 。因而我们就可以稍微理解，张地何以“荒唐”地称之“母亲”。这一部分用了较大篇幅，也许读者会和书中的人物一起在百转纠结中读懂张地“荒唐”之下的一颗心。同时对于张地来说，晓雪的出现，也让他开始了颠覆性的思考，关于自身、时代、亲情、人性、伦理关系，等等，“是站在零的起点上，重新去进行人生初定义的思考”。与多姿多彩的晓雪相比，张地几乎是一张白纸。书中专门有一节表达了张地对《还有那样一种生活》的惊诧。同为八O后的两个年轻人，同在一座城市，张地甚至还顶着城里人的出身，却有着不一样的青春。而“这种比较，有意义也没意义”。因为平常中很少有人会把这两种人放在一起做对比，张地的境地几乎被视为理所应当，尽管我们都看到了张地抗争命运的努力。这同样不能不引人思索。晓雪的另一个意义还在于作为单独个体的她所具有的对亲情的坚守，对朴素家风的传承，以及对生活真诚向上的价值追求。在与吴凡的探讨中，面对笔下的这个女孩，吴凡说“在如今这个所有人都全力往前跑的时代里，其实年轻人需要一个像晓雪这样的人物出现，她可以让人慢下来，找回那些生命中最纯粹的东西”，这是挚爱生活的吴凡所希望启发的社会正能量。书中精心选择了 “雪”这个充满寓意的形象，既是对比，也是关联，还是拓展。它把人们对张地人物命运的思考从一人一家引向更加丰富饱满、立体多维的同时代和大社会。两条线独立存在又相伴而生，这一切，都会在结尾“晓雪的微笑”与“张地的热泪”里，找到最暖心的契合。

我很感谢吴凡让我走进他的世界。那里的一切足以让人感动和尊重，包括吴凡的文字带给我们的思索与惊喜。吴凡有很好的写作潜质，他驾驭文字的功力相对于他的学历和阅历显示出异乎的成熟。书中有大段思辨性文字，甚至有点赘述，这可以理解为一种心绪的表露和安排，也几乎成了此书一大特色。

书中还有许多关于青春的描述，看似很轻，却包含五味杂陈的心绪。对于一个没有机会上大学的年轻人，每年夏日都是一道抹不去的隐痛。青春是一个珍贵到唯一的字眼，但对于这珍贵的唯一，如果不曾有过鲜亮的衣饰、阳光下飞扬的脚步，恣肆回想的时候，是不是也会有深切的遗憾？

这本书的面世，是对青春的弥补么？

而且，还有雪的存在。

这片雪，至真至纯。她像一片精灵，真实地飘洒于天地之间，也融化在心里。

孙立梅

（作者系内蒙古作家协会会员）

目　录

第四片雪　再生父母

第一片雪　父亲的“天”和“地”

那个秋天……

故事开始于 1988 年 10 月，在内蒙古赤峰市的一个小镇上。随风飘落的树叶给人带来了阵阵的凄凉。大街上的人们匆匆忙忙地走着，徐徐的秋风和清脆的自行车铃声交织成了小镇秋日里的乐章。我们的目光聚焦在了当地规模最大的一家医院——矿务局医院的产房门前。

局医院的产房门前，一个身着深蓝色铁路制服的小伙子正在那里焦急地等待着。他叫张成建，产房里的是与他结婚一年的妻子刘淑梅。等待的时光总是显得那样漫长。这个年轻的小伙子紧张中还带着些许的兴奋。可谁知，就是这个对于其他人来说平常得不能再平常的秋日，却彻底改变了张成建夫妻俩的命运。

时间不知过去了多久，产房门外的张成建如坐针毡，他不知道手术的时间为什么这么长。此时，岳母和刘淑梅的嫂子也赶了过来。谁知手术室门上的灯还没有熄灭，医生便走了出来，告诉他们，孕妇难产，而且必须用设备将胎儿吸出来，否则大人孩子都会有危险。一时间几个人都慌了手脚，张成建还在故作镇定地安慰着身边的岳母：“妈，放心吧，淑梅不会有事的。”可实际上，他哪里经历过这样的阵势，当时只感觉两腿发软，浑身冒汗，整个人瘫坐在了椅子上。和其他的胎儿不同，孩子没有被抱出来。一出生便生命垂危，被迅速地打上了氧气开始抢救。当张成建他们看到孩子的那一刻，眼前一黑的他差点昏过去：生了一个男孩，两眼紧闭，处于严重昏迷状态；由于难产、缺氧等因素，嘴几乎长到了耳朵的地方，眼睛上还长着一片红色的胎记，包围着整个眼眶。

张成建什么也没说，趔趄着走出了产房，一个人在楼道里站了很久。他怎么也想不明白命运为什么对他如此不公，这样的灾难为什么偏偏降临在了他的头上。就在一个月前的中秋节，他还和妻子一起满心欢喜地想象着孩子的模样。小夫妻俩每天都“天马行空”般地给肚子里的孩子起着各种各样的名字，打电话给远在辽宁老家的父母汇报着淑梅的情况，在工区和同事俏皮地描绘着做了爸爸之后的生活。可如今……他才是一个二十六岁的小伙子啊！医院幽深的走廊里只有张成建孤独的身影。他的脑海里不听使唤地浮现着各种各样的画面，刚刚发生的一切瞬间颠覆了他关于家庭、关于未来、关于父亲的所有认知，使这个年轻的准爸爸没有任何反应的时间。从刚才的满

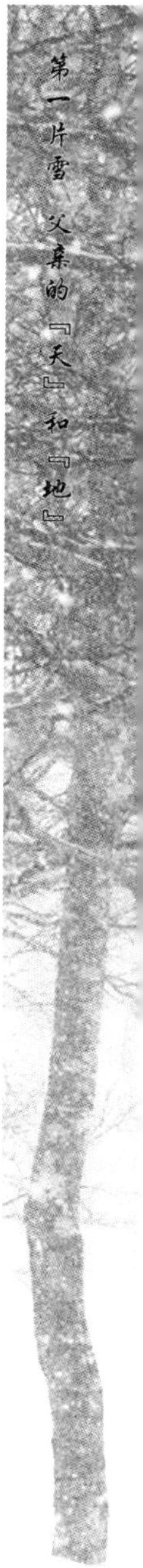

怀希望，到此时的近乎绝望，相隔还不到一小时的时间。一切，就这样真实地发生了。他不敢想昨天的憧憬，更不敢想明天的生活。窗外的秋风依然无情地扫落着黄叶，一束路灯的光亮，微微地打在了这个小伙子近乎绝望的脸上……

一周之后，孩子终于脱离了生命危险，睁开了双眼，可是气息还是那样微弱。这天下午，成建在病房里洗着尿布，病床上是以泪洗面的淑梅。主治医师陈主任走了进来，非常正式地对这对小夫妻说："孩子在接生过程中碰到了小脑，造成了终生残疾，以后可能无法自理，终生需要人侍候。你们还很年轻，放弃这个孩子，以后要二胎吧！"成建将尿布重重地摔在了盆里："哭什么哭，起来回家！"此时，孩子的姥姥、舅妈和大姨赶到了医院。姥姥有些颤抖地说："成建，不能啊，这怎么说也是你们的骨肉。"床上的淑梅哭得更厉害了："成建，我不放弃，我相信他会好的。"此时，在这个病房，时间和空气仿佛全部都凝固了，所有人的目光都聚焦在了成建的身上。因为此时此刻成建的决定，关系到的是一个生命的存亡。成建完全崩溃了，一股脑儿地坐在了地上，抱着头出声地哭了起来。他蹒跚地走到孩子身边，看着孩子那柔弱的、乞求般的眼神，成建的心仿佛瞬间化作了一汪水，抱着孩子哭得更厉害了。一旁孩子的姥姥、大姨和舅妈也早已泪流满面。大约过了二十多分钟，成建重新洗完了盆里的尿布，板板正正地晾了起来。只是此时的那块尿布，让成建感觉是那样……那样……那样的沉重……

就这样，张成建和刘淑梅夫妻俩将这个孩子抱回了家中。从淑梅入院到出院，他们在这短短一个多月的时间里却经历了许多人这一辈子都不会经历的事情。尤其对于年轻的成建而言，在这个过程中所经历的思考、选择，甚至挣扎，又岂是三言两语所能说清楚的？这一对年仅二十多岁的年轻夫妻，仿佛一瞬间提前读懂了什么是患难与共，什么是不离不弃。因为他们知道，等待他们的必将是不同寻常的生活。

张成建来自于辽宁农村，兄弟姐妹四人只有他考上了大学。生性倔强的他不仅成为了全家的骄傲，更成为了当时全村人的自豪。毕业后，他被分配到了赤峰这边，与在丝绸厂工作的刘淑梅相识。二人新婚的喜悦与甜蜜似乎还没有退却，这个孩子便突如其来地降临到了这个家中。孩子是活了下来，朴实善良的夫妻俩也接纳了这个特殊的生命。然而在成建的心中，这个孩子的成长，甚至他的一生，似乎早已被他描绘了出来。这个年轻的家庭，也注定要过上一种完全不一样的生活……

我们的故事仍在继续……

父亲的天

家族中的侄子、侄女，凡是这一辈人的名字基本都是成建起的。这个全家的“活字典”“智慧库”如今面对自己的这个孩子却感觉有些头疼了，平日里总是对人笑脸相迎的成建那段时间总是一个人在那里发呆。理科见长的他可以运算出各种复杂的难题。但如今，这个特殊的天使使得他少了许多平日里标志性的幽默，使他不得已算出的，是这个小家伙儿的未来，甚至也许就是二十四小时之后的那个明天。思考再三，成建给这个孩子取名“张地”，希望他的一生平平安安，在大地的滋润下顺利地成长，仅此而已！

淑梅是一个生性要强的人，小时候就是妹妹们的靠山，成为了街坊四邻中有名的假小子。正是这样的脾气练就了淑梅乐观顽强的性格。与成建结婚后，一家人住在成建工作的南站，与小镇相隔九公里。在镇里上班的淑梅每天骑自行车上下班。即使是上到零点，半夜也要骑车回家，就是为了能够照顾到张地。年轻时候的淑梅勤劳能干，更织得一手好毛衣。张地小时候，一家人的毛衣都是淑梅织的。不上班的时候，她就在家一边照顾着张地，一边对照着书上的花样儿开始自己的“新品研发”，绝对可以称得上是专业水准；家里每天更是被她打扫得干干净净，一尘不染。

天地间最为执着的莫过于光阴了。他不管你是得意还是失意，顺境亦或是逆境，总是一刻不停地向前走着，直走得照片泛黄，走得人颜憔悴……这一年，张地五岁了，可是他仍然无法像其他孩子那样灵活地奔跑，去肆意地释放他对这个世界所有的好奇。眼睛上的胎记也早已由刚出生时的红色变为了黑色，他甚至说不出哪怕一句清楚而流利的话，更无法独自行走，只能由大人扶着，蹒跚地走上几步。一家人的生活也如张地的脚步一般，蹒跚地向前，再向前……

20 世纪 90 年代，我国已经开始实行计划生育政策，但是像成建家这样第一胎有缺陷的夫妻，是可以要二胎指标的。为了老了能有个依靠，张地六岁那年，成建两口子商量着再要个二胎。就这样，1994 年农历正月，成建和淑梅的第二个孩子出生了。令两口子开心的是，二胎是一个健康的男孩儿。把这个六斤七两的大胖小子抱在怀里的那一刻，成建真的是百感交集。他知道命运的天平不会永远只朝着一个方向倾斜，当那个肉乎乎的小手儿跃跃欲试地去捋成建那坚硬的胡须时，内心所有的寒冷都被这个小精灵驱散得无影

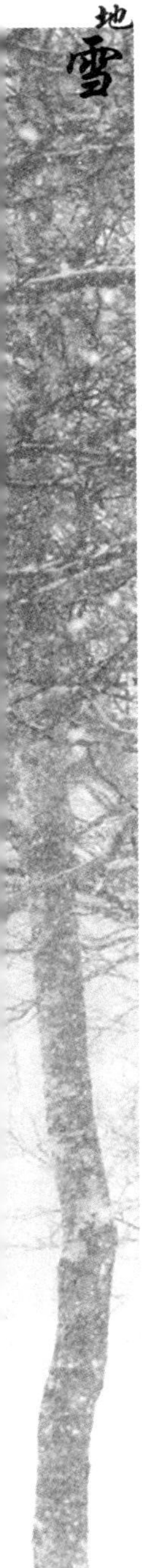

无踪，这就是他和淑梅所有的希望。这个健康的精灵就是成建和淑梅的天，这个孩子被他取名为“张天”！

张天呱呱坠地后，一天天健康地成长。从某种角度上说，此时的成建和淑梅才真正有了为人父母的感觉。他们最起码可以不必为孩子是否可以继续生存下去而担心了。正月十五这一天，三口人不约而同地向窗外望去，淑梅怀中的张天小手儿不停地向窗外比画着，嘴里咿咿呀呀地也不知在说着什么，节日的烟花扮亮了小镇的天空。成建感觉，六年前的那个秋日如同一场梦境，六年后的今天，这场梦终于醒来了，眼前的一切才是一个家庭本来的模样！

1994年的元宵节，小张天笑了，成建笑了，淑梅笑了，这个家笑了……

就这样，换了“天地”！

每个时代都有每个时代的故事，那些故事会成为那个时代最为鲜明的符号，永远地留存在一代人的记忆之中。那些故事，是我们伴随着共和国的脚步所共同走过的路。就在电视报纸上那一个个硕大的标题背后，与其同时上演的，是老百姓那一个个或喜或悲，或辉煌或平淡的，也许关乎一个人，也许是关乎一个家庭的命运转折。

上了一点年纪的人都不会忘记20世纪90年代那一段从头再来的岁月。那是我国社会主义市场经济的转型时期。不得不说，那似乎是一个被赋予了魔法的年代。它塑造了无数手持“大板砖”勇敢下海的“游泳健将”，同时也将无数昔日国企中威风凛凛的这个“处”那个“长”摇身变成了街边的小商贩。可是张地的妈妈淑梅，既不属于前者，好像也不能与后者相提并论。

就在那一年，小镇上的丝绸厂被买断破产，淑梅下岗了。这使得一向要强的她真的有些不知所措了，这么多年了，虽说没能熬上多么大的官，却也是国家的正式职工，和成建的小日子过得倒也说得过去。看着走路领着都画圈儿的张地，这个往日从来没有向任何困难低过头的女人，真的迷茫了！经历了几次找工作的失败之后，淑梅的脾气逐渐大了起来，对张地的照顾也没有以前那么细致了，对父母也时常发脾气。淑梅想不通，这一次一次的，命运为什么似乎总是唯独跟自己过不去。渐渐地，淑梅的内心世界似乎变得越来越狭窄，和身边的人也总是三天一小吵，五天一大吵。成建和岳母也是看在眼里急在心里。从那之后，那个曾经风风火火的假小子不见了。和她说不到三句话，就和你开始天南地北、不知所云地说个没完，听得人一头雾水，似乎她的那套逻辑只有她自己才能够运用自如，体系看样子还很庞大，而且时不时地自己就坐车走了。这个曾经要强的女人也许是内心实在无法面对眼前的一切。终于在这一年，淑梅带着她的二公子来了个人间蒸发。

这天成建下班回来，发现淑梅和张天不见了。当时张地快上学了，一家四口一直在岳母家住。一开始还以为只是领着孩子去街里玩儿了，可是一直到晚上还没有回来，这下成建可有些着急了。他和淑梅的三妹几乎找遍了小镇的各个角落，给辽宁老家打电话也毫无音讯，所有亲戚朋友的电话被他打了个遍，还是没有找到淑梅和孩子的踪迹。深夜里，成建躺在床上，眼前浮现着可能出现的各种情况，越想越害怕，要知道淑梅和孩子身上没有任何的通讯工具。成建不敢再往下想，他不知道，倘若张天真出了什么事，自己该怎么办。成建抬头望着窗外皎洁的月光，内心却是一片茫然。第二天，实在没有办法的他们甚至找来了阴阳仙儿，这是当地人的说法，就是占卜算卦的。您还别说，这位先生还真有几分“仙气儿”，什么生辰八字、前世今生一股脑儿地“上报”之后，还真掐算出了二人的去向。顺势望去，便是当地唯一的城市：赤峰！淑梅的三妹不容分说，马上坐车去了赤峰，果真在赤峰火车站找到了已经出来三天的这娘俩儿。她看见二姐披头散发，面色蜡黄，一旁的小张天靠在母亲身边，见面第一句便可怜巴巴地说了一声：“三姨，我饿！”一问才知道，娘儿俩身上没钱了，站下的食品摊儿被他们赊了个遍，被“扣”在那儿了。孩子的三姨给他们付了钱，让娘儿俩吃了口饭，赶忙将他们带回了家。

当他们到家时，成建已经是满脸的疲惫。这几天，他和岳母吃不香睡不好。尤其是成建，各种各样可能的瞬间充斥着他的大脑。好在母子二人终于平安地回来了。

从那以后，淑梅就彻底病了，每天除了给孩子们做饭、收拾屋子之外，做不了任何事情。因为她不能够正常地与外界沟通，和社会基本分离了。脑子里有的也都是一些以前的事，整天自己跟自己说话，有时还会自己大声地骂起来。成建变成了家中唯一的支柱，一边上班一边照顾着家里，真可谓当爹又当妈。

当时的张地还是一个不问世事的孩子，依然蹒跚地演绎着自己与众不同的童年。他确实也不可能知道，他的命运已经被牢牢攥在了父亲手中！一年又一年的坚持使得当爹又当妈的成建变得“大权在手，一人专政”。或许是世俗与现实打败了成建，也或许恰恰是这种坚持，让成建的内心变得坚强无比。因为在他人眼中，成建绝对是一个肯负责、敢担当的好男人。他的难，想想便可体会；他的难，又有几人可以说得清楚。这种坚强的内在支撑现在看来，必须是一种坚硬。

正是这样一种无奈与坚持所逼迫出来的坚硬，使得后来发生的故事，几乎把张地变成了第二个刘淑梅……

“坎坷”求学路

偶然间我们会发现，光阴这个坏家伙总是悄无声息地偷走了我们的青春，偷走了我们的耐性，偷走了我们对很多事物的热情，甚至这个家伙在与现实的“默契配合”下时而都可以使得亲情也似乎改变了味道。这一年，张地十岁了，到了上学读书的年龄。成建琢磨着，这个孩子虽然残疾，但也不能就这样目不识丁地做一个文盲啊。就这样，城市户口的成建求爷爷告奶奶地把他送进了离家不远的一所小学上学。

上学后的张地学习很努力，由于刚刚踏入校门，起初成建对他的学习还是很关注的。刚刚搬到小镇的他们在火车站附近买了个自建房，房子很大，冬天很冷，四口人就挤在同一个房间里。也没有什么书桌、写字台一类的东西，这些都是长大后张天的待遇。张地坐在一个小板凳上，垫一块装修剩下来的瓷砖，趴在床上写作业。每天晚上成建都会给张地削上四五支铅笔以备第二天上课用。右手不太好使的张地字总是写得很难看，而且总是写到田字格的外面，一篇儿下来看上去像一锅粥似的。刚刚上学的时候，张地写的字成建看不懂，他也没那个耐性。世界上好像只有他的班主任孙老师才能破解张地的“秘文”。上学后的张地语文学得很好，而且显示出了一些文学方面的天赋。这个孩子在平时的说话唠嗑中表现出了与同龄人的截然不同，总是说一些“大人话”，显示出了一副少年老成的姿态，当然了，他的长相也是“一步到位”的，可以说长得是相当着急了。

也许是过重的负担使得成建有些疲惫了，再不就是想有意锤炼一下张地，他对这个特殊的孩子是从来不娇生惯养的。一直以来都是张地自己走着上学，即使偶尔张地提出让他们送，甚至使性子，等待他的也只有父亲的大皮鞋，绝对可以踢得他晕头转向。老话讲严父慈母，可成建对这个孩子的教育，既不像其他父亲那样有多么明确的要求，在一些生活的细节上也绝不会对他娇惯纵容。在这对些许特殊的父子身上同样呈现出了一个比较特殊的形态：相比于后期成建对张天在学业甚至择业问题上的“咄咄逼人”，对张地更多的是一种顺其自然的态度。

学生时期的张地，走路与其他人不一样，更要命的是眼睛上还顶着他那颗标志性的黑痣。这可就成了其他同学的笑柄。在班主任孙老师的保护下，自己班上的同学没人敢欺负他，可其他班级的学生就不在孙老师的“权限”

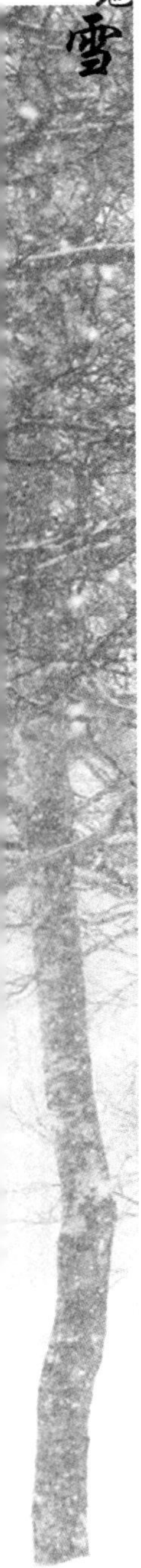

范围之内了。“独眼龙”“大熊猫”一类的词汇简直成了张地在学校时候的“法号”。这位“大侠”所到之处一般都是石子横飞，绰号遍地，待遇相当“优厚”。张地与父亲提及这些的时候，等来的也总是冷漠。父亲或者弟弟气势汹汹地为他撑腰，恐怕也只是张地梦境中的场景了，根本没这节目，还是小孩儿的弟弟暂时没欺负他就偷着乐去吧。反而是张地自己看得很开，在他眼中，自己和欺负他的人还都是孩子，不懂事，孩子和孩子之间又何必计较那么多呢？我们在感叹那么小的张地心智竟如此成熟的同时，心中不免有一些淡淡的酸楚。但是终于在这一天，这个“小大人儿”还是爆发了！

这天张地去上学，一出家门就碰到了同校在铁东居住的那个孩子，一见到张地就开始欺负他，一路用石子“护送”着张地，还不停地谩骂他，张地想追又追不上他。快到学校的时候，张地快走了几步，找了一个高年级的学生抓住了他。张地看见这小子跑不了了，冲上去抓住了他。当时满腹气愤的张地真是逮哪儿打哪儿，而且抓住了就不撒手，最后硬是在额头上给他开了个“天眼”，将那个小子变成了“二郎神”。“小样儿，这回我让你比我还特殊！”从那以后，那小子一见到张地就躲得远远的。

磕磕绊绊，踉踉跄跄。张地在他人异样的眼光中度过了自己与众不同的童年。其实生活中的你、我、他，谁都是这样，在漫长的人生画卷中，谁都会有那么几笔与众不同的白描，有时是那样的说不清又道不明，如果非要找一个什么理由，就权当是造物者的偶感小恙吧。然而张地的故事还远没有结束。随着弟弟张天的一天天长大，也渐渐有了荣辱感，对他的这个哥哥，可不仅仅是投来几个小石头子儿和几句无关痛痒的谩骂那么简单了。

青春，是一首别样的诗

或许对于张地来说，人生经历的许多重要阶段都会是特殊的，特别是当他走出那个小家庭开始接触社会的时候，特殊的他在一个正常的环境中，心智健全的他时刻都在感知着他人的青春，感知着他人的生活，感知着周围的一切……

初中时代的张地更加痴迷于写作。学习成绩在班上位居中等的他真正找到了自信，这自信的源泉就是写作。不得不说，除了残疾之外，在他身上还真能找到许多和大多数人不一样的地方。这个在别人看来走路都有些吃力的学生，在他自己看来，却从没有把他这个先天的缺陷当回事儿。在他心中，自己和所有人都是一样的。课上课下，非常有表现的欲望；对班级、学校所组织的各项活动都表现出了浓厚的兴趣。他可以站在讲台上给大家讲语文、讲政治课；他可以参加课上所举行的辩论赛；甚至敢拎着他那破锣嗓子给大家唱歌。其他学生做到的，他做到了；其他人没做到的，他也做到了。身体摇摇晃晃的他，内心似乎更加的敏感，而且把内心对生活的些许感悟以文字的形式表达了出来。散文、诗歌、论文……文字细腻，情感丰富。面对他所写的文字的时候，你会很难与他这样一个人联系到一起。当时学校所创办的校刊使得张地真正找到了展现自我的舞台。

初二时，张地在校刊上发表了他的第一篇散文《人生与“森林”》。这也是他平生第一次看到自己写的文章变成铅字，第一次在报纸上看到自己的名字。阅历不深的他以一种森林的比喻浓缩了人生中的经历。这篇文章的发表让张地真正找到了自信。他喜欢在校刊上看到自己文章的那种感觉。校刊每季一刊，一年四期，到了初三、初四的时候，几乎每一季的校刊上都能看到张地发表的文章，他把这些看作自己最为宝贵的财富。

上帝为他关上了一扇门，便会为他打开另外一扇窗。也许在其他人的眼中，张地身上有着太多的不可能，但是，他却做到了。在他的这些文章中，他没有留下他人生的足迹，却留下了他的感知与思考，留下了他的体会与感动，更留下了他那一首别样的青春诗作！

这个天，是阴雨“天”

故事讲到这里，还有一个重要的角色没有登场。他就是张地的弟弟张天。他的成长环境似乎和张地恰恰相反。我们说过张地是一个些许特殊的人生活在了一个正常的环境中，而张天则是一个正常的人生活在了一个特殊的环境中，这个“特殊”其实就来自于他的哥哥张地。我们的故事实际才刚刚开始，这个故事讲到最后你会发现，在这个家庭中，成建、淑梅其实都是这样的生活状态。算了，后面的事我们留到后面再唠。且说这个张天，绝对称得上是一个“狠角色”。

中国人的家庭观念是很重的。从古至今，中国庞大的家庭伦理体系几乎包围了我们每一个炎黄子孙，妻贤子孝、相夫教子、长幼尊卑……你是什么角色就要说什么角色上的话，做什么角色上的事。在很大程度上，这些东西似乎是完全不需要去学习的，仿佛自打我们懂事的时候起，每一个家庭成员之间的交流形态就固定下来了。我们也认可并愿意去遵从这样的家庭形态，因为它浓缩着我们的亲情在里面，一代又一代，一辈又一辈……然而在张地这个特殊的家庭中，仿佛一切都被打破了。具体出于什么原因，似乎一时半会儿谁也说不明白。

这一年，张天读小学了。与之前对张地“用皮鞋对话”的待遇不同，成建每天早晨都要骑自行车送他上学，回来后再坐火车到南站去上班。生病的淑梅彻底成为了甩手掌柜，她是连早饭都不会管的，一觉睡到自然醒。一年四季，天天如此。咱们前面不是说过成建对张地的教育方式是顺其自然吗？那么好，自打张天记事的时候起，“管教”张地的教鞭就被交到了张天的手中。你张地不是擅长写作吗？这下张天可省事儿了，凡是学校留的什么作文、日记一类的作业，那就全是张地的活儿，你张地不但得给写出来，还得一字一句地给人家念出来，否则就你那破字谁能看明白？这才哪儿到哪儿，买这买那，端茶倒水儿，晚上还得陪着人家上厕所。人家孩子小，害怕！您还别反抗，否则逮着啥就撕你啥，欻欻的那才快呢。不得不说啊，张地还真是个好哥哥，尽心尽力地照顾着弟弟，有啥好吃的都记着弟弟。倒也是，那是记着的事儿吗？也得有他的份儿啊！有也是有他看着的份儿。起初张地也没把这些太当回事，自己弟弟嘛，当哥的让着点儿是应该的。

那位可能要说了，人家张地都没当回事儿，你在这抱不平干吗呀。您先

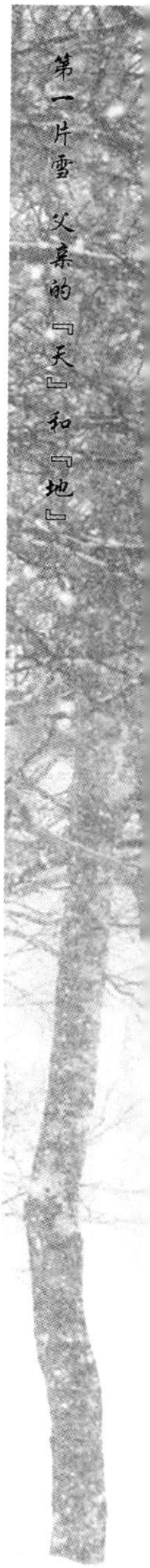

别着急啊。其实这些只是皮毛，真正的“毛皮”还在后边呢。按说张地他们这一代，甚至往上数他们父辈这代，跟爹妈有时候还和不来呢，何况兄弟姐妹乎！家里的事情说不清也道不明，有多少人为了维系着家庭，为了似乎已经是“所谓的”了的亲情，坚持着生活。究竟是不是“所谓的”了，现在真的还不好去评说，这个看上去非常重要的问题，在世俗与现实面前，有时是那么的不值一提。但是当时的张地完全没有想到这些，有时会有抱怨，有疑惑，但还不至于到怀疑亲情的程度。使唤着你，还冠冕堂皇地说是在锻炼你，似乎张地应该感激涕零才对。有什么活，你张地干是天经地义；有什么好吃的，俺张天吃是理所应当。张地大冬天从街里买来张天要吃的酸枣，拿到张天这里，这个东西可以扔了，但就是不能给张地吃，小理由儿还相当的充分。

天：“我出嘴说的，爸出钱买的，你出啥了？”

地：“我出腿了啊！”

天：“那算个啥啊，我也能去！”

可他却一次也没去过，可也是，家里有这么个老妈子，何必呢？

成建呢？沉默，一如既往地沉默。当时对于还是一个孩子的张地来说，毫无意识，毫无感知。

“有能耐你俩就打，打死一个少俩！”

也说不明白是疲惫了，还是看着这个往那儿一站三道弯儿（这“一站三道弯儿”可是成建亲自“赐予”张地的“封号”）的张地确实有些“气不打一处来”。有些时候，这种沉默是很可怕的，您老人家哪怕各打五十大板呢。

反正不管怎样吧，兄弟俩这种父子般的状态就这样建立起来了。我们权且不说它是对着位呢，还是错着位呢，首先张地的这种特殊，就足以使我们即将张开的嘴巴又闭上，再挠挠头，好像还真说不出个什么里儿表来。生活中的许多事情，还真不能“对号入座”，根本就没有办法说我拿出一个“家庭伦理总表”来，让它们“各就各位，各回各家，各找各妈”。

唉，接着往下看吧！

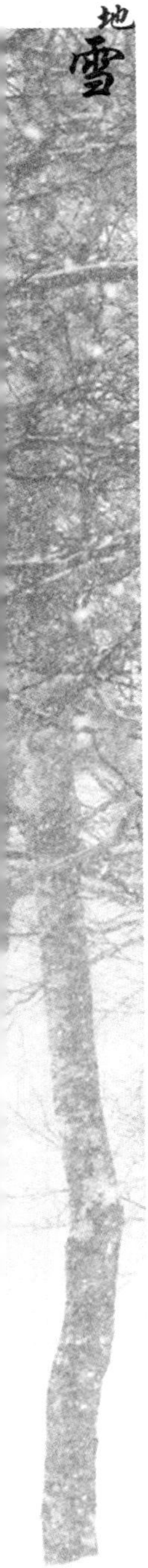

冰山一角

人总要经历这么个过程，从无心到有心，从无意识到有意识，从无知到成熟。这其中也包括最基本的对自我的认识。我们再现一段历史，还原一种社会形态下某一群体、某一角落里的生活，不是说要把谁提溜出来当敌人，更没有必要把亲情非要往没里说。我想要做的，是呈现一种真实。这种真实也许是有意识的、无意识的、无奈的、迫不得已的，甚至是挣扎的……

尽管也许在他人看来有着这样那样的羁绊，但是少年时期的张地依然显得很自信。没错，他就是和别人一样，和所有人都一样，有什么不一样呢？但是他的这种认识被一个在他生命中最重要的人给否定了，那就是他的父亲张成建。这一年，张地上初四了（当时他们当地小学五年制，初中四年制），随着中考的日益临近，学习也变得繁忙起来，每天要上两个晚自习，但是需要学生额外交晚自习费一百块钱。但是这次成建却说什么也不想给他交了，而且还是一如既往地只给张地一个冷冰冰的决定："上课认真听讲，就不需要上自习了。"这里我想穿插几个细节，来试着探求一下成建的想法：张天上学以后，成建追着张天要他们班主任的电话，但是对张地却显得不那么关心，对张地的家长会根本不予理会，一切都是那么的自然而然。

交晚自习费的通知是周四下的，周五张地就这样带着父亲的"最后通牒"上学了。那一天，他的情绪特别消沉。因为和许多孩子一样，从小到大，张地都是很害怕父亲的，对于那时的他而言，父亲的话就相当于圣旨。到学校后，他把情况告诉了班主任张老师。在老师们的眼中，这个孩子虽然有些特殊，但一向很顽强上劲，学习成绩也还算可以。班里不上晚自习的都是后面那些光玩儿不学习的，在这儿也是在后面捣乱。说实话，张地当时甚至都想过到时候搬一套桌椅在班级外面旁听。他无法想象当别的同学准备上自习时，自己一个人灰溜溜地背着书包回家的场景。无奈之下，班主任张老师给成建写了张纸条，成建这才勉强给张地交上了晚自习费。

从某种程度上讲，无论张地怎么努力都不会成就自己在学业上的理想的。因为在成建眼中，张地这样的残疾人，读再多的书都是没有用的，以至于到中考的时候，成建是连中考都不准备让张地参加的。2005年，正是我国高等教育由精英教育向大众教育过渡的时期，加之第二年出台的中央一号文件，对农村中小学义务教育实行"三免一补"的政策，大学好上，可每年六百多

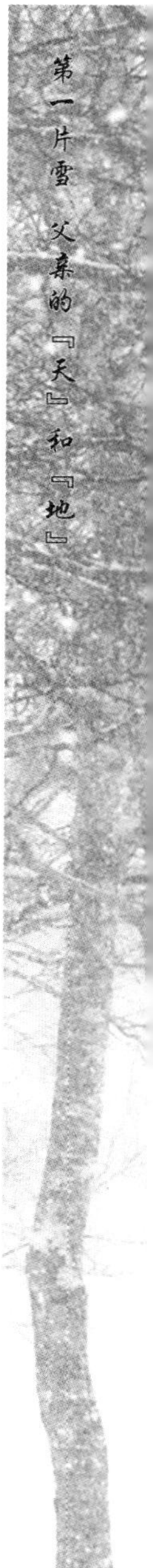

万的大学毕业生就业便成了大问题。所以成建给张地的“答复”是：“大学生也找不到工作，现在你就是大学毕业，有了毕业证了，有什么用？”再有就是当时的成建，似乎真的是有些支撑不住了。虽然自己在铁路上早就成了一个不大不小的领导，一个月也有着四五千块钱的收入，但是一个人这么多年支撑着这一家四口走过来也确实是不容易。或许他把更多的希望寄托在了张天的身上。在他的世界里有张天、张地两个儿子。可对于张地来说，自己是自己的全部，他不想一辈子就只是一名初中毕业生。这次事件，就已经露出了成建对张地命运规划的“冰山一角”！

当这件事“风平浪静”之后，那一周的周记张地是这样写的：

2005 年 3 月 19 日　　星期六　　晴

我总是佩服那些经历坎坷、走过风雨的人，觉得他们的人生很有意义，这也不失为生活的资本。悉数起来，我们这一代人才走过几年的人生啊，还真挺一帆风顺的，我指没什么大起大落。这困难是否能把人压垮，得看这件事对你有多重要，还有你的意志如何。咱也是瞎谈，才吃过几年咸盐呀！

这一周的周四和周五，短短的两个白天，准确地说是周五，我感觉自己真的挺憋屈的，也不知为什么，我爸跟我开了个不大不小的玩笑，不想让我上晚自习了，说没什么必要。父亲的话说到这份儿上那我还有什么余地呀，幸好让我和张老师再商量商量。说也是，自己成绩上不来怪谁呀，当时我真觉得自己一下子全被否认了，父亲的一句“你以为你能考上高中啊！”让我觉得自己一下子与父亲疏远了许多。当晚我是一夜没睡好，自己想了许多，我觉得自己很没出息，只觉得有一个什么东西压得我喘不过气来。想到下了小自习后，别人都准备上晚自习，自己一个人背书包回家，心里真的挺不好受的。我甚至想到了最坏的打算：天天问老师晚自习的学习任务是什么。

第二天上学，从车棚走到班级，心情很低落，觉得周五早上的一切都不属于我。从那一刻开始，我必须先见一次张老师再见一次我爸，这件事才算结束。我像一个犯人在等待着最后的审判。让人高兴的是，张老师支持我，三位老师都很支持我。虽在意料之中，但让我很感动。我决定先和父亲商量再给他看张老师的那张条。父亲终于勉强同意了，当然很不情愿，但我心里的石头总算是落地了！

老师给他的评语是：“读了你的周记，没有流水账的感觉，感觉很亲切。”

第二片雪 “枷锁”中的青春

生命的挣扎

张地，你个大傻子！你说你愁不愁人，要么你就托生成一个正常人，要么你就大脑小脑同时残废，真的变成一个傻子，任你爸和你弟随意摆布，咋着不是一辈子啊？丫鬟的命偏偏长了个小姐的脑子，那小细脖子担得动吗你？张地在这一年常常这样想自己。

这一年，张地初中毕业了，趁着这个难得的暑假和弟弟一起回了趟老家。在大姑家的时候，张地托这边的同学问了一下自己的成绩，结果是离自费线仅差十多分。听到成绩的第一时间他就躺在了炕上，张地比谁都知道父亲的态度和对他一言九鼎的脾气。他的感觉是：这辈子完了！

故事发展到现在，相信谁都看出来了。成建就压根儿没想着让张地这辈子有啥大出息，而是把几乎全部的希望寄托在了张天的身上。成建为张地规划的所谓的人生压根就不是张地所希望的生活。或许在成建眼中，这个孩子根本就不知道自己几斤几两，确实成建这些年真的是太累了，他多么希望能有个人帮他一把，哪怕这个家里少个人吃饭呢。可张地呢，他是自己的全部啊。他不想庸庸碌碌就这么混一辈子，谁错了？谁都没错！张地不是生活在一个真空的环境中，他的眼睛看得见在这个知识爆炸的年代里别人的家长是如何对待自己孩子的；他看得见六个大人围着一个孩子转的家庭是什么样子的；他知道什么叫望子成龙，望女成凤；最眼前的，他看得见成建是如何对待张天的。别人周围空气般的幸福或许是这小子永远的一个梦了。张地不是真空的，这个家更不是真空的。

孩子上学了，别说是高中了，就算是小学、初中也要连托关系带送礼，就算是幼儿园也要给老子上最好的。咱中国人活啥呢，不就活孩子呢吗？可张地呢？

心急如焚的张地先于弟弟赶回了家里，在叶柏寿看到了下班回家的父亲，当时的成建早已不是一线的普通职工，而是成为了一名助理工程师。一向狗肚子装不了二两香油的张地在火车上就将没考上的消息告诉了父亲。成建的表情非常的自然，因为一切都在他的意料之中。张地是他的儿子，这个小子能蹦跶多远，他比谁都清楚。当时的成建只是冷冷地说了一句：“办个残疾证吧！”脸上没有任何的表情。这就是成建，你学习学成什么样，我也不管你，也不关心，到时候考不上学，就回家，爱干吗干吗去。这和后来的张天

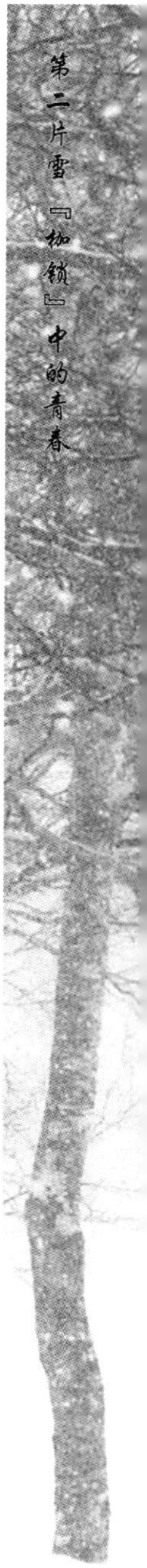

可不一样，张天在上到初二以后干脆就不学了，和几个同学天天混在一起，直到看到了倒数第二的卷子成建才知道一切的事情。当时的成建一宿没睡，还埋怨自己调到叶柏寿没起到督促孩子的作用。尽管这样的成绩，张天初中毕业时成建明确地告诉张天：“只要你念我就供！”这一家的事说大不大，说小不小。在这个社会上还会有多少像张地这样的残疾人为了在其他人身上顺理成章的事情“垂死”地挣扎着，所以我们不能简单地关起门来肤浅地从一个家庭的层面来说这一家的所谓恩恩怨怨、是是非非，那样唠是唠不明白的，更没什么意义。故事我们慢慢往下看。

拿到了父亲的“死刑判决”，到家后的张地一宿没睡，他无法面对即将开始的生活，无法想象初中毕业的他在如今这样一个社会中能做什么。在父亲、世俗和大多数人的眼中，像张地这样的孩子就是应该也只能学一门修车、修表一类的手艺，在一个不起眼的角落里度过自己的余生。之前有人这样说他，他总是不屑一顾，可如今，时光的车轮将他推到了这里。他决定提起“上诉”，将“死刑”变成“死缓”，与命运抗争。

张地认为，父亲之所以不希望他上学，无非是因为高额的学费，于是他开始想办法。他找到教育局，希望能够得到一些照顾，可教育局的张局长正赶上出差，张地就不厌其烦地一趟一趟往教育局跑，终于拿到了张局长的签字。然后他又找到了初中的班主任和校长，求高中的校长给他减免了一些学费，成建这才让他上了高中。

张地上的是一个文科班，七十多人的班级他坐在了最后一排。最要命的是由于他去得晚，没有他的书，坐在后面像听天书一样。他同班的那两个初中女同学，在看到他走进班级的那一刻，感觉像天塌下来了一般，当然这些都只是次要的，最主要的是没有他的书。那一刻的张地感到了前所未有的迷茫，从小就害怕父亲的他知道自己违背了父亲的意愿，那一刻的他心一瞬间软了下来，他想到也许这三年一家人都要勒紧裤腰带过日子。于是他给父亲打了电话，这也许就是命运的安排吧，当时去偏远地方干工程的成建没有接到张地的电话，当地没有手机信号。心里一急的张地做出了这个足以改变他一生命运的决定：退学！第二天，他就拿着 一千六百元的学费回到了家里。

回来后的成建在得知了张地退学的消息后依然是那样冰冷般的平静。也许在这个男人心中早已翻江倒海，认为张地辜负了他的一番苦心。但是如果没有他的百般阻挠张地又怎么会有那么大的压力？张地残疾，可他的心智是正常的。成建认为当今的社会，健全的大学毕业生在家待业的比比皆是，更何况张地了！可是如果不念，这个孩子的未来又在哪里？

抛弃一切的世俗、坚持、挣扎，让我们再次回过头来看看这一场“闹剧”，亲情的形态还是正常的形态吗？这个家庭真的到了吃了上顿儿没下顿儿的时

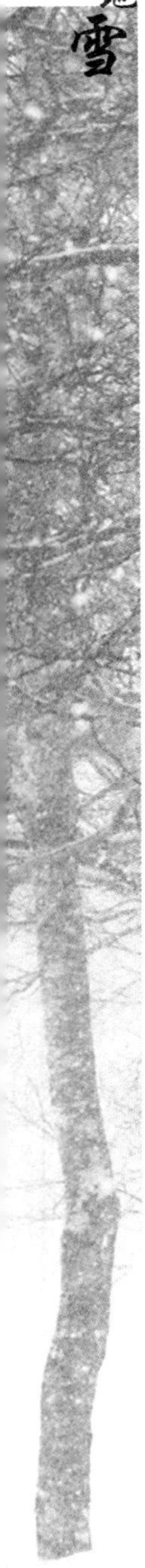

候了吗？张地的挣扎又何尝不是骨肉亲情甚至一个看似残缺的生命在世俗和现实铁蹄之下的挣扎！

父亲助他“开业大吉”

命运有时就像一条清澈的小溪，无辜地倒映着尘世间所有的世态炎凉、沧桑变化，仿佛早已变得浑浊不堪，最终流向世俗的汪洋，任其无情地摆布。但是莫要忘了它的清澈，它可以倒映出丑，更可以倒映出人性的至美，那时它就拥有了征服海洋的力量，让我们感谢所有的美好吧！

生活，哦不，更准确地说应该是世俗真的可以改变一个人，逼迫他爆发出也许自己都不曾知晓的能量。张地曾经这样理解自己的父亲：是这么多年的生活把他的耐性一点一点地磨没了，这种“磨”是完全被动的，他早已打破了人在青春踌躇满志时对几乎一切事物的理解。这天成建正在厨房做饭，郑重其事地告诉张地让他去办理残疾证还有低保。（成建与张地说的话什么时候没郑重其事过呢？）这在成建眼中再顺理成章不过的事却触碰到了张地的底线——“我不去！”成建一如既往地喊了起来：“不去你就滚，我不养活你，国家给的钱干吗不要啊？”在这个个别双职工都想方设法弄到低保的年代里，成建的反应在大多数人的眼中都是再正常不过的了。这种“终审判决”式的“最后通牒”也是成建对待张地的一贯做法。可是一向对“残疾”这个词格外敏感的张地更是无法想象自己将成为一个拥有“合法手续”的残疾人。在那之前，张地从来都没听说过残疾人还有证儿。这个可怜的、不知世态炎凉的青年依然在“残疾不知愁滋味”地理解着青春甚至是梦想的含义。

办就办，有啥了不起的？高中都找着人上过，现在俺最不怕的就是见领导！那段时间，张地成了残联的常客。什么体检、复印，全是他一个人。要说这孩子就是孩子，家里的“局势”都那样了，张地还在为父亲和家里想着，就连最后残疾证交的那点工本费他都有些觉得不应该，但是别忘了是成建让他办的，准确地说是逼着他办的。也不应该说是为谁着想，当时的张地就是觉得自己做的所有的事都是“非法”的，感觉都不会符合成建的意愿。如果把它理解成像所有的孩子一样对父亲那种与生俱来的畏惧也对，但是这对父子的交流形态绝对不是那么简单就可以解释清楚的，更准确地说，他们根本就不曾有过交流。就像成建和张天在家指使张地干活儿一样：这个活儿，你张地不干不行，干不好还不行。就像古代皇上的军令状一样，不做的杀头，做不好一样要杀头。

有人可能又要说了：“说出大天来也只不过是家事而已，你说得有点儿太邪乎了吧！”那么好，咱的故事讲到今天，其实认真地想一想，这个家庭的形态对吗？哥哥是哥哥的状态吗？弟弟是弟弟的状态吗？咱们现在姑且欺骗一下张地，扔掉所有现实的东西不谈，只是从交流层面上去说，每一个人的状态绝对是不对的。但这其中，每一个人又都是无意识的，或者说是被迫的。所以你扔掉现实是不可能的，那是什么都解释不通的。不要简单地说张地可怜或是成建可怜，其实他们都是命运的受害者。当张地意识到家庭成员之间的这种坚持以及每一个个体本身的这种无意识的时候，已经是多年以后的事情了，使他“醒过来”的，是一种何其简单，对他来说又是何其珍贵的善良！

收！又扯远了。这残疾证办下来了，还有低保呢，低保张地办得更传奇，话说这天张地来到民政局问低保下来没有，民政局的这位副局长依然是头不抬眼不睁地答复着张地。这下张地可不干了：老子正不愿意办呢。当时就和这位副局长吵吵了起来：“我又不是跟你要钱，你不就干这个的嘛。”哎！这孩子可咋整，人家其他人办低保巴结还巴结不过来呢。但张地可不是谁给钱谁就是爹的主儿啊！

虽然当时都说残联和民政是两回事儿，可谁又能说这低保和张地的这个“自然灾害”一点儿关系没有呢！什么是世俗？世俗说白了就是这个“自己打食儿吃”的社会。它将成建变得“冷血”了；将张天变得“暴力”了，他像 1988 年的成建一样，一点一点抹杀着张地对生活的认识；岁月轮回，现在轮到张地自己了。但是不能抱怨什么，就像张地再怎么面对着这二位“爷”，也不能说社会甚至祖国怎么怎么样，不能蒙蔽了自己的双眼，不能拥有一个正常的生活形态，咱看看还不允许吗？

残疾证办下来了，张地这回就成了有合法“运营手续”的残疾人了。在成建的“帮助”下，张地开始“正式营业”。

明天？自己“算”！

毕业之后的张地消沉而又迷茫，他找不出任何使自己继续前行的理由。他所上的那个中学是小镇上的重点高中，晚上在家他就可以清晰地听到学校晚自习的铃声，仿佛离他的家仅有一步之遥。在很多时候，他会想，如果当初没有做出那个无奈的决定，此时的自己又会在做什么呢？其实当初使他退学的，还有一个不起决定性作用的非常感性的原因。那就是他上高中的那个班有两个初中的老同学，这两个女生当时就不怎么待见他，当她俩在高中的班级里看见张地的那一刻，眼神近乎绝望……张地能感觉到当她们想到要再和这个“独眼龙”继续做三年同窗时的感受。在张地的感官世界里，越是不爱搭理他，见面恨不得绕着走的女生，他就感觉越是高贵，越值得尊重，仿佛自己很肮脏，包括大街上出于害怕而躲着他的女孩。这个原因也许听上去有些荒唐，但是那种感觉却很真实。那种不被父亲认可的、“违法”的两天高中生涯，仿佛张地你念也不对，不念也不对，似乎冥冥之中有一个声音在告诉他：“你张地压根就不应该瞎折腾，高中就不是你这样的人念的。”那感觉，真是说不清又道不明。那段时间，张地骑着父亲的那辆比他年龄还要大的二八自行车，甚至有时候干脆就走着，每天至少要去两趟高中，尤其是上午九点钟上课间操的时候。他就静静地站在大门外，看着熟悉的人，看着曾经一起同窗四年的同学，看着他仅仅待过两天的高一十班。看似平静的他内心却真的像是打翻了五味瓶。仅仅一门之隔，里面的孩子们或许还在针对繁重的功课、宿管的严格，或是食堂的饭菜发表着各种各样的愤怒。然而这些，在张地的耳朵里，却是一曲曲何其美妙的青春乐章啊！他人生命中顺其自然的青春，却是张地心中无比绚烂的梦。也许这就是命运，是那样的无情，又是那样的真实，真实得让你毫无反击之力，真实得让你只得俯首称臣。

张地，你真是个孩子！对自己的命运，对自己的生活甚至生存现状毫不知晓，只是当命运的安排一五一十地来到你身边的时候，才做出自己最为笨拙的判断和最为笨拙的反应。在这部小说中，我曾不止一次地提到过世俗与现实，那是因为如果抛掉这两个因素你会很难找到这里面每一个人的状态，因为在一定程度上讲，这个家庭之间的交流状态一定是不正常的。这其中“说了算”的，似乎不再仅仅是亲情，还有现实。

毕业之后的张地一直没问成建对自己以后的规划，在这个孩子的眼中，父亲既然不愿意让他读书，就一定有他的安排。可现实是，自打他拿着学费退学的那天起，张地就变成了一只孤雁，就像成建曾经对岳母说的话一样，他宁愿后半生侍候淑梅，也不想让她这样疯疯癫癫地到处乱跑。对张地也是如此，成建宁可养活张地一辈子，似乎也不愿意为这个孩子去规划什么未来。这个父亲被世俗彻底改变了！毕业后，当张地问父亲以后该做什么的时候，令张地万万没有想到的是，读书时候被张地当作玩笑的一句话，如今却成为了现实：成建让张地学习算卦！依然是那么的真实，那么的……不容置疑。相信所有人对父亲都会有一种天生的畏惧。他会不同意，但是对张地的影响几乎是灭顶的，这就是父亲，一言九鼎。张地知道在如今这样一个社会中，让他去从事这样一个似乎是封建迷信一样的职业是绝对不可能的。这个对生活、对社会、对祖国都有感知甚至理解的张地，是绝对不可能从事那样一种职业的。面对张地的反应，成建急了，张天也急了。在成建和张天的眼中，什么他妈的青春、事业、梦想，这些和你张地一毛钱关系都没有，你张地给老子活着，那口气喘到生命的终结，就是最大的胜利。当然，这些不会是这爷儿俩思想的"原文"，但是凝神思索一下成建和张天的状态，还真的，真的就是这样。

"你以为算卦就好学呀！你用十年的时间能学成就不错了。我们单位谁谁那个亲戚，请他的全都是有能耐的人，车接车送。人家又买楼又买车。"成建的态度依然是那么的执着，他只是希望这个孩子将来能有口饭吃。在成建的影响下，张地对"算卦""周易"一类的字眼显得很敏感，不敢去触碰，这些，在他看来是很可怕的。但是这个孩子有自己的思维，有自己的思想。在他看来，正如成建所说，真正的周易不是封建迷信，它是儒家经典著作"四书五经"之一。五经中诗、书、礼、易、春秋中的"易"指的就是周易学。但如果是街边算卦，那可就是封建迷信了。张地认为，周易就是把你的生辰八字报出来之后，在书里就可以查到你的过去未来，它有它自己的一套逻辑体系，这种体系本身就是文化，是人文价值的体现，与是否科学无关。什么是文化？文化就是吴承恩告诉你唐僧是往西去的，你如果说往东去就不对，它应该是箱底儿尘封的文化。如果用它去算卦忽悠人，除了一些或良性或恶性的心理暗示之外，毫无价值。况且那些街边儿算卦的是会"看人下菜碟儿"的，看你有钱，他就往好了忽悠；看你想发财，他就让你一年后成为百万富翁。谁让去算卦的人给他们戴上了"来仙儿"的帽子，可不就人家说啥是啥了呗！

可见，张地对事物是完全有自己的理解的，只是当时的他，还没有把控自己命运的能力，甚至连这个意识都没有。但是他至少知道，自己绝不可能去大街上装神弄鬼。未来，张地真的是应该自己好好地算一算了……

别人的青春他的梦

张地没有听从父亲的安排去学习算卦，成建也没有像其他的父亲那样给这个特殊的孩子去找别的出路。那段时间，张地几乎踏平了残联和就业局的大门。这些单位给这些残疾人安排的自然是一些车床、炼铁，甚至看大门儿一类的工作。这些，都不是当初眼高手低的张地心目中的工作。别看成建不管，面对眼高手低的张地他有时候还是会说上几句，但当时的他，早已左右不了张地的想法。那段时间，张地在追逐自己未来生活的同时，成为了一名典型的“家庭妇男”。由于淑梅有病，一有钱就往赤峰跑，在叶柏寿工作的成建每周回一趟家，就把生活费留给张地。就这样，张地骑着父亲的那一辆大二八车子买米买菜，照顾张天，同时还要忍受着张天的打骂……2008年的正月十五，就因为张地饭桌上的一句“顶撞”，张天将张地的一个小品剧本“咔嚓”撕成了碎片。张地用了一下午的时间，“挽救”了这个本子，当他将这个反映交警生活的剧本“起死回生”的时候，天已经黑了下来……随后又经过了多次修改，这个不知天高地厚的家伙将它寄给了央视春晚剧组，最后当然是石沉大海。

在张地这个特殊的人的内心，所有正常人的生活、青春、情感的状态他都可以看到，更何况他还能够写东西。在这个媒体、网络高速发展的时代里，张地没有放下自己的爱好，他经常针对一些社会现象写出自己独具特色的评论与感受，亲自跑到报社去投稿。2008 — 2009 年的那段时间，当地政府机关报的一个版块几乎成了张地的专版。2008 年对于中国而言那个特殊的年份、改革开放三十周年、2009 年建国六十周年都被张地记录了下来。张地在 2009 年老同学参加高考的时候，在考场外和学生家长一起见证了高考的全程。那一刻的他真的感觉青春无限美好，按捺不住的激动使他发表了散文《醉在青春里的那一天》和论文《高等教育的春天》，在主观和客观上表达了张地对于正常形态的青春那种极其强烈的渴望。张地不但写文章，还进行歌词的创作，2008 年改革开放三十周年之际深圳福田区出版的一本歌词集收录了张地的一首歌词《好心情》。可以说，张地确实做到了许多健全人都无法做到的事情。但是来自于家庭、命运对他的折磨却还远远没有结束。毕竟张地在这样一个社会中还没有自食其力，成建、张天又怎么能放过这个不知天高地厚的家伙？张天爷儿俩这么多年的坚持迟早会爆发，这个不服

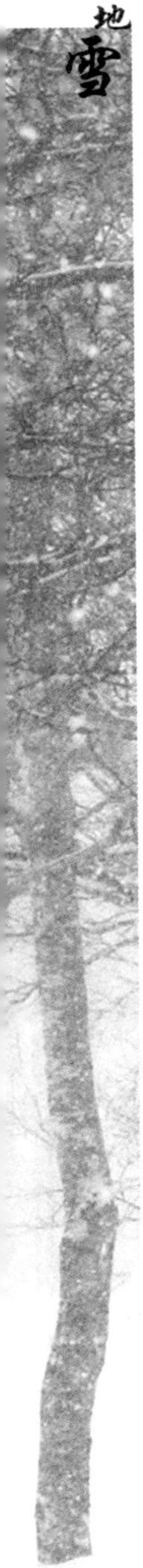

从命运安排的张地，又怎能会有好日子可过……

2009的夏天，张地无比感慨。昔日同窗那一张张熟悉的面孔、一抹抹灿烂的笑容，不管是一本、二本、三本还是专科，在这个孩子的心中，都是那样的美好。面对这一群即将起飞的老同学，张地从低保卡中取出了六百块钱，为三名和他关系比较好的同学每人买了一个拉杆箱，聊表心意。这个残疾的孩子，连高中都没读，上学的时候谁又会将他作为真正的朋友，即使真正的朋友也不过如此。但是当时的张地完全不会想这些，在他眼中，这些昔日的同学，此刻凝聚了人生当中极致的美好。他知道，这是对同学的致敬，更是对青春的致敬……一切，真的太美好了！带着这份想象中的憧憬与幸福，张地忘却了三年前的挣扎与痛苦，虽然除了年龄之外，这一切和他都毫无关联，可是，新的痛苦正在前方等待着他……

张地回到家里后，成建知道了真相。这个归属感极强的孩子，内心的状态与年龄是那样的不符。凡是他所认为的大事是绝对瞒不住成建的。知道真相的成建怒火中烧，一把夺过张地用来存放文章和各种证件的兜子，将低保存折正式没收，拿起电脑旁的椅子就打向张地。不论张天还是成建，在打张地的时候，从来不会在乎手里拿的是什么“凶器”，更没必要在乎打向张地的哪里，这已经成了这个家庭正大光明的“制度”，诚可谓铁的制度、铁的纪律，绝容不得半点质疑。“从古至今”，张天教训张地那是天经地义，可如果张地还手，哪怕顶一句嘴，那都是大逆不道的事情。有一次张天一边玩儿着电脑，一边“批评”着张地，张地在炕上不耐烦地将电视的声音调大，张天一看，小样儿，这是不爱听了，冲上来就是一顿乱踹。在成建和张天的眼中，不论俺们怎么对你，你都得忠心耿耿，感恩戴德地接受俺俩的“馈赠”。哼，好狗还不嫌家贫呢！在这个特殊的家庭中，火钩打断，皮带“夭折”，或是来个红血染发，都是家常便饭，“凶手”百分之百地，是张地的血肉之躯。

直到张天回来，这一场跨时间、跨重量级的“男子双打”才正式开始：“你挣多少钱，给同学买包，他们给你买啥了？”张天在院里用笤帚狠狠地打向张地的头，张地所能做的，只能是抱着头在那儿挨打。根本无法忍受的疼痛使张地喊了出来，夺步向大门跑去，疼痛至极的他除了声嘶力竭地喊，不能做任何的防备。这一喊，张天更生气了。在他眼中，我张天即使打死你，也只是家事，这么大声地喊，让邻居听到，成何体统，这万万不可原谅！张天抢先一步，一把把张地扯了回来，咣当一声将大门插上：“在这儿等着！”张地哪里敢动，一个人等待着噩梦的继续。成建呢？早已“结束战斗，搬师回巢”，在屋里玩儿起了电脑。张天进屋端出了一盆水，径直向张地的头上泼去。哼！这哪能构成“一盘儿菜”啊！二话不说，又抓起了旁边的一把沙

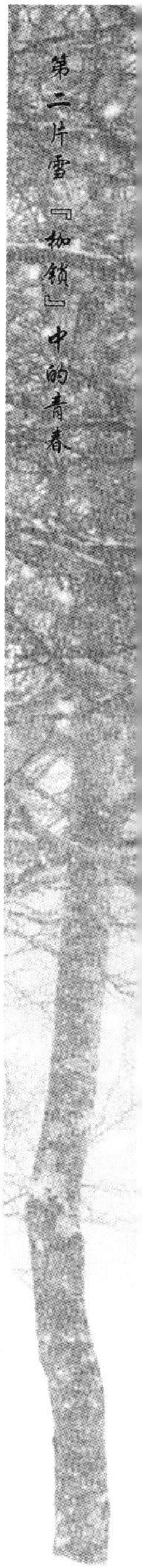

子向张地撒去，让脸上本来就“热闹非凡”的张地一瞬间来了个面目全非。就在张地低头试图保护自己的一瞬间，张天飞起一脚，踢向张地的脸，张地整个人倒在了地上！然后张天像拖着一条死狗一样把张地拖到了屋里。当张地“醒来”时，已身处屋内，他趴在冰凉的地上，虽然没有睡着，但是对刚刚发生的一切，脑海中只觉得一片空白。牙齿痛得厉害，腮帮子也肿了起来，脸上头上全都是沙泥。张地在地上不知趴了多久，他的身体一时半会儿缓不过来，内心更是这样。这时候，张天走了过来：“还敢出去嘚瑟吗？打死你！”其实，这种可怕的场景在这个家里是司空见惯的。张地委屈地，还带着一丝反抗色彩地说了一句：“疼！”“疼？该！我告诉你，有我，这辈子你也别想翻身！”

淑梅就站在房间的门口，目睹着眼前发生的一切。当时的她已经患病多年，在这个家里早就已经失去了发言权，以她的力量更无法阻止张天的“暴行”。眼前的这两个儿子在她的心里是那样熟悉，又是那样陌生。从她的眼神中，流露出了一丝恐惧，一丝不舍，还有一丝忧伤。她也许不知道眼前的一切因何而起，可她似乎知道，此时的张地，很痛……

张天这一套“规定动作”像是编排好的一样，动作娴熟，节奏紧凑，滴水不漏，只是这个家庭众多花絮中的一幕而已。呵呵，技艺拙略，不足挂齿，还需努力！不错，就像张天所言，即使打破房梁，这也只能算是家事而已。在这个看似极不成器的大儿子、笨拙无比的大哥的阴影之下，这爷儿俩真的很累很累了。他们时不时地上演这么一场，小小地发泄一下，再正常不过了。各部门都有，收工！该吃吃，该喝喝。天还是那个天，地还是这片地，星星……呵呵，还是那个星星！

这种或许在一般人眼中极其暴力的事情对于张地而言是很正常的，他似乎，也不得不习惯了这种奴役般的生活状态，当时的他没有任何办法。我们可以将其当作家庭成员之间的小打小闹去理解，也可以上升到生活甚至生存状态的层面去理解。首先，这样的事情发生在 21 世纪的今天；其次，这不是偶然的一次家庭矛盾，矛盾双方也不是一个平等的关系状态；再次，在这个家庭中，家庭成员之间的关系是混乱的，他们不是以亲情、辈分来论资排辈，而是以世俗和现实为前提，以一种情绪化的、宣泄的状态来作为一个家庭的生活状态；最后，在这一家庭形态当中，看似强势的成建和张天其实也是受害者。所以我们可以说成建和张天是“行凶者”，张地是“受害者”，但是反过来，成建和张天的这种歇斯底里、咄咄逼人般的架势，不也是由于张地的残疾造成的吗？真正的“幕后真凶”，其实还是张地。

换身衣服，洗洗涮涮过后，生活还是得继续。父亲还是父亲，弟弟还得是弟弟。因为老同学，因为对青春的那一份眷恋而被暴打一顿，张地觉得值了。

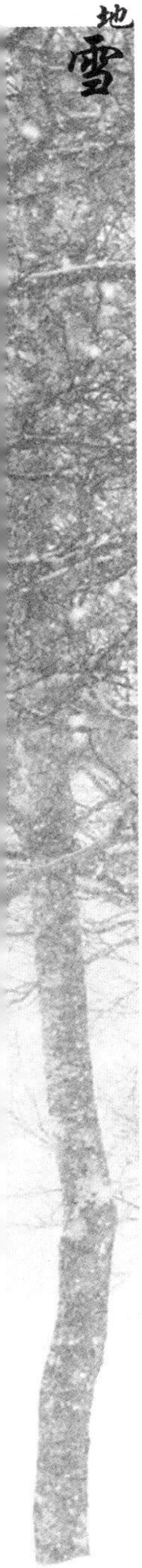

闹归闹，怕归怕，张地没有因此而削弱对美好事物的那一份盼望。就在老同学的高考分数公布的前一天，张地联系大家，招呼十多个老同学组织了一次聚会，没有了财政大权的张地只能搞AA制了。饭桌上，大家一起玩儿着游戏，说着上学时候的故事，虽然没有插上太多的话，但是能在他们即将走入大学校门的时候和大家在一起坐坐，张地知足了！

张地依然是这样，在憧憬与现实中挣扎着。两种截然不同的场景会使他感到绝望，眼前看不到任何的光芒。终于在被张天又一次暴打之后，在除夕夜的前两天，一时冲动的张地决定结束眼前的一切。他拿起了家里早厕用于灭蝇的毒药，一股脑儿地喝了下去，然后想出去找一个没人的地方，静静地离开……可是喝下去之后的张地只觉得嗓子特别的难受，当时天已经黑了，成建又没在家，张天哭着赶到邻居家，和邻居一起赶忙将张地送到了医院。洗胃之后的张地被留在了医院里观察。一旁的张天哭诉着："我打你几下，你就想不开啊你。"那何止是打几下啊，那是家里顶在暖气下的一个粗粗的木头棒子，张天说过："以后这就是给你预备的！"当时的张天还只是个孩子，别看对张地行凶的时候凶神恶煞，像是要吃了他似的，可那时他还真有点儿被眼前的一切吓到了。病床上的张地输着液，身上还带着各式各样的监视设备，一年四季连感冒都得不了几次的他这次真的在鬼门关上走了一遭。刚刚发生的一切像一场梦一样，让他感到无比可怕的是，如何面对父亲。这看似一场可笑至极的闹剧，却是张地在这种生存状态下最为声嘶力竭的呐喊……

大概过了一个小时，得到消息的成建赶到了医院。张地见到成建后的第一句话就是："爸，我想上学！"这场闹剧，张天的暴打是最最直接的原因，还有就是张地一天晚上在街上碰到了一个老同学，彼此聊了聊最近的生活。看到即将步入大学校园的昔日同窗，张地实在是抑制不住内心急剧的压抑，加之张天那似乎永无休止的打骂……这个人真的太累了，他厌倦了。可还没等张地的话音落下，成建就掷地有声地回了一句："不行！"窗外已夜色阑珊，华灯初上。路灯微微的光亮打在医院的窗户上，场景仿佛回到了二十一年前张地出生的那个夜晚……成建望着窗外，泪水止不住地流了下来，可口中依然是那么强硬："都说你懂事儿，你以为你真懂事儿呢？那是大家看你这种情况，认为你挺懂事儿的。"这是张地平生第一次看到父亲流泪，成建也不是轻易流泪的人，上一次还是在张地出生的时候。二十一年后的今天，同样是因为张地。看到父亲流泪，张地也哭了起来，而且很激动："爸，我错了……"

什么是对？什么又是错？单单从弟弟打你或者是学历太低这两件事上说，你张地确实是犯不上，也显得太不懂事儿了。面对似乎总也不消停的张地和疯疯癫癫的淑梅，成建也真的是很不容易。但我想说的是，二十一年

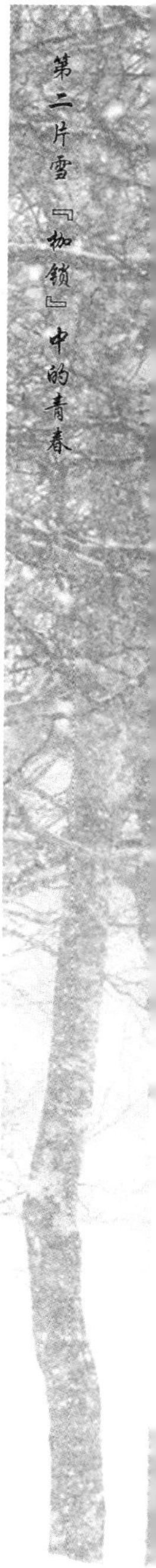

前命运的魔爪就已经伸向了这个家庭，难道今天的成建依然不能接受吗？真的就容不下张地上学，真的就不能说说张天让他对他哥好点儿？但是成建不是个坏人，二十一年来这个父亲没有对自己说过一句不对张地好，甚至所谓虐待张地的话。张成建一切一切的行为，一切一切的选择，在他的眼中，都是正常得不能再正常的事情。走过了不知多少个春秋冬夏，张地在抱怨……成建在抱怨……张天在抱怨……淑梅在恐惧……命运的无情与不公。

活着……

《弟子规》中有一句话叫“兄道友，弟道恭”，说的是做兄长的要与弟弟友好相处，做弟弟的要恭敬兄长。反正大致就是这个意思吧。如果硬生生地将这些传统文化的理论搬到当今的这个社会，确实不是一种聪明的思维。在这个今非昔比的社会形态下，人们似乎完全颠覆了古圣先贤们的许多教诲，这也恰恰是如今我们又重新端起诗书，摇头晃脑地诵读这些圣经的原因。倘若非要把这些理论咬文嚼字地往张天和张地这对兄弟上套，那可就不是聪明的做法了，这种愚钝的思维会使你陷入纠结，不能自拔。

张地在又一次被暴打之后，居然险些结束了自己的生命。才上初中的张天虽然当时显得很害怕，但是很快就又回到了调教张地的“光荣使命”当中。那段时间，张地面对的火钩、皮带、棍棒虽然少了很多，但是在张天和成建的眼中，或许张地的这个错误是不可原谅的。这两个在张地身上饱受折磨的人，势必要爆发出更大的能量！

张地出院之后，一家人强颜欢笑地过了个春节。从那以后，张天就再也没有管张地叫过一声大哥，一律直呼其名。凡也是，这才符合张地的家庭地位嘛！爷儿三个在说话唠嗑的过程中，不管话题是关于什么的，你张地说的话但凡有一点点不入我张天的耳，轻则“朝种、二逼”侍候，重则……成建和张天平时都很喜欢吃尖椒蘸酱，特别在夏天，辣椒也很新鲜。张地吃辣一般，吃的时候很少。张天一家人在一起吃饭，成建突然心血来潮给了张地一块，说让他练练。张地吃了一小块就辣得不行，嘴歪眼斜的自然让人看着很没有食欲。说时迟那时快，张天一把推开张地，从走廊这头一直把张地折磨到那头。

天：“吃不了你吃什么啊！”

地：“爸让我吃的。”

天：“爸让你吃你就吃，让你死你去吗？”

要知道张地如果不听成建的话，他在张天这儿死得会更惨。您说这事儿闹的，正如张天让张地买东西回来不给他吃的时候说的“爸出钱我出嘴，你出啥了？”对呀，这正是成建出嘴，张天出手，张地呢？立足本职工作，挨揍呗！饭桌旁的成建纹丝儿未动，文武配合默契，漂亮！

在这个家里众多的“打打杀杀”当中，这充其量也只能算作一段小插曲而已。但通过这段小插曲我们看到了此时家中每一个人的状态：淑梅完全出局；成建掌控全局，以培养张天为中心，坚持张地自销自亡的基本原则；张天则实现了对张地的完全控制；张地是这个金字塔可有可无的底座，任人宰割。

人是会变的，在这个瞬息万变的时代中，我们有时候很容易被各种各样的事物所改变。我承认，张地一家的故事就是家事，但是绝对有不同于任何一个家庭的地方，而且在一切发生扭曲的过程中，其中的每一个人都是无意识的，包括张地自己。不论张天在张地面前如何的凶神恶煞，他也还只是个孩子。成建在叶柏寿上班，淑梅什么事都不管，张地早已被张天教训得跟孙子似的。渐渐地，张天就对学习彻底失去了兴趣，每天一放学就跟班里的一些后进生跑去游戏厅玩儿两个小时才回家。回家后就和张地说学校没留作业。别看不学习，张天的待遇可是相当的高，谁让人家是成建的重点培养对象呢。每天早晨五块钱的早饭钱，别管老子用来干啥，你就是得给我。张地上学的时候呢？兜儿里有一块钱的时候，那是成建让他中午放学时给家里买块豆腐。这不是小肚鸡肠，通过这些细节，就可以看出成建在张天身上所给予的期望。他宁可要一个倒数第一的张天，也绝不会稀罕那个成绩优异的张地。虽然当时成建对这一切还毫不知情。

张地青春的噩梦还在继续。每天晚上，他都要张罗好饭菜，买回来，告诉淑梅做什么菜，否则一向吃素的淑梅不会惯着他，顿顿不离肉的张天更不会惯着他。从那时开始，张地可以说是委曲求全，说委曲求全可能有点儿抬举他了，当时的张地除了伺候好这位爷，还能做什么呢？每天早晨，张地都得给张天五块钱，不能多，更不能少。少了张天不让他，花多了成建那关也是不好过滴！有时候大冬天张地得从被窝儿里爬起来，为的就是在张天推车子出去的时候给他掀一下门帘儿。白天算是他自己的时间，但他得买米买菜，冬天还得烧锅炉。当时张地很自责，也说不好是因为什么事，甚至有一段时间他总是故意找着挨打，就认为自己有错误，甚至张天学习不好都和他有关。这个可怜的孩子真的以自己的真情对待着家里的每一个人，可换来的呢？那是因为，你张地即使死去，你能为这个家创造出哪怕一分钱的价值吗？还往死能吃，别在这里谈什么亲情，从某种程度上，这对张地来说太奢侈。

有一次，张地因为一时冲动把成建给气病了，这可惹恼了张天。那段时间，张地也承受着巨大的压力，感觉自己像是犯了什么滔天大罪了似的。这天，张天正要去医院照顾父亲，怎么看张地怎么不顺眼，便命令张地躺在炕上，头朝着他。张天拿起皮带就左一下右一下地用力抽打张地的脸，打的过程中，张地还得数着，并且要左右摆头配合着，中间有几次张地实在疼得受不了了，不得不坐起来休息一下，可马上就得继续躺下，不能哭，不能喊，表情还不能太狰狞。那多影响张天的情绪呀，还得了！一直抽到二百多下，张天也实在是有点儿抽不动了：“告诉你，这事儿没完！”说完放下皮带就走了。此时的张地早已面目全非，整个眼眶、脸上全都肿得不像样子。可即便这样他还是得操持着家里的琐事，带着当时被狗咬了的淑梅去打狂犬疫苗，面目全非的张地面对他人的疑问，根本无法解释。一切依旧，在平静中开始，在平静中结束，就像封建社会里对下人们的体罚，它似乎仅仅是个程序化的过程而已……就像我们平常吃饭、睡觉一样。

张地的生活依然在这种扭曲与错位中继续，因为他的特殊，在这个人的身上，亲情似乎是错位的，家庭关系是错位的，这种虽在家庭伦理之中却似乎什么理论都套不上的生存状态是错位的。有什么用呢？今天我在这儿即便不疼不痒地给他加上一车的前缀和修饰，他的生活也还要继续。也正是这种强烈的、现实的以及生存的思考与欲望，才造成了成建、张天的这种状态。这二位对张地说出的每一句话，真实得恨不能都可以精确到圆角分，那是因为在这样一个年代中，他们要活着……

生活就是这样，伴随着春夏秋冬的四季更迭，聆听着时针与分针错落有致的嘀嗒作响。麻木还是习惯，屈服或是顺从，翻开生活的乐章，随心谱下的旋律，却是那样的凤毛麟角。张地所期盼的就是一家人能平安无事，其实当时最不安的就是他自己。每天下午五点，他都会准时来到张天的必经之路等他放学，一直等到七点。其实张天就是和同学们去游戏厅玩儿了，可张地就是觉得不安，每天看到张天骑车回来的影子，他才放心。然后就是张天骑着车子，他在后面跑着回家。每天张天回来，除了吃饭之外，还要让张地给他买一些小食品，这也是张地每天必做的功课，买回来，看着人家吃。如果哪天张天不高兴，是连张地去哪个商店买都要管的，他看不惯张地总去那个给他买了好几年东西、跟店主都熟悉了的商店。更准确地说是张天看不惯张地跟人家谈笑风生的样子，虽然他看不见，但是想想都觉得恶心。在张天的概念里，这不是一个残废（张天口中的张地不是残疾，而是残废）该有的生活。要是碰上哪天张天去同学家玩儿，张地在寒风中等到夜里九点、十点钟也是常有的事。

纸终究是包不住火的，张天，这个成建心目中最为骄傲的儿子，最为美好的希望，最为灿烂的朝阳，就在这一天，让他彻夜难眠。当张天的那张考了一位数、全班倒数第一的卷子被拿到成建面前的时候，成建几乎傻掉了。与当时不给张地交晚自习费、中考报名费不同，这次的成建一夜没睡，他甚至自责自己不该到叶柏寿去工作：“要是知道你这样，我当时还不如不去叶柏寿呢，挣再多的钱有啥用！”张天的未来是这个父亲所有的希望。他可以像养一头猪一样养活张地一辈子，都不会给他投一点的资金去创造未来的机会，即便张地再优秀，在成建眼中他也是没有未来可言的。但是张天不同，即便张天科科零蛋，成建也发誓要用钱把他砸进大学……可悲的是张地，他依然没有醒…… 张成建、张地、张天，以他们各自特有的倔强和忍耐，在今天，活着……

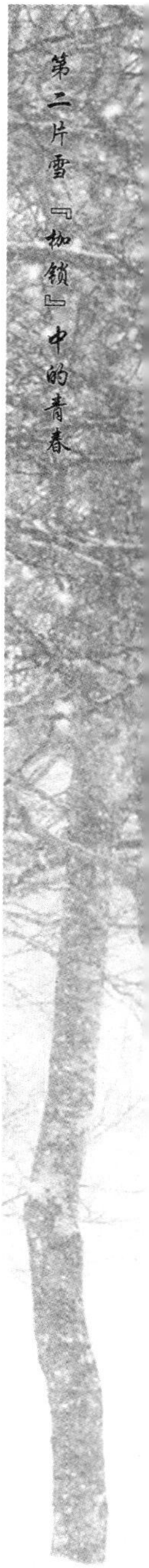

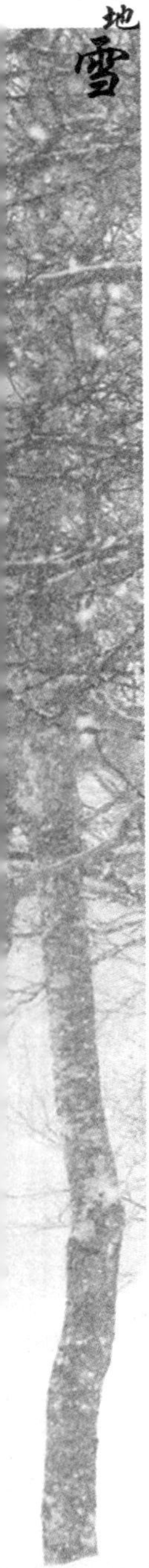

一切依旧……

2010 年的春天，已是满目万物复苏，生机盎然。张地家门前的那两条铁轨被疾驰的火车“洗刷”得特别光亮，反射着耀眼的阳光。铁道那边的杨柳已然微微泛起了新绿，大地上已经有乡亲们在忙碌。一切的景致，犹如每年大自然与我们的约定，不早不晚，如约而至。生活亦是如此，在无数现实的捆绑之下，灵魂中所发出的一些失衡的、本不该如此的指令也如同四季轮转般顺其自然，波澜不惊，在无数周而复始的日出与日落中静静流淌……

这一年，张天读初三了。成绩在班级里垫底的他早已对学习失去了兴趣。每当临近中考时，中学的老师就会给班级里成绩落后的同学提供一些技工学校的招生信息，在不至于使他们影响其他同学复习的同时，也给他们提供一条出路。当年的张地是绝对不在这部分学生之列的，而成建却似乎硬是要把他拉进来——哦，对不起，在成建心中，张地连这一梯队都够不着。然而如今的成建，却要把原本早已在他们之列的张天拉回来。这就对了！完全对的，这才是 21 世纪父子之间最为正常的形态。退去所有应试教育给孩子披上的外衣，他们永远是父母眼中的 NO.1！时代对上了，父亲是父亲了，儿子也是儿子了，不想说啥，就是对了！应试教育给张天判了“死刑”，成建也要拼了这条老命把他给救回来；即使当年的张地学习还可以，成建也不愿意在这样的一个孩子身上砸银子，干脆把他打入“死牢”，任其自生自灭。张地、张天，他们不仅仅是成建的作品，也是这个真实的社会孵化出来的作品。从某种程度上讲，张成建作为这两个“作品”的缔造者，其实也是作品之一。

张天真的不愧是成建的儿子，他变得和成建一样现实。当时还没有普及高中，以张天的成绩假如想念高中，那两万三万可都是他！加之他对学习也早已失去了兴趣，于是，张天决定去上技校。一样的场景，只是这“地”换成了“天”。成建还是面无表情，一言九鼎，甚至接近冷酷，只是结果却是天壤之别……

张天：“爸，我要上技校！”

成建：“不行，上什么技校！”

张天：“就我这德行，上高中一年得上万，出来还不一定怎么着，有啥用啊。”

成建（几乎喊了起来）：“你管那干啥，你念我就供你！！”

孩子大了，这当爹的还真拗不过他了。雷霆般的声音在这个家里其实只是各位在说话唠嗑而已。不同的是这一次令这个父亲大发雷霆的是他真的希望张天去读高中，上大学。一切是那么的自然、简单、真实。张地全都看在眼里，却纠结在心里。成建丝毫不会回避张地，因为他觉得这是再正常不过的事情。此时的这个父亲，头脑中的逻辑不会是谁的感受，不会是父子亲情的形态，更不会是谁的自尊心。他的逻辑就是生存，谁更适合生存，我就让谁有机会生存得更好。总结起来一句话："张地，你给老子活着；张天，你给老子混好！"真实得，让人有些不寒而栗。

初三还没读完的张天就开始准备报考技工学校春季招生班，当时的技校分平煤班和普通班两种，平煤班的毕业之后百分之百包分配，可普通班的孩子毕业以后就没人管了。为了让张天能有一个好的前程，成建找到了张天的二舅——一位很成功的企业家，当年也是当地矿务局的，有很多熟人和同学。成建开始为孩子联系、请客、送礼。报名比较晚的张天还参加了补考，在张天身上成建可谓使尽了浑身解数。在这对父子身上，一切的形态都正常了。即使是那种喊、那种骂，也都在人物及情感关系之中了。一切都对上位了，看着也就舒服了。但是由于成建和淑梅谁都不是矿上的职工，张天最终也没能进入平煤班就读，只能被分在了普通班。成建逢年过节都会去看望一下孩子二舅的这个同学，为孩子日后的分配打基础。任何社会形态下的任何规矩都阻止不了父母对子女的爱。等等，前提是这个子女是父母头顶上的"天"，而不是被踩在脚下的"地"。可怜天下父母心啊！不管孩子选择了什么样的道路，做父母的都会拿出自己的全部去支持。这就是可爱的、可怜的、愿意庇护孩子一辈子的中国的爹和娘！

张地生性热爱艺术，这个爱好使得他的性格与他所生活的环境是那么不符，甚至显得格外幼稚。张地那时非常喜欢赵本山老师的作品，在他毕业的那几年，电视正在热播本山传媒所打造的《乡村爱情》系列喜剧，里面男一号谢永强的父亲，那个人见人烦的谢广坤在张地眼中却是一个可爱又可敬的父亲。作品将一个母亲所应该具备的性格移植到了这个父亲的身上，极具喜剧特点的夸张手法所表现出的恰恰是一个父亲最真实的内心。张地步行到高中的门前，回忆着剧中谢广坤为永强跑前跑后，甚至"不择手段"地去找王小蒙，让她劝永强与香秀定亲的情景。这些镜头，真真实实地在张地的脑海中一遍又一遍地闪现，他是那么的真实，那么的可亲，那么的可敬。他虽然只是影视作品中的一个角色，但却让张地的内心变得柔软，他的心仿佛真正触摸到了那种最最至真至纯的亲情。身处现实的他，灵魂早已陷入了一个对他而言完全虚幻的世界之中。可他最终还是要走出剧情，回到现实，依然是……

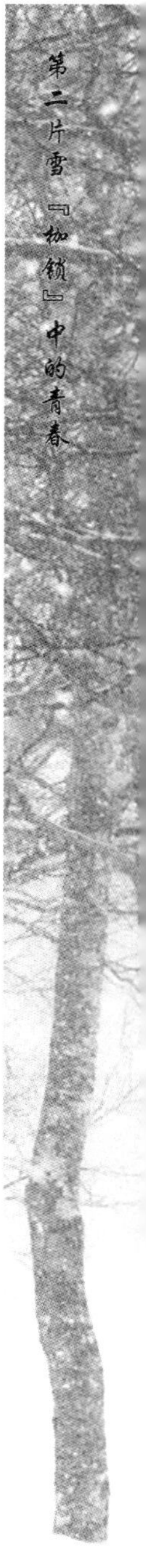

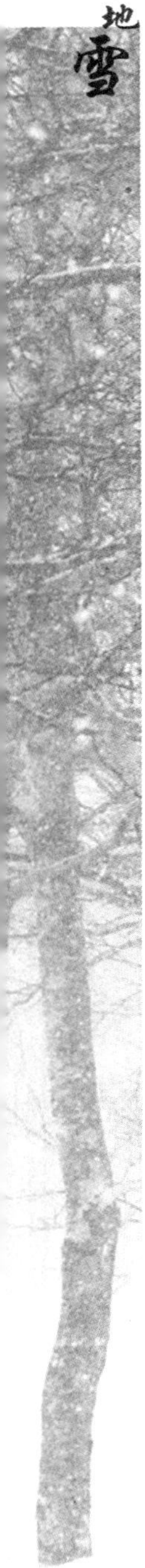

依然是那样的景致：杨柳依然忠诚地戍守着那两条笔直的铁轨，光阴就在这绿叶间穿插的阳光中静静地流淌。它们年复一年地演绎着四季的变换。在光阴与大地的交错中，人、自然，一切依旧……

第三片雪　还有那样一种生活?

第一束光亮

社会，是一本永远读不完的书。不论你是多么的初生牛犊不怕虎，都会在弱肉强食的打磨下被磨平尖锐的棱角。可张地却不会被轻易磨平。相反，正是他特有的成长经历，使得他越发坚持自己的信念，近于固执，并且使得他对社会所给予的哪怕一点点的关怀，都异常敏感。

老天饿不死瞎家雀，更何况这是一只看得见、有思维，对事物有感知的“家雀”。2011 年，这只家雀起飞了。这一年，当张地再次来到残联的时候，招聘残疾人的福利企业如雨后春笋般多了起来。这对在择业方面一向挑剔的张地来说，无疑是一件好事。那时的他在残联这个地方已经面临过无数次的选择，可每一次随着一批残疾人前往工厂的时候，内心都会产生一种恐惧，不知道即将面对的是一种什么样的环境，什么样的生活状态。但是在包括成建、张天在内的大多数人的眼里，像张地这种条件的人是完全没有资格去思考这些东西的，只要给你钱，让你做什么都得给老子做。当下的就业背景就是这样，别说张地了，多少大学生在很多时候都会发出这样的感慨，具体到张天和成建就是“只要给你钱，每天活着回来就 OK 了”。

就这样，在又一个充满希望的春天里，张地随着六个应聘的残疾人一起来到了一家文化企业，张地听来倒是挺适合自己的兴趣爱好。这是一家当地小有名气的茶楼，产业还涉及茶叶及文化用品的销售。老板看到国家对残疾人扶持力度的加大，准备雇佣残疾人上一个工艺品包装的生产线。和别的企业有所不同的是，这家企业一开始并没有把他们带到车间进行一些诸如生产安全、设备操作的岗前培训，而是把他们带到了茶楼，开始了中国传统文化《弟子规》的学习。每天上午的九点到十一点，张地他们这七个残疾人会和茶楼的茶艺员一起学习听课，聆听茶楼经理对《弟子规》的讲解。就是这几天简单的学习，“不安分”的张地还闹出了故事。

生性要强的张地一向都没把自己当成残疾人，他所表现出来的是超乎一般残疾人的敏感。当他真正开始和其他的六位残疾人一同坐在茶楼，而且还是和茶艺员们一起上课的时候，一种极其强烈的群体意识便爆发了出来。在和那些同样走路东倒西歪的“同事”坐到一起的时候，他感觉有意无意地就被划归成了两个阵营。坐在陈设讲究、装修几近奢华的茶楼里，张地很兴奋、很激动，或许，还会有几分紧张。这孩子哪见过这“阵势”啊!

妥了，别管以后在车间里干什么，上课的那几天张地可是每天拿着公司发的笔和本准时到茶楼去上课，也算是“舞文弄墨”之人了。可这天上课，他这墨却怎么也整不出来了。对于每天听完课都会语惊四座的“张老师”来说，这笔不下水一会儿可怎么发言呀！就在这时，和他坐对座的一个茶艺员伸手递给了他一支笔，张地礼貌地回了一声“谢谢”。对这一细微的帮助，张地始终感恩在心。他感觉自己这样的一个人能得到他人如此的帮助，内心有一种抑制不住的感动。茶艺员们都是刚毕业的姑娘，由于公司的培训和企业文化的熏陶，大家对这一群残疾人非常热情。作为有着那样一段成长经历的张地而言，真可谓无比感动，让他感到温暖甚至惊奇的是“人与人之间也可以这样”。他没见过，更没有感受过。那种感动，是社会给予他的第一感受。尽管对他人而言，这是再平常不过的事了。张地服了，以前从不敢接触，更不愿承认自己是残疾人的他感觉此时必须老老实实地站在残疾人这个群体里，不为别的，只为感恩。毕业之后，这残疾证一拿，张地是摆脱不了残疾人这个符号的。在《弟子规》培训的最后一堂课，张地语重心长地说了这样一段话：

“请大家原谅，今天我得坐着发言，因为我怕站起来会紧张。我写过很多的东西，但是从来不敢触碰残疾人这个群体。来到这里，真正和他们坐在一起，一开始还多少有一些紧张。但是真正走进这个公司，看到这些茶艺员们对我们的接纳和帮助，真的很感动。XX 和 XX，直到今天早晨我才真正对上号，知道她们的名字。所以我觉得，我应该老老实实站在这个群体里，去感恩，在此，请允许我给在座的每一个人鞠上一躬！”

张地分别给老板、茶楼经理和茶艺员们都鞠了一躬，所有人都随着张地站立了起来，无不感动地流下了热泪。其实都是举手之劳的事，大家也没有把他们当作多么特殊的人，只是这个有着特殊成长经历的张地太过于敏感了，而且这种敏感，一直没有减退。

张地他们真正的工作是工艺品的包装制作，裁板、粘板，到最后外围的包装，都由这七位“大侠”来完成。哪怕是最为简单的工艺在他们这里都得一遍一遍地教，一遍一遍地练，不是板儿没粘住就是把胶水弄到了外面的绫子上。自尊心非常强的张地在工作期间也总是在残疾人与健全人两个概念之间来回“盘旋”，不断地思考着在外人看来毫无价值的事情。初涉社会的张地就这样游离地做着自己的第一份工作。但最终，由于公司招聘的残疾人数量不够，残联可能并没有给它什么福利，加之产品质量又上不去，这条生产线还是被撤销了。

虽然工作没有了，但对张地而言，那却是今生的第一束光亮打在了他寒冷的灵魂上，这是张地的感受，即使他是扭曲的，即使他将事情无限放大了若干倍。可他是真实的，恰似当年成建所做出的选择，不容置疑！那支递到他手里的笔，似乎永远闪动着灿烂的光芒，照亮了他的心……

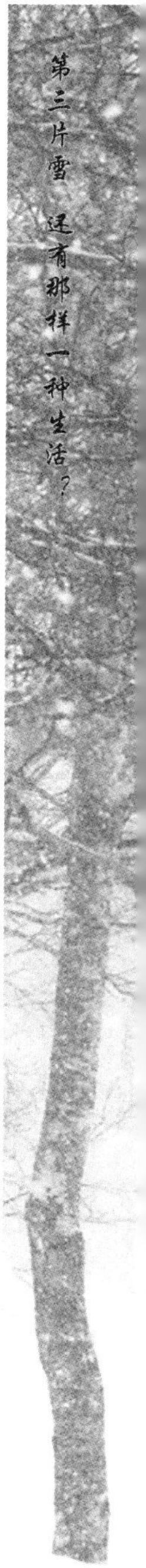

全新的开始

张地再次失业，当他把这个消息告诉成建时，成建只是漫不经心地说了一句："这是早晚的事儿！"这小子能蹦跶多远成建还不知道嘛！在家待着还看你烦，出去吧，还有一搭没一搭地挤兑你。怪不得在第一个月开支（一共也就干了不到俩月）时，当张地拿着区区三百块钱的工资打算将平生第一笔收入给成建的时候，成建非但没要，还又一次与张天联手把张地臭骂了一顿。张地呀张地，就三百块钱，您也拿得出手！什么第一笔、第二笔收入，这二位爷谁跟你玩儿这套啊。告诉你吧，真正的父子或者兄弟亲情的东西你是玩儿不转的！这还看不出来吗？钱不要你的，以后也甭想指着老子管你！

"哼！别看俺在这二位爷的'炮火'之中长大，俺老人家这身价儿可不能下来！"张地在择业方面的那种挑剔劲儿依然保持岿然不动，还冠冕堂皇地给自己找了个理由，他冥冥之中总感觉好像有一份非常适合自己的工作在等着他。他要是不把死人给愁活了，是不会消停的。在他眼中，家里的炮火连天跟自己的择业没什么关系，要说有关系，也只能使他变得更加叛逆和倔强。张地在内心深处，就从来没把自己定位在像很多人说的那样开个食杂店，学个修表、修车之类的手艺。成建这边呢，一方面确实是把所有的精力和希望全放在了张天的身上，另一方面，在铁路系统里待了半辈子的他也确实没那个本事去给张地谋个出路，他也绝对不会因为这样一个孩子，像帮助张天那样去求爷爷告奶奶。

说历练吧，还真用不到这小子的身上，这词儿给他用瞎了。但张地似乎是一个永远不会老实下来的人。失业两个月以后，他一个人晚上在街上"扫马路"的时候看见当地的一家大型肉食品加工企业在招聘残疾人，信息就在人家连锁店前面的LED屏幕上滚动。你说你需要啥自个儿还知不道吗？麻溜儿记下来得了呗！第一天愣是没进人家张地的眼，第二天想记下来的时候呢，看着那火车一样的字幕一条一条地往前开，直不愣登地看出双影儿来也没有找到！人家还不放了。这不倒霉催的嘛您说。张地离了歪斜地硬生闯进店内，愣是把地址和电话要了出来，还真有点儿闯过江湖的架势！事不宜迟，第二天他就骑车去了那家公司。

骑到公司，张地着实被眼前的气势给惊着了：宽阔的厂区、漂亮的办公楼，硕大的厂名和标语在楼顶上煞是耀眼，就是一个气派！走进办公楼再看，办公区和车间合二为一，被二楼的一条宽阔明亮的参观通道分隔开来，这边是一目了然的生产车间，那边是整洁的办公区域。“哎呀妈呀，这俺只在电视上看到过啊，这不是广坤叔去过的上海清美嘛！”入职填表的时候，这小子就开始在那儿“想入非非”：这要是能在如此气派的办公室里工作，那可妥妥儿的了！面对这家公司，张地依然采取“高调应战”的策略，其实当时的张地多少还是有点儿“妥协”，想着进车间老老实实当个工人就不错了，没成想他这种身体情况还进不了车间，至于装货、卸货，他这小身板儿更甭寻思。最后，公司决定让他去绿化队搞绿化。这还得了！这回他不干了，不想“妥协”了，有点儿心有不甘。于是，他又开始了各种“嘚瑟”。

张地回到家，拿出了自己压箱底儿的“宝贝”，也就是这几年在报纸上发表过的文章，一股脑儿地拿到了公司，详细吹嘘了自己这几年在“文学界”的“光辉业绩”，看来他对于坐办公室不是没敢想，是没敢往小了想啊！一进来这就是想要笔杆子。还在人家那儿七扭八歪地来了一把“现场创作”，其高调的姿态、出格儿的字迹，非常符合他一贯的风格。面对这么一位“人才”，人力资源部的经理也犯了难，只得让他回家听信儿。当时正值七月的雨季，每天张地都顶着雨来公司询问情况，可谓相当执着。最终在他的坚持下，总经理亲自签字，任命他为公司企划部文案，8 月 1 日正式入职，这事儿还真成了！

公司要求统一着装，再看张地，小白半袖儿一穿，黑皮鞋一蹬，胸牌儿一戴，还真挺像那么回事儿，上下班还有通勤接送。连张地自己都没敢想，像他这样的一个人还真能有这么一天。他当时就是想着要努力往前凑合，凑合到哪步算哪步。兴奋啊！坐在办公室，周围在一起工作的不但是健全人，而且都是各部门经理、主管一级的。公司让他负责文案写作，当时想办一个内刊，所以，张地入职后准确的职位是内刊编辑！

张地入职三个月之后，公司营销中心来了一位新的销售内勤孙晓雪。她上班和张地在同一站上车，年龄比张地小一岁，文质彬彬地架着一副眼镜，一身整洁大方的制服秀气中透着一股干练，说话还带着那么一点辽宁方言的味道。称得上形象气质俱佳的晓雪一点也不娇气，她待人热情大方，非常乐于助人。哪成想，就是这个小姑娘特别简单的几个动作，仅仅几个“回合”，就彻底“驯服”了一直以来非常能嘚瑟的张地，使得他完全被“斩落马下”。

哎！命运总算是公平的，这次的这份工作让张地很是满意，拿得出手，说得出去。求职、应聘，这个基本没有品尝过真正的青春是什么滋味的张地却从没有把工作当成一个简单的糊口的饭碗。在别人，尤其是成建和张天的眼中，这个将就活着即算是成功的张地恰恰是一个非常讲究的主儿。这份工作，绝对是张地的一个全新的开始。这个“不寻常”的孙晓雪，也似乎注定

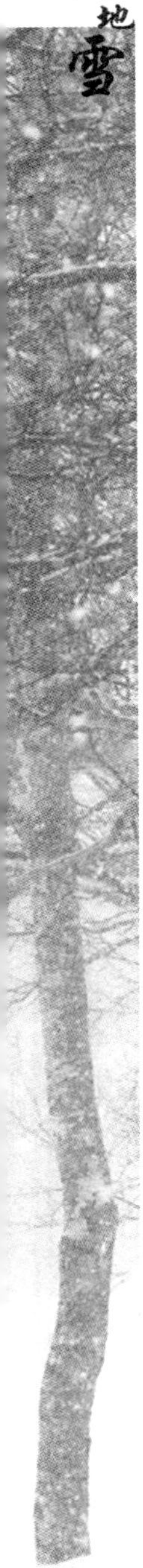

会改变张地的人生……

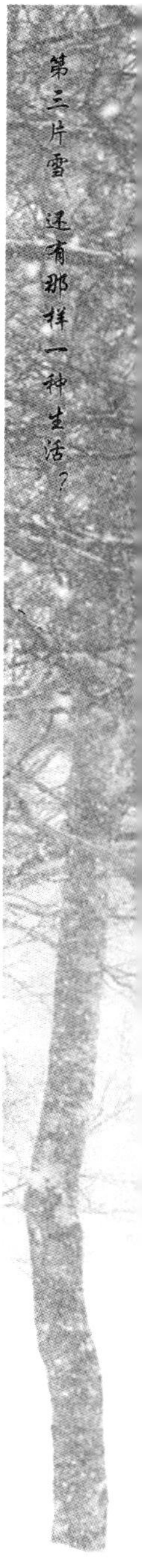

这件事“太囧”

一株向日葵，破土而出，生根发芽。在阳光和雨露的滋润下长大，永远向着太阳，绽放着生命的笑脸。倘若它不幸被移植到了阴暗的地方，饱受风雨的侵蚀，在生命即将终结的瞬间被重新放归到温暖的阳光下，让它好奇地看着身边欣然绽放的生命，又会呈现出什么样的生命形态呢？

其实人也是如此，小学、中学，再步入大学直至走向社会参加工作，不同的成长阶段会有着不同的人生感悟。一个从“本我”走向“自我”的过程，这便是成长。这一片片带着各自性格的“叶子”在被应试教育程式化的“森林”中进行着蜕变。早晚有一天，每个人都要冲破父母的庇护，去认知社会是什么样的，人际交往是什么样的，这个属于年轻一代的时代是什么样的，最终走向属于自己的那一片天地。可对于张地而言，这个过程变得迟缓了。他似乎迟迟不能走出成建的这种“庇护”。

正式走向工作岗位的张地尽情地吸收着这个全新的环境所带给他的新鲜。同事们对他很关照，非常照顾这一名有些特殊的新员工。领导并没有给刚刚上班的张地安排具体的工作，只是让他学习一些广告文案的写作。这是一个非常年轻的企业，同样拥有着一支年轻的管理团队。这一群比张地大不了多少的年轻人个个都朝气蓬勃，闯劲儿十足，无不散发着青春十足的能量。张哥李姐地和大家混熟之后，张地发现这一群与自己年龄相仿的人在过着一种与自己截然不同的生活。他们可以轻点鼠标，在网上追逐着时下最流行的电子产品，或者从网上淘来各式各样的小玩意儿来装点这丰富多彩的生活；他们可以用最具个性的语言，甚至可能就是一个声音形象而准确地描述出某一时刻的心情；他们可以换上球鞋来一场酣畅淋漓的乒乓球比赛，一切自然流露，肆意挥洒，是早已流进他们青春血液里的生活状态。可眼前的一切在张地眼中却是那样的陌生，张地与就坐在对面的他或她似乎离得是那样遥远。最最直观、最最真切的感受往往是最能将人牢牢“吸住”的。最起码这些同事在家不会担心因为一句话而招来“伤身之祸”，不用二十好几了还被自己的弟弟“管教”得服服帖帖；最根本的，是他们不必在自己血缘关系最近的人的面前去思考怎样保护自己，相反地，那永远是他们幸福的源泉……即便如此，工作中的这一群年轻人又是那样的雷厉风行，那样的讲求原则。时代让他们的笑声变得灿烂，社会让他们的羽翼变得丰满。眼前的精彩，让张地恍若隔世。

十一月份的北方，寒气袭人。一大早赶着上班的人们行色匆匆，个儿个儿都捂得严严实实。张地和晓雪他们在乘车的站点等了大半天也不见通勤车过来。甭问，这准又是天冷打不着火儿了。几个人为了不迟到，马上赶往就近的公交车站。走的过程中，就看见这张地大冷天儿的直往下淌汗，他一摸兜儿，就剩两毛钱“大票儿”了。这小子刚刚挣钱，张天当时还在读书，所以成建依然给他们留生活费。中午在食堂吃饭刷卡，所以张地身上不怎么刻意揣钱，一般花没了也就“自然没”了。他心里想一块钱都拿不出来，这可囧到家了，便开始转移话题，和一同坐车的许姐“周旋”了起来：

“许姐，现在回趟家还赶趟吗？”

“回家干啥呀？”

“我……我今天身上没带钱。”

“哎呀，我这儿有！”

这小子，同事间相互垫个钱算个啥事儿啊，块儿八毛的。可张地压根儿就没有经历过啊。等到上车的时候，还是人家晓雪掏出了三块钱。地哥，亏了啊，你不提没准儿也是这个结果啊，堂堂二十五岁大小伙子身上连一块钱都拿不出来。这不是囧，是囧到家了啊！准确地说，是从家一路囧到了单位啊！啥也别唠了，这“饥荒”让你拉得！张地当时没有说什么，但心里却感觉暖烘烘的，在车上，售票员还给这位无票人员让了个座儿。当天下班回来，张地赶紧取出了点儿低保，想着第二天等车时第一件事就是要将那一块钱还给人家。那人家哪能要啊？

张地这小子，您看他，成长形态是扭曲的，今天看二十大几的人了，社会上、单位里，同事之间该怎么相处、怎么把握，他也不知道，也知不道是刚刚参加工作还是根本就没长大，一份在别人看来可能根本不值一提的温暖却打开了他的心扉。晓雪所给予他的感动远远不止这些，很多时候，这小子只想再一次傻傻地问上一句：“人与人之间也可以这样？”真是囧死了。

简单幸福　简单爱

四月春来早，清晨的鸟儿在枝头报晓。马路两旁的小树随着春风俏皮地向路人问好。和往常一样，晓雪早早地起床，把家里收拾得干干净净。她甜蜜的微笑和清晨的第一缕阳光一同打在了还在床上赖着不起的杜鹏身上。二人年底即将步入婚姻的殿堂。晓雪准备好了早饭，一遍遍地叫着杜鹏起来吃饭。她一边麻利地忙着手里的活儿，一边与里屋慢吞吞赖着不愿起床的杜鹏斗着嘴：

“大懒虫，几点了还不起床……”

杜鹏打了个大大的哈欠：

“据说不还是昨天那时候儿嘛！”

很快，小两口儿的早餐便摆到了桌上：鸡蛋、小米粥，哦，对了，还有晓雪每天都会给杜鹏准备的一杯热牛奶。晓雪坐下，迅速地吃了起来：

“贫吧你就，告诉你啊，今天本小姐有事儿得早点儿走，再不起来没人伺候你了！”

一切收拾好后，晓雪出发了，穿着杜鹏给买的粉红色上衣，拎着昨天给还在老家读书的弟弟买的鞋。早晨的阳光真好！空气中似乎都跳动着美妙的音符。晓雪今天的脚步比往常快了许多，因为她要把刚发的工资给父母打回去，再把昨天给老弟买的鞋寄回去，然后再去上班。虽然每天的生活很忙碌也很辛苦，但每当想起家中的父母、弟弟孙凯，还有爱她的杜鹏，晓雪内心就会感觉到无比欣慰。她喜欢这样简单而又充实的生活，不会像一些年轻人那样因为一个或大或小的目标把自己弄得很疲惫，更不会去刻意为自己规划多么高不可攀的理想。但是她知道，她会用自己的双手、自己的智慧，为家人去创造幸福的未来，就像身边每天陪她去上班的满目春色——简单，却充溢着温暖！从自助银行出来，来到邮局，填单、打包、付钱，一份深深的思念与祝福就这样寄回了丹东老家。再给老弟打上一个电话，老弟简单而又俏皮的几句话赶走了她忙碌整整一个早晨的疲惫。我们，还需要什么呢？

人们常说幸福的家庭大致相同，不幸的家庭各有各的不幸。但是仔细想想，生活中埋藏在我们内心的，那种柴米油盐之中润物细无声的小小幸福，我们看得见，抓得着，有时傻傻地笑着，却支支吾吾地道不出它的形态，这才是真正的——幸福！我们愿意为了这份幸福去奋斗。它不是像矗立起一座宏伟的高楼大厦那样显得多么多么的气势磅礴，而是一束灯光射出窗户，照亮了咱们寻常百姓家！

下车、打卡、开门、打开电脑，再打上一壶水。简单收拾之后，忙碌的一天就这样开始了。晓雪拿出一大摞厚厚的单据，梳理着一大堆的数据，调进、调出、排序、录入，埋着头，整整一个上午就这样过去了。半天下来，忙得她肩酸背痛。孙晓雪既不是什么大企业里的白领，更不是什么政府的公务员。她和张地所工作的地方，只是当地小有名气的一家私营企业。在这里，一切都是要靠业绩说话的。工作中的晓雪认真、投入，可不论多忙，她对待身边的每一个人总是带着她那标志性的微笑，力所能及地去帮助身边需要帮助的人。自从考到北京上大学，到后来留在北京工作，如今即将在内蒙这边成家立业，一转眼，这个小姑娘出来已经有五六年的时间了。在外漂泊的日子里，是源自家中父母与老弟那份深深的爱，使这个外表看上去柔柔弱弱的小姑娘逐渐变得自信，变得勇敢，变得坚强。现在与杜鹏相识、相知、相爱，两个人决定留在赤峰这边发展。在多了一份幸福的同时，也多了一份沉甸甸的责任。因为两个人的结合，也是两个家庭的结合。和张地一样，中国最最传统的家庭伦理体系依然死死地网住了晓雪，但不同的是，她网住的是幸福，网住的是体贴，网住的是关怀，网住的，是和大多数家庭一样，万家灯火的温暖！

下班了，舒展疲惫的身躯，奔向那个心中最最温暖的地方。下班前晓雪给家里打了一个电话，谎称单位有事要加班。其实，她是要去做一件在她看来更重要的事：晓雪在街里走了好几家鞋店，按照婆婆的鞋码、平日的喜好，精心为婆婆挑选了一双鞋。回到家里，当她把鞋拿给婆婆的时候，老人家嘴上虽说有些微词，说晓雪不该花这个钱，可这心里，却是满满的欢喜。

“妈，给您买了双鞋，您试试看合适不。”

“给我……这孩子，花这钱干啥呀，我那鞋多了！”

“您先试试嘛！”

“呀，真好看。呵呵，这孩子，合着说加班，敢情是给我买鞋去了！”

晓雪有些不好意思地笑了。此时，杜鹏爷儿俩将早已做好的饭菜摆到了桌上。全家人围坐在一起，其乐融融，有说有笑。落日洒下的余晖，把墙上的中国结映得更红了，饭桌上传出的欢声笑语飞遍了家里的每一个角落。晚饭后，婆婆和小夫妻俩出去散步，要说这“姜还是老的辣”啊，在超市里，婆婆故意说想自己一个人转转，把二人支开，给这个孝顺的儿媳买了很多她平时爱吃的小零食。当晓雪回到家时，看到婆婆大袋儿小袋儿地买了这么多好吃的东西，赶紧走上去接过来，眼里似乎还噙着些许的泪花：

“妈，您看您……”

晓雪拿着东西，迅速回到房间，转身的刹那间好像想起了些什么，眼角变得有些湿润。月上梢头，一家人围坐在电视机前，惬意地看着电视，晓雪靠着老公，吃着婆婆买回的零食。

“妈，您尝尝这个。”

“你吃吧，妈不爱吃。”

晓雪眼珠儿一转，拿起了一包薯片：

“妈您知道这个叫什么吗？”

“这个……嗨，那上不是写着呢嘛！”

“呵呵，您不知道啊，那您是怎么买的啊？”

“妈看你平时不就爱吃这个嘛，照葫芦画瓢呗。”

婆婆可爱地小声儿问了问杜鹏：

“怎么样，妈‘画’得对不？”

杜鹏实在是憋不住笑了，瞬间又做出一副很严肃的样子：

“那好吧，我做总结性发言，我认为这不是对不对的事儿，妈您知道吗，就这馋丫头，您‘画’啥她吃啥。”

“哈哈哈哈哈……”

不知有过多少人曾给幸福下过无数的定义，也许我们无数次地与它擦肩而过，也许，它早已被我们牢牢地攥在了手里。就像晓雪在空间里写的那样，人不需要有太多的要求，幸福的事情就在身边的点点滴滴。一个微笑，一声叮咛，一份牵挂，一辈子的温暖！

家

不论时代如何变迁，岁月如何更迭，我们的内心深处都会永远守护着一方最最柔软、最最肥沃的净土。即使在外面经受再大的风浪，推开那扇门，永远可以撒娇地喊上一声爸妈，深情地对他（她）说上一句“我爱你”。这就是，家！

日子就这样一天天平平淡淡地过着，带着我们的真实，带着我们的爱，带着我们对明天的期许。工作依然忙碌，晓雪今天需要做完上个月公司所有销售人员的工资，报给人力资源部；还要准备20号展会上的展品；下午还要接待领导参观，并负责解说。就在她做工资的时候，突然接到公司呼市总部打来的电话，催她传一份上个月的销售资料，事情太过紧急，以至于电话里并没有说清楚。晓雪发过去之后，公司总经理亲自打来电话，说她发错了，并很严厉地批评了晓雪，说她工作不细心。放下电话后，晓雪强忍着眼泪，迅速将材料发了过去。

“刚才那边确实是说错了嘛，又怪我！”

晓雪说着说着便委屈地掉下了眼泪，同事赶紧过来安慰。毕竟还是个小姑娘，再加上连续几天繁忙的工作，晓雪真的是感到有些身心疲惫了。

“没事，没事，康姐，我没事！”

正在这个时候，晓雪的手机响了，一看是老弟打来的，晓雪赶紧擦干眼泪，走了出去。

“老弟，下课了？”

“姐，鞋我收到了，太好看了！”

“臭美样儿吧！穿着合适不？”

“合适，合适，姐你知道吗，穿出去回头率那是相当高了！”

“没个正形儿，好好上课，照顾好自己，缺啥跟姐说！”

“知道，姐。哎姐，杜鹏同志最近表现怎么样啊？”

“一边儿去，杜鹏是你叫的？好好上课！”

晓雪不舍地放下电话，双眼却再一次被打湿，晶莹的泪光中浮现出了那个天天跟在屁股后“姐长姐短”、鼻子上常常挂着一串鼻涕的小破孩儿。那时候，姐弟俩放学回来就会来到家门前的池塘边玩耍，旁边便是葱葱郁郁的大柳树。每当晓雪和几个邻家的小女孩儿跳皮筋儿时，弟弟肯定会在一旁哭闹起来，以示抗议，可翻译为：“你们岂能冷落了我这个小男子汉！”。每当这时，晓雪不管玩儿得多尽兴，都会跑回屋里拿出弟弟平时最喜欢玩儿的玩具，把弟弟哄好后再继续跳。晓雪从小就是一个非常乖巧懂事的孩子，父母告诉她，要懂得照顾弟弟，让着弟弟，晓雪一直记在心中。家里有什么好吃的她也总是会把自己的那一份分给弟弟吃，即便有时候姐弟俩争起来，晓雪最终也会被老弟的眼泪彻底征服。在姐姐的眼里，这个弟弟或许是永远也长不大的，即使今天，姐姐眼中的这个小破孩儿已经是沈阳一所大学大三的学生了。时光带走了童年的很多快乐，却带不走那血浓于水的亲情，带不走这时时刻刻的牵挂。

“晓雪，参观的进院儿了。”

“哦，来了！”

“各位领导大家好，欢迎来到我公司参观，现在呈现在大家眼前的是第一车间，这个车间主要……下面请各位领导随我到展厅参观。”

一样的流程，相似的程序，还有那一大段早已烂熟于心、复述了上百遍的解说词。这个刚刚还在那里偷偷抹眼泪的小姑娘，现在摇身一变，成为了成熟干练的行政接待人员。甭管您是员工家属还是政府官员，甚至是副市长和自治区的领导，到公司参观的第一个程序就是参观整个生产线，参观的同时，就会听到晓雪热情周到的讲解。虽然入职时间不长，但孙晓雪已经成为了公司接待工作人员中最出色的讲解员。她总能在接待过程中果断正确地处理各种突发事件，圆满完成每一次接待工作。

下班的时候，还没等通勤车停稳，就在路边看见了刚刚还在电话里牛气哄哄谎说自己有事的杜鹏，晓雪在车上笑了笑，下车却装作没看见一样走开了，杜鹏追了上去：

“哎哎，肿么个情况，这么大个人没看着啊？”

“呦，这位先生，您不是有事儿嘛！”

杜鹏笑了：

“别说，还真有事，十万火急的大事！”

“什么事？”

“接您老人家回家呀！”

“说什么呢，谁老？谁老？”

“我老还不行吗？我老！”

这算是哄好了，嘿嘿。晓雪挽着老公的胳膊，两个人穿过熙熙攘攘的人群，说着一天中发生的事情，畅想着年底的婚礼。别看杜鹏平时话不多，小两口儿一起出去参加朋友聚会还不如晓雪显得健谈，可在晓雪身上他却是一身的“鬼点子”。老婆平时喜欢吃的东西、喜欢穿的衣服，他都会不声不响地给晓雪买回来，来个小惊喜。要是晓雪不开心或是生气了，杜鹏更是会使尽浑身解数，变着法儿地逗她开心：讲个小笑话，或是唱一首小曲儿，还少不了他那极为不协调的肢体动作。常常使晓雪不得不“举手投降”，破涕为笑。（当然，唱歌奏效多数是因为他的调门儿跑到赤峰，唱到最后居然还能自己溜达回来）就算是以上战术均宣告失败，他那如同热锅上的蚂蚁般急得团团转的囧态也一定会让晓雪招架不住，这成为了杜鹏压箱底儿的“秘密武器”。可这一次，他却好像有点儿演砸了：

“媳妇儿，我现在有一大事儿要向你汇报！”

“说吧，又是什么不着四六儿的大事儿？”

“这大事儿……什么叫不着四六儿啊，我那天在商场看见一套衣服特好，特别适合你这身材，周末咱俩看看去。”

“算了吧，别美了，我警告你啊，这月房贷还没还呢。”

“还房贷是还房贷，告诉你啊，这可是咱妈的旨意，妈说快结婚了，让给你买几套好衣服。”

“真是妈让的？”

“绝对是咱妈的圣旨，周末咱俩逛逛去吧！”

“还说周末……我发现妈最近腿好像不太好，总说腿疼，咱俩周末得先带妈看看腿去，妈腿要是没事儿，我再赏脸陪你上街臭美去！”

“哎，有妻如此，夫复何求啊！”

“臭美，谁是你妻呀！“

“说啥呢，是不是，是不是？”

“讨厌，人看着呢。”

“我跟你说啊，我必须把你打造成世界上最美的新娘，到时候咱们先准备三套婚纱，二十双鞋，一套一套地试，给你配三个助手，到时候……”

“哈哈哈……”

小两口儿一路上说着、笑着、闹着，说着家里的琐事，畅想着心目中最完美的婚礼。不知不觉，月亮已然悬挂在天上，照着两个人的笑脸。婚礼、房子、父母、家人……就在这嬉笑打闹中，在两个人看似非常不靠谱儿的说笑里，却囊括了家里的每一个人。那种真实，那种家人间细腻的关怀与体贴，让我们每个人的心里涌动着一股暖流，暖得想要流泪！

回到家，推开门，热腾腾的饭菜已经摆上了餐桌。又是一顿团圆饭，又是一张全家福。人生所有的得意与失意，都可以在这个最温馨的地方消散。这个地方让我们温暖，让我们快乐，让我们可以毫无戒备地去大声地笑、放声地哭。所以我们总是心甘情愿地去为其辛劳，为其奔波，为其中的每一个人付出自己的所有，这个地方就是——家！

那份真诚，让他不曾“摔倒”

有一种真诚，它叫作爱。这种爱，编织着我们的生活。孙晓雪与张地，同在一片蓝天下，同在这一片土地上，却演绎着他们各自截然不同的生活形态。哦不，要让我看啊，张地他充其量只能算作一种生存状态——那种在世态炎凉下用尽自己的全力去呼吸的状态。哎，够十五个人看上半个月的！可又能怎样呢？当时间像溪流一样静静地向前流淌，有时候，它所消耗的，岂止是我们的青春，还有我们的生命！

公司的办公楼分为两层，晓雪所在的营销中心在一层，张地在二楼的综合办公室。在企划工作的时候，张地主要负责公司内外部新闻稿的撰写，发布到公司内部的网上。凭借着多年锻炼出的一些文字功底，他写的新闻领导及同事们都很认可。在平时的工作中，同事们也很愿意去帮助老实厚道的张地。晓雪刚入职时，还有些怕这个看上去有些怪怪的张地，渐渐地对他有了一些了解，尤其是看到他在网站上发的那些文章之后，也觉得张地挺有才华的，平时在办公室里偶尔也会说起张地。

2012 年夏天，公司决定将档案管理起来。领导想到了一向做事认真细致的张地，决定让他管理档案，还专门购置了一套专业的档案管理软件。一开始张地还不太适应，这对他来说是一个完全陌生的领域，尤其领导告诉他在前期整理和录入软件的时候，是要整日泡在档案室整理的。哎，这回可麻烦了，档案室并不在办公楼这边，而是在宿舍楼的三楼。这回可是把一向爱热闹的张地给难为够呛，这不等于被“发配”了嘛！刚刚感受到一些来自同事们的温暖的张地真的是一百个不愿意，可是没有办法。当时企划工作并不是很忙，入职时所策划的内刊也早就停办了，而且听他们主管说，对于享受国家福利政策进来的张地，老总起初是不怎么愿意让他干企划的，是他死乞白赖那个劲儿，才勉强同意让他试试看。现在有了这么一摊儿事让他管，而且在他的要求下还给涨了工资，周围不论谁都告诉他这是一个很好的机会，劝他一定要把握住。在这个“给钱儿就是爹”的社会，谁还会在乎什么在哪办公？人家在外面吭哧搬货的库工不是也一样干嘛？看来张地，是真的还没长大！干就干！学会软件操作之后，他一个人在档案室，把小音乐一开，便开始按照自己的节奏录入档案。这录进去的档案，打出名字一搜，嘿，还真找着了！（这不废话吗？人家公司好几万块钱白花的啊！）上了软件之后，这小子开始进入状态了，也玩儿上高科技了！他发现档案管理其实就是一个需要上点儿心、细致点儿的活儿，只要严格地按照制度走，就出不了差错。于是在领导和大家的帮助下，张地把这套软件的功能都利用了起来，大家借阅档案也比以前方便多了。除了是专职档案员，新闻也依然是他写，这小子在公司是真正干了起来，领导也比以前更加器重他了。

善良，是不需要理由的。生活中那些细微的帮助，常常让我们心生温暖。我们常人亦是如此，更何况这个有着极其特殊成长经历的张地了。前面我们说过，孙晓雪和张地工作的地方，只是当地一家小有名气的私营企业，但是发展前景很好，企业规模迅速扩大，已经兴建了好几个生产基地，当时总部和基地的行政人员加起来总共有二三十号人，公司为了节约开支，一直用一辆小客车接送行政员工上下班，自然是站着一半坐着一半，开出去浩浩荡荡，煞是壮观。好在公司所在的工业园区离城区还不是很远，大家站的站，坐的坐，挤的挤，说说笑笑也就到家了。周一晚上下班的时候，司机早早地将车停在了办公楼的门前。晓雪收拾好后，出来得比较早，坐在了车子第二排的座位上。昨天放假在家收拾了一天的房子，新房上个月刚刚拿到钥匙，她和杜鹏马上就开始了装修，即使这样，算上装修后通风换气的时间勉强能赶上年底的婚礼。杜鹏最近工作又忙，孝顺的晓雪不愿再让婆婆操心，况且婆婆也在上班。晓雪昨天在装修现场跟了一整天，货比三家，买这买那，还要在现场盯着，一直忙到晚上八点多；今天又早起上班，在单位忙了一整天。晓雪靠着车座，恨不得现在就睡上一觉。不一会儿，同事们陆续都上了车，座位很快就坐满了。张地晃晃悠悠地拎着电脑出来得比较晚，车上已经没了座位。当张地走上车的时候，早已精疲力尽的晓雪第一时间站了起来，将座位让给了张地，什么都没说，是那么的平常，在多数人眼里或许也是那么不值一提。一声“谢谢”后，张地坐了下来。大夏天儿的，虽然开着车窗，但车小，人多。尽管这样，晓雪的脸上依然挂着微笑。这已经不是晓雪第一次在车上给张地让座了。张地内心是那样温暖，又不知自己能做些什么。终于，机会来了。

“张地，来来，这儿来！”

说话的是坐在最后一排的王哥，最后那排挤下了五个大老爷们，王哥让张地坐在他的腿上。张地毫不犹豫地走了过去，随着车的颠簸还有些摇摇摆摆。

“坐着吧！”

依然是那么热情，不论是对待家里的亲人，还是对待社会上的同事朋友，晓雪为人处世，处处都习惯性地为他人着想。对，习惯性地，不自觉地，下意识地，本能地……善良！张地就这样有些滑稽地坐在了王哥的腿上。疲惫的晓雪这才坐了下来。车子伴着夕阳向前开着，大家时而说说笑笑，时而沉默不语，忙碌了一天的人们恨不得马上到家，卸下身上所有的疲倦，与家人聚在一起。晓雪想着杜鹏此时也在回家的路上，想着正在装修的新房；张地呢，还在不断地回味着刚刚收到的温暖，来得是那么突然，没有丝毫的准备。当时张天已经技校毕业，去了外地的一家煤矿上班。张地庆幸，自己不必再担心张天会找他的麻烦，不必再去想张天今晚会让他去买什么吃的，不必再费心去想怎么伺候好他，把他先整高兴了，以确保自己的安全。对于张地而言，这就够了！一条长长的马路，一辆破旧的小客车，载着这一群整日为家庭、为亲人、为未来而奔波的人们。同在一家公司上班，内心却怀着各自不同的心事，但相同的是生活的那种真实。那种真实穿透了我们的内心，调动着我们所有的情感，让我们在人生的旅途上不断执着向前。

看到张地在车上晃晃荡荡的样子，还拎着个笔记本电脑，真的担心他会摔倒。每当这时，晓雪还有其他的同事，就会不自觉地将座位让给他。要说摔倒，这个词汇对于张地来说真是不陌生。它几乎是伴随着张地长大的。刚刚上学的时候，张地时不时地就来个大跟头，在相当长的一段时间里，他的两个膝盖就没有过好的时候，经常是青一块紫一块，常常是旧伤未好，又接新茬。张地也从来没有享受过父母将他扶起、吓得“大呼小叫”的待遇，从来就没有过那节目，自然摔，自己起，继续一个人离了歪斜地往前走。要说到真正意义上的摔倒，就不得不说张地所成长的这个家庭了，成建的冷漠、张天的暴力，不知曾多少次让年幼无知的张地重重地摔倒，而且从某种意义上讲，这一切使张地重重地摔在他们家那冰凉的地上，似乎从未爬起来过。我想知道，一个人那弱小的身躯，真的可以对抗世俗如此无情的冲撞吗？这个无论在级别、体重、能量、能力等任何方面都相差悬殊的抗衡，真的是不公平的，但我想对张地说：“小子，你想活着，就必须去抗衡，成王败寇，生死在天。当你的生命等来了哪怕一丝阳光的时候，那便是——希望！”

希望，真的来了！从那之后，张地也无数次地在想，就因为自己，劳累了一整天的晓雪或者其他的同事们就将本已经属于自己的座位让给了他。这一个个非常简单的动作，对于张地而言，不就是一个个的希望吗？上苍是公平的，它给了张地那样的一个家庭，却向他展示出了一个生机盎然、满目春光的社会。帮助过他多次的孙晓雪，张地铭记在心，公司组织学习《弟子规》时，由于椅子不够，晓雪更是将自己的椅子让给了他，自己却和两个同事一起挤在了两把椅子上，一挤就是一个多钟头。应该说，不论是在去年晓雪和张地一起坐公交车的那个冬天，还是在这个炎热的夏天，孙晓雪用简单的几个动作，将在坎坷人生路上不断摔倒的张地扶了起来，将他那颗摔倒的心扶了起来，让张地从内心深处看到了生活的希望。张地铭记在心，而且似乎再也未曾“摔倒”过！

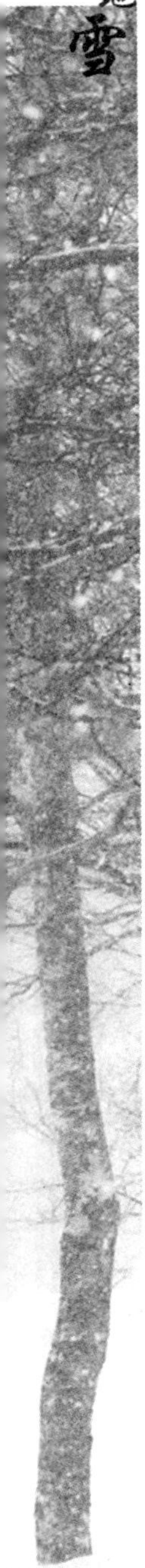

好人就在身边

有句话叫“生命中不能承受之重”，此言若是挪到张地身上，恐怕就得改成“生命中不能承受之恩”了。2012年的冬天，漫天飘飘洒洒地散着雪花，白色覆盖着冰封的大地。雪是一个纯洁的精灵，她可以荡涤尘世间所有的污垢，荡涤人性之中所有的虚伪与浮华。对于张地来说，这个冬天是那样的清澈透明，飘落下来的六角雪花好似片片镜子，倒映着他曾经所走过的路，那么清晰，却不愿再去触摸；也好似孙晓雪那一次次热情的帮助，在这个寒冷的冬天，如一缕春风般滋润着张地的心。

说来也怪了，这个冬天雪下得格外多，好像在预示着什么似的。没错，它预示着一个沉睡了多年的灵魂，即将被一种人与人之间最最纯粹的关怀所唤醒！晓雪待人依然是那么热情，灿烂的笑容时刻感染着周围的人。那种笑容亲切、感人，在这个寒冷的冬天里，给人带来温暖。不需要语言，不需要任何其他的交流，那种温暖会静静流淌进她身边每一个人的心里，尤其流进了张地的心里。每当在走廊里看见晓雪给予他那灿烂的笑容，虽然仅仅是礼貌性的，回上一句简单的“忙着呢？”之后，张地感受到的却是无尽的力量——前所未有的，一种被关注、被关怀的力量，足以使他自己一个人偷偷咧着嘴笑半天。（不“偷偷”会吓到人的！）张地，在成建与张天的“铁蹄”之下是一个无知的孩子，如今，面对孙晓雪所给予的这份关怀与温暖，足以在这个寒冷的冬日暖透他的心怀，他依然傻傻的，像个孩子。不，他就是个孩子！

2012年年底，公司决定将总部与基地分开，所有总部的人员都到了宿舍楼的二层去办公。张地虽然属于基地，但为了管理档案方便，离档案室近一些，张地也被安排去了那边办公。在总部的那段时间里，张地几乎整整一个冬天身体都有些不舒服，始终都在感冒，头一直痛。可他整个人就像是被上满了弦一样，工作充满了动力，他感觉对他而言，似乎唯有将工作干好，才能够报答晓雪的“大恩大德”。那段时间，张地的工作轨迹是早晨过来打开电脑，点开qq音乐，将曲目定格在著名青年歌唱家谭晶老师在当年春晚上演唱的歌曲《好人就在身边》，点击“重复播放”。他就这样一边干着手里的活儿一边听歌，一听就是一上午（嘿嘿，戴着耳机偷偷听）。

在谭晶这首充满温情的歌曲中，张地感觉仿佛句句唱的都是他身边的孙晓雪，尤其听到那一句“好人就在身边，也许是同事邻里”的时候，张地几乎哽咽。他曾经也写过歌词，此时的他似乎才真正感受到了音乐的力量，伴着一种艺术莅临生活的感觉，晓雪对他所有的帮助都活生生地浮现在了眼前，深深触动着他的心，似乎灵魂也在随着音符律动。其实谭晶的这首公益歌曲，是唱给当年所评选出的道德模范的，客观地说，孙晓雪对张地的帮助，和这些道德模范所做的事情不能同日而语。可是对于张地而言，这些已经足够了，因为从某种程度上讲，这小子从未触碰过人与人之间那种正常的状态，那种对他人而言如同“一加一等于二”一般存在着的状态，却是张地脑海中的一张白纸，而这种扭曲的人际形态，恰恰来自于这世界上最亲近的人。在他的成长过程中，整日萦绕在他身边的，只有成建和张天那种似乎永无休止的冷漠甚至欺凌。当时的张地应该是一种从冰点到沸点的感觉，就像让他从出生开始一直生活在南极，然后瞬间将他带到一个四季如春的地方，没错儿，这小子确实“感冒了”——幸福地“感冒了”。

岁末年初，正是消费的黄金时间，自然是销售部门工作最忙的时候。那段时间，晓雪是家里、单位两头忙，家里新房的装修也到了最后阶段，不管加班到多晚，她下班以后都要先到新城那边把新房的窗户关上，然后再回老城的婆婆家（孝顺的她自从装修队走后就一直没有将新房的钥匙给婆婆，虽然婆婆怕她太过辛苦，跟她要了好几次）。生活虽然忙碌，但是幸福也即将来临，她和杜鹏的婚礼即将在 11 月 1 日如期举行。可她怎么也不会知道，她的几个简单的举动，却给张地带来了无尽的温暖，甚至是幸福。这个周一的早晨刚刚上班，连锁紧急要一些货，晓雪一路小跑来到成品库，货很多，一个箱子里满满地装了六瓶牛肉酱和一些其他产品，另外还有一个公司的礼品袋，虽然不是很沉，但和箱子拿在一起非常不便。成品库有一个走车的斜坡儿，晓雪下来时还差一点摔倒，她拿到办公楼门口，有些吃力地放下箱子，打开门，把箱子拖进去，回头还要把门关上，大冬天儿的却累得出了汗。就在她回头关门的时候，恰巧被正要去档案室的张地看见了。“报恩”的机会来了！张地快步走到一楼，当时真有一种恨不得直接跳下去的冲动，看到“恩人”如此辛苦，他是多么想像晓雪帮他那样，为她做些什么，哪怕只是很小很小的事情。张地什么都没说就弯腰准备去搬箱子，晓雪关上门，一回头看见了他：

“不行，不行，太沉！”

张地瞬间细心地看到箱子里面有瓶装的酱，怕自己一旦真的拿不动“卖”到半路给晓雪添麻烦，就没有搬，依然是晓雪自己把箱子和礼品袋拖到了营销中心——她累得实在是搬不动了！瞬间的反应，瞬间的感动。对于张地而言，不管多沉，他都想帮忙把它搬进去，哪怕用尽自己的一切力量，但是他知道，不能好心办坏事，给“恩人”添麻烦。张地的热情同样给予了晓雪一种感动，但她怎么会让张地去搬呢？和康姐说了这事后，康姐和晓雪的想法是一样的：

“是吗？还挺热心的，可别让他搬，再摔着他！”

张地和晓雪，彼此都在为对方着想。只不过晓雪只是出于一种同事之间的相互关照，可在张地心中，这件事很大，他表面还想装出一副很正常的样子，其实心里的小九九是打着“相互关照”的旗号去“投桃报李”。尽管孙晓雪的帮助在他脑海中的这张白纸上所写下的第一个词是“恩重如山”，那也是他接触正常人际交往形态的开始，是他脑海中的这张白纸所书写下的第一笔。

是啊，

好人就在身边，也许是老张小李；

好人就在身边，也许是大叔阿姨；

好人就在身边，也许是同事邻里；

好人就在身边，也许就是自己！

歌中唱的，是人与人之间的一种大爱的升华。孙晓雪既不是郭明义，也不是吴菊萍，她只是在真真实实地做着平凡的自己，但是她却在一个人与人之间最最基础的层面上对张地给予了帮助。晓雪无非是想着张地在车上别摔着，别出什么意外，作为一起工作的同事，这又有什么呢？然而张地却似乎把晓雪的初衷给扭曲了。他真正应该好好感谢晓雪的地方，是后来晓雪的善举所带给他的关乎自身生存状态的思考！

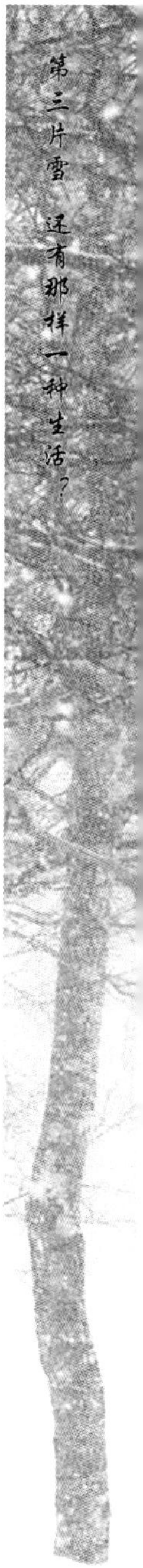

爱的港湾

什么是爱情？原本毫不相干的两个人，从呱呱坠地开始，经历着各自二十几载的成长，再从年幼无知的孩提时代到踌躇满志的热血青年；茫茫人海中的不期而遇，走进彼此的内心，绽放出青春最绚烂的花朵。彼此相识、相知、相爱，携手走过红地毯，共同去兑现相守一生的诺言，这就是——爱情！人生数十寒暑，有你相伴，此生无悔！不求轰轰烈烈，只愿甜蜜温馨，在此后每一个三百六十五日的轮回里，刻下你我共同的足迹……

小镇初冬的早晨，未化的积雪覆盖着冰封的大地。断断续续飘了一周的雪花终于结束了它们的旅程，朝阳绽放出了迷人的笑脸。话说就在这样一个寂静的清晨，晓雪却被一阵无厘头的梦话给叫醒了。

“沙发得是大个儿的，晓雪喜欢；洗衣机……全自动……全自动，那小手儿……不能总洗，她说我也洗……洗不干净……她通不过……”

睡得迷迷糊糊的晓雪隐约听到了老公的梦话，稀里糊涂地接了一句：

“干吗呀，几点了？”

醒来一看，却发现老公说的是梦话，晓雪憋着笑听了一会儿：

“大个儿沙发……沙发……”

一旁的晓雪强忍着，一遍遍地告诉自己：

“不能笑出来，绝对不能笑出来！”

情绪调整成功！可她又犯了难：怎么把这个“做梦娶媳妇儿”的家伙弄醒呢？有了！干脆给他来个“人梦亦梦”。

“沙发……纯皮……大个儿的！”

“沙发给谁买啊？”

“给媳妇！”

“给哪个媳妇啊？”

晓雪一边问着，一边紧紧地捏住了老公的鼻子。

“给晓……阿嚏……”

一个大喷嚏把这位“梦话大师”给打醒了，刚一睁眼便与正上方的晓雪四目相对，着实被吓了一跳：

“干吗？谋杀呀你！大早晨的，吓坏了我看你咋整！”

“谁吓谁啊，你都说了一早晨梦话了！”

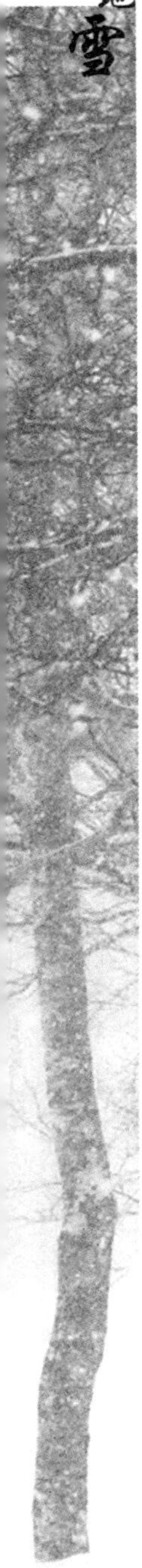

“我？说梦话？”

晓雪有模有样地学了起来。

“大……沙发，全自动……洗……洗……衣机。”

“哈哈哈，咋样，你老公说梦话都特帅吧！”

“帅！哈喇子都流出来了！”

“就磕碜我吧啊，过来，你过来！亲老公你怕啥？”

晓雪挺给面子，坐了过去。这一个大喷嚏可是彻底把杜鹏给打醒了，他干脆原地不动，坐在床上开始了各种疯狂的构想：什么中式的、欧式的、实木的、紫檀的。晓雪听得有些摸不着头脑，最后只能满目迷离地摸了摸杜鹏的“头脑”。

“不烧啊，这咋还说胡话了呢！哥啊，你确定你睡醒了吗？”

“不带这样儿的啊，人家正说得高兴呢，一瓢凉水泼过来。小区住宅咱得给它整出别墅的味道，知道不？”

“拜托，你发烧了，可你那钱包没发烧啊，还什么中式的、欧式的，就咱那点儿家底儿，我看你拿什么‘式’！”

“那也得‘式’，说真的啊，媳妇儿。”

杜鹏握着老婆的手，很是认真地说了起来——这回看样子是真醒了。

“亲爱的，结婚是一辈子的大事，意味着我们即将拥有属于咱们自己的小家，所以我必须要把这个小家打造得漂亮、温馨，这是你老公我的责任，也是我当初对你的承诺哦，哎我说傻丫头，你不会都忘了吧？”

晓雪的眼角略微有些湿润：

“哎，看来我这个傻丫头还真嫁了个傻小子！漂亮、温馨是拿钱砸出来的？你现在给我听好了，这个家，有你，就温馨！赶紧洗脸刷牙，今天啥都听你老婆我的，瞧好吧，做饭去喽！”

“哎，抢班夺权啊你！”

还没等杜鹏反应过来，晓雪早已溜进了厨房。一家人吃过早饭，首先来到新城的新房，新城这边都是最近几年新开发的楼盘，小区干净整洁，价位也很合适。推开房门，一套三室一厅的房子，虽然面积不是很大，但格局、采光都非常好。晓雪夫妻俩和爸妈一起看看这儿、说说那儿。这早晨可是说好了的，今儿个都得听咱家晓雪的，所以，晓雪做出的第一项决定就是，为公公婆婆留出一间向阳的卧室，方便老人在这住，而且这间卧室的布置都由老两口儿说了算。哎，婆婆也没办法了，谁让早晨这儿子没说过媳妇呢！这听来听去，好像就是没咱家杜鹏说话的份儿，他那些什么中式的、欧式的、中西合璧式的，没成想晓雪直接给他来了个“淘汰式”的。杜鹏装模作样地背着手儿每个屋都溜达了一圈，好像看出了今天这阵势，于是想开溜：

“你们去定家具吧，我回家玩儿电脑了，货到电我啊！”

“嘿，慢着！”

“干吗？确实是没我事儿了啊！”

“谁说没你事儿了！”

晓雪把自己的包扔给了他：

“拎着！”

杜鹏脸上瞬间闪现出了五六种表情，最后做出了一个重大决定：跟着走！全家人逛了好几个家具城，也走了几家家电卖场。可这队伍好像不太整齐：晓雪和公婆在前面兴高采烈地选着，什么沙发、电视柜、冰箱、洗衣机，回头一看，哎，早晨做梦那位呢？一个人在后面拎着包，东瞧瞧西看看，嘴里貌似还津津有味地嘀咕着什么。婆婆正要回去叫他，却被晓雪拦住了。当杜鹏真正回到队伍中时，猛一抬头，只见三双眼睛都在死死地盯着他。

“啥情况？还要批斗是咋的！”

这回老妈“对付他”：

“这小身板儿还批斗呢！看看这电视咋样？”

杜鹏纠结了，看看老妈再瞄瞄媳妇：

“确定是在问我……我吗？”

晓雪看到老公这副表情，得意得一塌糊涂：

“没错儿，给你个机会。”

虽说这一早晨就被媳妇给一票否决了，心里还有些小怨气儿，只是在后面慢吞吞地跟着，可他凭借着自己过目不忘的本领，看到的甭管是家电还是家具都做到了心中有数，一看如今这“翻身”的机会来了，他盯着眼前这款电视，三秒钟之内从上到下、从里到外，什么尺寸、大小、颜色都看了个遍，并在脑海中瞬间将这些“数据”汇总、分析。

“颜色，老婆喜欢；大小，老婆也喜欢；但是这价格老妈这儿……”

天才啊！看到了吧，如今想做个好老公，您要是没有一个“奔六”的脑瓜儿，想都甭想，咱家小鹏子容易吗！大脑在高速运转，这语言可就逊色多了：

“这个……大……大了点儿吧！”

老妈看这小子吞吞吐吐的，就知道是怕自己嫌贵：

“不算大，我看放在客厅挺合适！”

杜鹏一想，这款媳妇肯定喜欢啊，老妈都通过了那就更没的说了！哈哈，“翻身农奴把歌唱”的机会来了：

“就它了，没错儿，就……就它！”

经过几天的大采购，陆陆续续地买齐了家里所有的东西。老妈、晓雪这两名队伍中的主将收获颇丰，主要的大件儿均由二位斩获。选了一套红色的

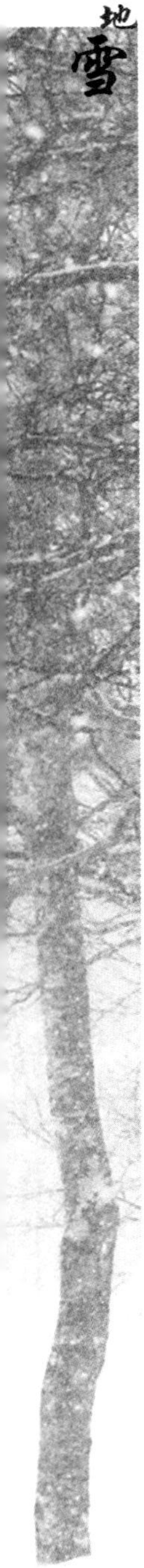

沙发，个儿不是很大，也不是纯皮的，但绝对够用，很符合客厅的风格；还有一款梳妆台，晓雪超级喜欢；还选了一台按摩椅，晓雪打算放到父母的房间；至于什么洗衣机、电冰箱和厨卫、洁具之类的东西，就更是这二位主妇的天下了。一家人预定的预定、肩扛的肩扛、手提的手提，把晓雪二人的婚房布置得温馨而浪漫。挂在卧室里的婚纱照记录下了两个人最甜蜜的时刻，照片中的晓雪幸福地凝视着杜鹏，杜鹏牵着她的手，好像在对她诉说着什么。这既像一部近乎完美的艺术作品，同时又会使了解这俩孩子的人感觉到无比的真实，小两口儿真的就是，那样幸福！

夜上阑珊，一弯月牙儿羞答答地爬上了天边。晓雪的婚房里灯火通明，一家人在忙着打扫卫生。先看咱家晓雪，一个人在厨房戴着围裙，手里拿着抹布、清洁剂、清洁球等各式各样的“武器”，擦完墙壁擦灶台，最后又把所有的厨具都清洁了一遍，干活儿的同时还不时地往卧室看上几眼，好像有些心不在焉的样子。杜鹏的任务就更艰巨了，他打扫完卫生间以后累得是腰酸背痛，嗓子都快冒烟儿了，正要去客厅喝口水，突然想起自己忙乎了一下午还没顾上去卧室看看。杜鹏瞟了一眼老婆和爸妈，都在忙着各自手里的活儿，他轻手轻脚地推开了卧室的门，（这是进自己的屋吗？）不过当他走进房间一看，还真不像是进了自己的屋，谁让这小子一天都没顾得上进来呢。当他推开门时，这小子完全被定在那儿了：大红的床单、喜字，浪漫的婚纱照，一股强烈的暖流传遍了他的全身，刹那间感觉鼻子酸酸的。忙乎了一下午，口渴的感觉此时也不知跑到了哪里。这几天他一直忙着上班，婚假从今天才开始，整个婚房的布置都是老妈、晓雪还有提前赶来的亲戚朋友们弄的。此时的他只想关上门，静静地感受屋里的一切。当他关上门时，看见门后挂着一副崭新的网球拍，正是他这个网球迷最喜欢的那个牌子。他轻轻地将球拍摘下，拿在手里，看见拍柄上还粘着一张红色的心形纸片，上面写着：“老公，我爱你！”

还在厨房忙乎的晓雪看见老公走进了房间，自己回过头偷偷地笑了，继续干着手里的活儿。她心想：这个粗心的家伙能看到吗？嘿嘿，他要是看不到球拍，我这儿可有他好看的！房间里的杜鹏紧紧握着球拍，想起了他和晓雪在北京时的点点滴滴。大学期间酷爱网球的他在一次打球的时候，由于同宿舍的那个不靠谱儿的张桐临时爽约，阴差阳错地和比他低一年级的晓雪来了一场“男女对阵”，结果当然是对方成了他的手下败将，但是他从此便结识了性格开朗、心地善良的晓雪。两个人一起参加社团活动，一起出去做慈善，晓雪还在暑假的时候邀请他到丹东旅游了一圈。转眼两年的时光过去了，在一起的一段段快乐时光铭刻下了二人共同走过的青春。他们一起面对毕业，一起面对择业，一起投简历，相互鼓励，相互支持，一起面对青春路上的机

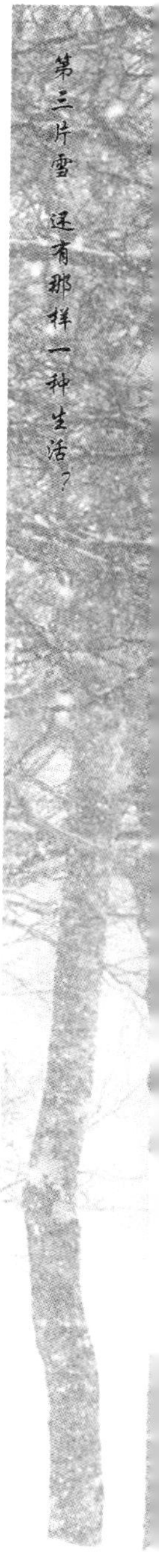

遇与挑战。当花一样的年华与这个竞争激烈的时代不期而遇，那些交织在一起的汗水与泪水、欢笑与彷徨、踌躇与等待，无不凝结成了如今相伴一生的永恒。杜鹏小心翼翼地把球拍挂回原处，拿起了床头柜上的一张照片，那是当年他们在学校参加公益活动做志愿者的时候拍的。在敬老院，在孤儿院，在大型赛事的现场，他和晓雪一起奉献爱心，在这个每个人都顶着巨大就业压力前行的时代里，享受着奉献所带给他们的最纯粹的快乐。沉浸在回忆中的杜鹏被一种温暖所包围着。虽然现在已经参加工作了，可他骨子里感觉自己还是那个在外读书、啥心也不操的大男孩。如今在这个浪漫的婚房，回忆起自己和晓雪所走过的这段爱的旅程，他告诉自己，这个家就是他们爱的港湾。他愿意在这里和晓雪一起慢慢变老，彼此守护着对方去感受生命中的每一个日出日落。

正当杜鹏被眼前的一切所感动的时候，门开了，激动万分的他正要大发感慨，却又被老婆抢先了：

“快接过去，小心烫啊！”

晓雪为老公递上了一杯刚刚沏好的热茶。

微微的灯光映红了两个人的笑脸，彼此你注视着我，我注视着你，目光胜过了所有的语言。这目光在告诉她：这是我们的家，你可以“剥夺”我一切的权利，但绝不能不让我时时刻刻地爱着你；这目光也在告诉他：这是我们的家，你会包容我所有的任性，我会给予你一个最最温暖的港湾，让爱的雨露，滋润你我的生命！

孙晓雪、杜鹏，四目相对，傻笑中……

那一片雪花

“我是一片雪花，不知是谁的旨意，就这样漫无目的地来到人间，更无从知晓那肆虐的北风会将我吹向哪里。天的广阔注定了我们要撒满这片土地的每一个角落，地的无垠预示着我们这一群无瑕的伙伴必将面对截然不同的命运：是繁华的都市，还是宁静的乡村；是平坦的草原，还是巍峨的高山。冥冥之中似乎有一双手，在操控着我们的生命……”

我们的生命，会比一片雪花强大多少呢？赤条条地来到人间，拼尽全力地用那人世间第一声啼哭向世界宣告着我们的降临。细细想来，生命真的会如一片雪花般脆弱：我们不可以选择时代，不可以选择性别，不可以选择家庭，不可以选择健康与残缺，只是注定了我们与这个世界的不期而遇。就在我们瞪大了双眼观察这个世界的时候，还浑然不知，那第一声啼哭所承载的足以用一切来记录我们生命开始的那一刻，却缺少了一个清醒的自己。是啊，生命中有多少是可以完全掌握在我们自己手里的呢？这不是贪婪，而是想从这个似乎无法计算的百分比中，去考量生命的价值！前十几年我们牙牙学语、掌握知识，毫无意识地去学习可以让我们掌控自己的本领；后十几年我们垂垂老矣，那一切回归生命最初的迹象却预示着我们生命的结束。当自己攥紧了拳头誓要掌控一切的时候却已经错过了许多人生中永远不会再有的瞬间。它们不是投入多少金钱就可以换回的。就像一片雪花，在落地之前，一切都不掌握在自己手里，不论它落在哪里，都会是它生命的终结之地。

生存与生活的距离有多远，恐怕生活中的人们大多不会去思考这个问题。常常只有在身边的人离去时才会做一些短暂的思考或感慨，很快就又会回到各自习惯性的生活状态之中。那是因为我们的生命被外界无数的东西所层层包裹着：有我们挚爱的亲人，有我们为之拼搏的事业，还有很多同样包裹着这个世界的色彩斑斓的事物。当我们各自内心当中那一枚生命指针重新指向生活，依然是我们生活中那个最真实的自己——整日为着柴米油盐酱醋茶而奔忙的自己！停下您匆匆的脚步，花上十分钟的时间，问一问自己：您是在“生活”还是在“生存”？这个问题的答案应该由两部分构成，一是您究竟想要一种什么样的生活；二是您目前的生活与您的心究竟相隔多远。这两个问题您要是能够回答上来，那可就不是加十分那么简单了。先让谁来回答呢？女士优先，就孙晓雪吧！这个姑娘太知道自己想要什么了，她的成长很平凡，生活也很平淡，恰恰是这种平凡与平淡赋予了她那种真实，她太真实了！她的名字中同样有一个“雪”字，也确实，从当今大众世俗化的视角去看，孙晓雪或许就如一片雪花般平凡，和无数与她同龄的“雪花”一样，在读书的年龄读书，在结婚的年龄结婚。如果说非要去找一些平凡之中的不凡，我倒觉得她是一片充满了生活智慧的“雪花”，她在以她的智慧汲取着生活的快乐，在这个浮华的社会中演绎着最真实的自己。身边的父母、杜鹏、弟弟，还有公婆，使她的生活每一天都在上演着温馨，上演着感动。这就是包裹在孙晓雪生命外面的生活——人间最质朴的真情。生活之所以每一天都在真刀真枪地往前走，那是因为流淌在血液里的真情实感每一天都在真刀真枪地往前走。有身边这些“刀”和“枪”保护着她，她还怕什么呢！这片“雪花”不论飘落到了哪里，她都是幸福的。当流金岁月被她如此用心地走过，这个小姑娘还会不知道自己想要什么吗？她的生活和她的心会有哪怕片刻的分离吗？这道考题，孙晓雪得分：满分！

嗨！最后一排戴眼镜的那个同学……呦，看错了，是张地。只见他双眼迷惑，完全不知考题所云，听课很认真，但就是越听越糊涂，都糊涂二十多年了，看来补课是来不及了。再看看他的这张“答卷”，寥寥几笔啊，勾勒不出任何的线条，更不用说画面了。他这片“雪”，我可真的是吝于给他配上“花”的修饰。他是一片稀里糊涂的“雪”，迷迷瞪瞪地散落人间。他想要什么？他连人生当中都应该有什么都未曾知道过，怎么可能知道自己想要什么呢？就像你去告诉一个连道路长什么样都不知道的司机所要去的方向，这不是开玩笑嘛！跌跌撞撞来到人间，第一时间给人带来的不是生命降临的喜悦，而是无穷无尽的紧张与挣扎。这一挣扎不要紧，所有的生活形态可就都变了。就等于从他出生的第一刻起，张成建就告诉了他一句话：“对不起，让你活着，已经是天大的恩德了！”包裹在他生命外面所有生活层面的东西，不是被谁剥夺了，而是从来就不曾有过。在这个过程中，同样是亲情在维系着他的成长，不同的是那仅是一种完全责任化的亲情，其中的母子情、父子情、兄弟情统统都是扭曲变形的，最后导致整个家庭的形态走向扭曲，而且其中的每一个家庭成员都是无意识的，当然也包括张地自己。张成建、张天、淑梅，他们在渐渐接受了张地是一个残疾人这个事实的同时，更全都暗自默许了这种扭曲的家庭形态和生活状态，因为他们只有时常对张地这个特殊的家庭成员发泄一下，才能将这个家庭的生活控制在他们所能承受的范围之内。换言之，他们彼此之间这种约定俗成的交流形态与张地的生存状态是匹配的，与他们这个家庭的生存状态是匹配的。张地这片“雪”，显得更加的“晶莹剔透”。这是因为他的大脑完全是空白的，任凭肆虐的北风将他吹向任何一个地方，都不曾记下所途经的任何一个驿站！所以从某种狭义的角度上讲，他的生活是不存在的，这个人的心更不知去往何方。这道考题，张地得分：零分！

当生活走到了某一个地方，或许我们真的该像孩提时代那样，为自己发一张卷子，做一做人生的测试题，再给自己打个分。看看在这样的一个时代中，自己的内心究竟漂泊到了哪里；看看手中那支被小刀修过的铅笔所描绘出的，还是当年出现在图画本上的那个“二十年后的我”吗？最后再看看自己是在“生存”，还是在“生活”。当孙晓雪的“生活”遭遇到张地的“生存”所发生的故事，或许我们可以只把它当成一个乐子而已。可是当处在生存线上的张地意识到原来好像自己生活在“一楼”，而其他的人好像是生活在“三楼”时，那种声嘶力竭的追赶，也足以触动你我的心弦。

生活就是这样，不管你是否已经想明白，是否真正在茫茫人海中勾勒出了自己的身影，它都会头也不回地往前走。翘首北方，雪在飘，人在走。心底那个若即若离的希望，好像依然不断地在前方招手。转眼已是 2012 年的冬天，身边的一切似乎都在悄然发生着改变。被白雪洗刷过的天空使人们的心变得明朗。即将和杜鹏踏入婚姻殿堂的晓雪尽情地享受着这个温暖的冬天，这份温暖，使二十四岁的她觉得特别踏实。她可以触摸到自己的内心，迎着朝阳去面对每一个人、每一件事。持续一周的雪天使得路面变得很滑，路边依然还有很多积雪。这天下班，晓雪要去婆婆家吃饭，通勤车缓慢地在雪地上走着，说来也巧，那天粗心的司机似乎忘记了张地他们下车的那个站点，直到晓雪提出要下车时，司机才停下了车子，而且停得不是十分靠边，可能也是由于路面太滑吧。晓雪下车时发现路很滑，而且还总有车子在前面通过，就顺手扶了一把跟在她后面下车的张地，把他扶下了车。张地在路边站稳后她才离开，还没等本来就很敏感的张地顾得上说一声谢谢，晓雪就已经走了，消失在了人海之中。

张地有些傻在那儿了，像一个躯壳矗立在那里。有时在想，究竟是一种什么样的缘分呢？真的就是这个开放的时代吗？让这两个生活状态相差如此悬殊的人相识，居然还成了同事？就张地那小身板儿，他能受得了吗？就这两片“雪花”的命运轨迹而言，张地怎么想方设法地去感谢晓雪，我认为都是正常的，就好似有一阵疯狂的北风将张地这片“雪”吹到了南方，他会感觉非常的温暖，但是别忘了，他是会被暖化的。这个在自然界中不可能发生的事情，在人间却发生了，而且很正常。雪的属性，应该是呼唤纯洁的精灵，不论她被吹向何方，也不论处在什么样的环境中，内心都一定是洁白的，当有一天所有的浮华逝去，她会映衬出所有的无瑕！那一片雪花，是你，是我，是她，不论是谁，让我们去驱散冬日里的严寒……

为了一声感谢

“谢谢你！”这个我们在生活中经常提及的礼貌用语曾经无数次地被我们用来表达我们对他人发自内心的感激。这句简单的表达无处不在地装点着我们的生活，它让人与人之间的心靠得更近，让我们更加懂得予人玫瑰，手有余香……

面对晓雪一次次热心的帮助，张地有点招架不住了。从 2011 年晓雪入职到现在，人家都帮助咱多少次了！张地认认真真地悉数了所有的感动，越是回忆，就越是感觉心都在跟着哆嗦啊！他觉得是该好好感谢一下人家了。可初涉社会的他哪里处理过这种事情啊。这一次，他可真的是“献丑了。”

这小子一边哆嗦着一边想着，人家帮了你那么多忙，如果不表示一下，晓雪可能会觉得自己不懂事儿，哥们儿不能差事儿啊！现在人们表达感谢之意请人家吃顿饭不就 OK 了吗？席间再在饭桌上敬上一杯酒，那绝对是“美了美了”，可就咱的这副嘴脸，和人家一个即将结婚的小姑娘坐在那儿，似乎不是那么回事儿。所以他想着把与他只见过一两次面的杜鹏也叫上，让他们小两口儿一起去赴宴，会显得咱更懂事儿。正好领导要求每个月月初要回收借出去的档案，就借着这个机会，问完档案的事之后，张地决定开始行动。他把晓雪叫到了展厅，明明心里很激动，又有些紧张，还装出一副很淡定的样子：

“晓雪，一直挺感谢你的，找个时间，叫上小杜，一起出去吃口饭吧，我来安排！”

晓雪多少有些吃惊，心想这什么情况啊，想到张地在空间里表示过感谢，才反应过来张地说的是怎么回事儿，这么一些不值一提的小事儿她怎么能让张地破费呢？她笑了，那种笑容让张地一下就感觉到，根本没这个必要。

“不用！真不用，真不用！”

晓雪一边推辞着，一边回到了办公室，没有再给张地说下去的机会，因为她知道，自己是无论如何都不会去的。张地看晓雪回去了，也就没敢再追上去说什么，毕竟办公室还有其他的同事。哎，出师不利啊！张地就这样灰溜溜地回去了，可这小心脏还依然在那儿打鼓。现在想想，张地当时应该是一种对温暖的强烈渴望，甚至有些不能够操控自己的行为。当“感动”一词在他的身上完全动态化了的时候，那种感受是需要克制的。更何况人家还是一个即将结婚的女孩。咋办呢？发个 qq 解释一下吧，别好事儿没办成，再给整误会喽（继续故作镇静中）：

“呵呵，我只是想感谢你，真挺感谢你的，你实在不想去就算了，以后有机会的吧！（表情：微笑）”

感谢，感谢，就是个感谢！张地除了感谢，再也想不出任何表达他心情的辞藻了。虽然被晓雪拒绝了，但他却再一次感受到了人与人之间那种相互帮助、相互关怀，甚至是相互理解的温暖，最重要的是他向晓雪表达了那种发自心底的感激之意。晓雪也确实感受到了张地的真诚。看到他的留言，晓雪也觉得张地挺懂得感恩的，可晓雪实在是觉得这些事没什么可感谢的，同事之间相互关照一下又有什么呢？再说张地平时什么样晓雪也看得到，一个月有数的那么点儿工资，人家能去嘛！哎哟拜托，有那么复杂吗？确实，对于一个情感网络健全、认知准确的人而言，这些帮助真的是不值一提。我们常常感念父母的养育之恩，感念亲情的血浓于水。当我们在家庭中为自己埋下这些情感根基之后，面对世事的我们自然而然就会知道哪些事情应该停留在什么层面上，自然不会像张地那样被一些看似微不足道的感动所“击中”我们内心的要害。这种从容，除了来自对社会的认知以外，更重要的，是我们对人性的认知，对人情的认知，是我们小时候捧着书本学习“人之初，性本善”的时候，就应该建立起来的认知。可这些，张地都没有。张地所缺失的是人生这座“雄伟建筑”之中最底座、最根基的东西，所以尽管他依然可以感知得到许多的人情冷暖，但他的内心世界是不健全的，对处理一些事情是模糊的。面对这样的一个人，晓雪想着在不让他破费的基础上，更不能伤害到他。于是，晓雪给他回复了这一条对于张地来说弥足珍贵的 qq 留言：“谢谢，你的好意。不用感谢什么，我对每个人都这样。我老公也谢谢你，谢谢你的好意。你有这份心就够了，我们谢谢你！”

短短的几句话竟一连出现了四个“谢谢”。等等，我得捋捋，咋有点儿乱了呢，明明是张地想感谢她啊！晓雪怎么一个劲儿地表示感谢呢？其实晓雪是想告诉张地，她对张地的那些帮助，真的没有必要感谢。既然没有必要感谢，面对人家如此热情的邀请，当然要感谢人家啦！晓雪回家后把她今天的这个“奇遇”告诉了杜鹏，没想到杜鹏的反应，也是堪称“奇遇”。

“麻烦喽，人家相中你了。”

“我说你有点儿正事儿行不行，也太没自信了吧？相中我人家还能叫上你呀！”

“这个不会有，我对你的审美还是很自信的！”

“德行！”

“行了行了，逗你呢。他能有这份儿心，就挺难得。替我谢谢他，他的

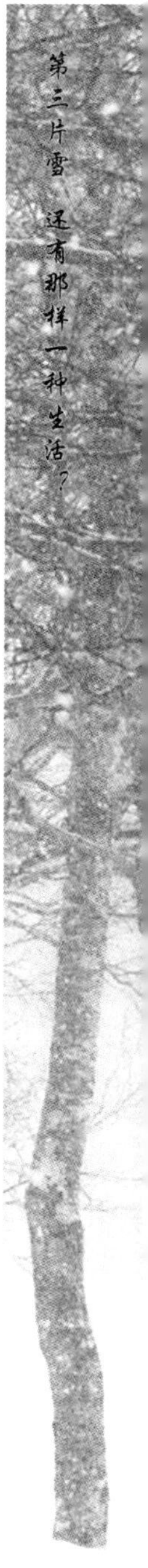

心意咱领了，吃饭就不必了。”

“是啊，张地这人确实挺真诚的，这回我到福利企业才知道残疾人在生活和工作上，要比我们困难许多，大家都在一起工作，力所能及地帮帮他们，我觉得太应该了。可是你看人家多乐观，还知道感恩，所以咱们就更得知足啊！”

“知道了，孙老师！”

“去你的！”

几次不经意间的帮助，却换来了张地如此强烈的感激。生活中有很多被我们忽略的温暖与感动，尽管张地的这种举动会让我们多少觉得有些荒唐，知道张地的成长后，可能还会有一些心疼。像晓雪那样，用心记录下生活中那些让我们或喜悦，或感动，或惊奇的点滴，与自己最爱的人分享，就会平添更多的幸福。

张地不断地翻看着晓雪写给他的留言，对于内心极度孤独的他来说，每一句话都说得他心里酸酸的。此时的他或许才真正体会到了人与人之间相互关怀是一种什么样的滋味，细细品品，感觉还相当良好。对于自己的残疾和他人的帮助，张地的内心有一种天生的敏感，这种敏感是他无法克服，更无法超越的。他也懂得其他人所认知的那种仅仅停留在“举手之劳”层面的认知，但是他心里那种所谓的“群体意识”却依然在那里作祟，内心中总有一个微弱的声音在告诉他：“我和别人是不同的，别人这么帮助我，我必须回报人家！”张地认为，自己的这种情况，晓雪没有嫌弃你，没有像社会上一些人那样，见你恨不得躲得远远的，甚至去嘲笑和歧视你，反而那么热心地帮助你，帮助其他的残疾人，那么作为自己，就更要懂得感恩。那段时间，张地似乎像着了魔一样，每天只有一个想法，那就是：“我一定要报答孙晓雪！”张地想着，就自己这样一种情况，晓雪肯定不会忍心去吃你的这顿饭，而且那样，她也会觉得不舒适，觉得不好看。既然这样，就干脆搞一次聚会，正好快到元旦了，大家一起乐呵乐呵，既然大家都去，晓雪去得也会更加自然一点。这脑袋瓜子，有才！

不安分的张地又开始了新一轮的折腾，这个周一的上午，公司里许多人的 qq 上都收到了张地的留言，大概的意思就是周六想组织大伙儿聚聚。可是大家都有些不太忍心让张地请客出去吃饭，还好只是周一，也就都说到时候有时间的话就去。这“外围”的人员大概都“攻破”了，在确保大家能去的基础上，张地在qq上联系了晓雪。晓雪再一次看到张地的头像在那里闪烁，心里甚至都有些紧张了，晓雪也是和其他人一样说如果那天要是没事儿的话就去。张地这边开始精心筹划着这次聚会，心里总是惦记着这么点事儿，他一方面想着这一次终于可以表示一下心中的感谢了，另一方面，也怕这次再出现什么差错。平时很少出去吃饭的张地几乎每天都要在qq上邀请一遍大家，想着让大家把手里的事情安排一下，那架势恨不得把大家捆了去。晓雪看到张地如此上心，整天就惦记着这件事，便在张地邀请她的时候，劝他到时候再说，让他还是先好好工作。晓雪怕自己一些简单的帮助使张地产生过多的想法，影响他的情绪。可张地这边，何止影响情绪啊。周三的晚上，他兴奋地从工资卡里取出了整整一个月的工资，还选好了饭店，可谓做好了一切准备。

年底，营销中心的工作格外忙，电话铃声此起彼伏，使得晓雪几乎一刻也离不开，家里那边又在筹备婚礼。尽管这样，晓雪每次都耐心地回复着张地的留言，想让张地的心态能够平复下来，说本来也不是什么多大的事情。她告诉张地最近家里事情特别多，可张地这小子却一心只想着什么报恩，根本考虑不到晓雪的感受。晓雪越是对他客客气气地回复，他就越是想把这事弄成。大家也都私下议论，说真的不能去，觉得张地挣点钱挺不容易的。可面对张地当时那根敏感而又有些脆弱的神经，大家觉得不知该如何是好。

周六的中午，大家来到食堂吃饭，这吃着吃着，就看见一个聋哑的库工饭不够了，可食堂的人当时恰巧没在，这位大哥就在那里咿咿呀呀地叫——没吃饱饭，又说不出来，人家能不着急嘛。还真就又是人家孙晓雪，站起来把自己的饭拨给了他一些。这回这大哥，呵呵，傻傻地笑了，还一个劲儿比画着感谢人家。一旁的张地心想着，好人就是好人，等晚上，我让你好好吃一顿！晓雪所有的善良都被张地铭记在了心里，那些鸡毛蒜皮的小事儿在张地这儿，可是大得不得了。

公司五点下班，四点钟张地再一次在qq上和大家联系的时候，这小子抓狂了：他联系的十几个人无一例外地全都有事，陪孩子的陪孩子，看老人的看老人。大家不约而同地在婉言拒绝了张地的同时，也向他表示了感谢。最悲催的是人家晓雪那天晚上还值班，尽管张地再三邀请，说用不了多长时间就结束了，可晓雪还是给他回了这样一段话：

“我就不去了，车间有事找不到我，挺麻烦的，我也吃不了什么东西。今天有朋友请我和我老公吃饭我都没去，我要是去你那，人家还不跟我生气呀。以后有机会我和我老公请你吃，谢谢你了！”

约请了人家一个礼拜，最后还搞成了这个样子，张地感觉很不好意思。晓雪在qq上感受到了张地的慌乱，通过第一次的邀请更是觉察到了张地那份急切的心情，她在qq上一个劲儿安慰着张地。两个人对话的频率很高，晓雪怕他胡思乱想，因为这一点小事影响心情。

“我们大家也是为你考虑着，你别想太多！”

就在头一天的晚上，张地还在家里筹划着第二天聚会的细节，想着如何

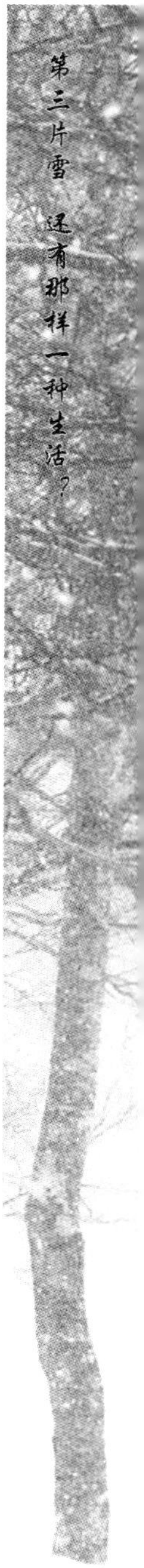

让气氛更好，甚至晚上专门打电话告诉同事带上相机，到时候好拍点照片，就连晓雪回公司时同行的人他都给想好了。除了和几个残疾同事出去吃过几次饭，张地基本没有参加过类似的聚会，更别说组织了，甚至有一次就是因为要去同事的家里吃饭，张地还被弟弟张天开了一顿皮，把他从屋里打到院里，又从院里将几乎被打昏的张地像一条死狗一样拖回到了屋里。所以从某种程度上讲，张地的生活是被封闭起来的，虽然他可以凭着一点写作功底写一些东西，但是如果聚焦到张地本身，这个人的内心和我们大家所处的这个时代是有一定距离的，更绝对不可以与他身边的这些同事同日而语。那么当这样的一个人渐渐走向社会，面对正常形态下的社会生活和正常形态下的人际交往的时候，他肯定没有像晓雪或者其他人那样的见识。这似乎也就解释了张地一些看似比较奇怪的行为。

周六的晚上，张地回到家里，一个人坐在那里回想着白天所发生的一切。他好像感受到了什么，有一种被保护、被包围的感觉。打开电脑，不断翻看着晓雪发给他的回复，从小到大，从来没有一个人对他说过对他而言这么贴心的话，尽管那都只是晓雪礼貌性的回绝。他感觉还有一些话要说，人家保护着你，怕伤害你，而自己呢，却像个孩子一样不懂得里面的事情。正是由于张地感知上的一些空白，使得他成为了一个有话藏不住的人。不管那些话该说还是不该说，似乎情绪和行为完全不在他自己的掌控之中。他拿起手机，给晓雪发了一条信息，表达了那一句令他使尽浑身解数都没有说出的感谢，然后又给晓雪打了个电话，当时已经是晚上七点多了，电话那头的晓雪简直有些崩溃了，问张地：

“张地，你要感谢我什么？我对每个人都这样。好了，我要睡觉了！”

晓雪怎么也想不明白，只是简单的几次帮助，为什么张地总是揪着不放？这个张地到底想做什么？一种不安涌上了晓雪和杜鹏的心头。莫非杜鹏的那一句玩笑话变成真的了？也就是这个电话和这条信息，给晓雪带来了更大的麻烦……

这样的一堂课

任何生命都是有声音的，那声音是我们降临世间的第一声啼哭。各种动物所发出的声声呢喃，甚至绿叶随风起舞的沙沙声，都是绿色的生命和着大自然的旋律在律动。人作为语言最为丰富的动物，可以任意去表达我们内心的声音，甚至可以用变幻多姿的五线谱去勾勒生活的多彩。可是当一种生命状态试图去发生改变，或者说他找到了他本应该存在着的形态时，那种嘶吼听起来，似乎就不会那么美妙了。

一向以写作出身自居的张地还从来没有被语言表达的问题困扰过。一直以来，抬头挺胸、侃侃而谈的他总能把一些问题分析得头头是道。可也是，说起那些和自身半毛钱关系都没有的事情，那就天旋地转地侃呗。如今面对晓雪这样无私的帮助，他真是觉得自己有些语无伦次了，他那种与任何一个人都完全不同的处事风格，也一度令晓雪很是烦恼。

这大晚上的给人家打电话、发短信使张地总觉得不是那么回事，于是他又开始了习惯性的各种嘚瑟。第二天上班，办公室里的张地坐卧不安，总觉得自己做错了什么，总感觉事情似乎没解释明白；他总是时不时地跑下楼，站在营销中心办公室的外面，想叫晓雪出来，却又总也鼓不起勇气。这使得里面的晓雪很是不安，周围的领导同事很多，不知道的还以为自己欺负张地了似的。当张地决定叫晓雪出来时，工作繁忙的她实在是走不开，加上她知道张地叫她无非也就那么点事儿：

“我忙着呢！”

回到办公室的张地像丢了魂儿一样，一遍遍打开晓雪的qq，又不敢说什么，精神接近要错乱的张地无意中点到了视频通话，这回繁忙中的晓雪实在是忍无可忍了，便在qq上对张地展开了“讨伐”：

“张地你到底要干吗？”

看到晓雪的回复，张地迅速地打开了对话框，还是假装若无其事的样子：

“没事，不小心点错了，呵呵！”

“是吗？不止一次了吧！”

看到恩人急了，张地更是乱了阵脚：

“我这就下去。”

“没时间！”

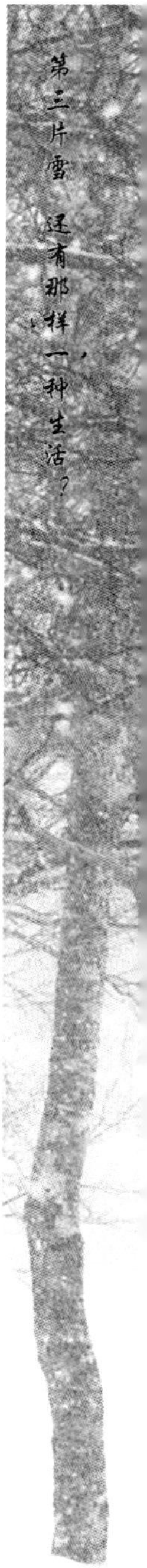

看到晓雪和同屋的徐姐上来办事，张地马上追了上去。此时的张地再也无法控制自己的情绪，似乎一个奄奄一息的生命义无反顾地奔向了生的希望。这个男人，甚至在晓雪面前流下了眼泪：

“晓雪，你别生气啊。”

晓雪刚刚在工作中遇到了一些问题，也是流着眼泪走出来的。面对这个没完没了的张地，晓雪实在是不知该怎么跟他说了：

“我没生气，张地，咱们把这页揭过去行不行！”

“我只是想感谢你。”

晓雪这回给他来了个痛快的：

“那你说吧，你想怎么感谢我？”

这句话问得张地瞬间似乎又动了报恩的念头，但他听得出来，晓雪说的是气话。站在晓雪面前的张地，已经不敢再有任何的邪念了。他就像一个犯了错误的孩子站在了妈妈面前。晓雪接着无奈地指了指身边的徐姐：

“那徐姐还经常帮助我呢，我也要像你这样没完没了地感谢吗？”

说完，晓雪就一个人下楼去了，一旁的徐姐看到平日里还有些幽默的张地如此这般，一时也不知该怎么劝了：

“没事，没事，她刚才遇到了些事情，不是因为你。”

面对这样的一个张地，晓雪真的有些害怕了，但是有些事情还不能跟他说。她怕张地到时候又哭又闹的。唉，难得晓雪如此细致。您说张地还比人家大，办起事来却跟个孩子似的，可怎么说他是好。同时晓雪也渐渐意识到，这个张地一定是对自己有什么想法，否则她的那些举手之劳，张地是绝对不会如此挂齿的。这回事儿大了。万般无奈之下，她在 qq 上联系了公司专管残疾人工作的赵总。赵总是一个女强人，负责公司外联事务部的工作，对公司的残疾人比较了解。赵总安慰晓雪，说张地可能是因为平时关注他的人太少了，仅仅是想表达一下感谢，让晓雪不必着急。从那之后晓雪尽量躲开张地，在楼道里碰见也少了之前的热情。这个即将结婚的小姑娘有意无意地在保护着自己。面对说多少遍都不开窍儿的张地，晓雪似乎也只有这样了。另一方面，她也怕给这个与众不同的张地带来更多的刺激和烦恼。因为谁也无法知道这个张地会把这件原本非常简单，甚至根本不是事情的事情，想象成什么样子。

您说这是干吗呀，人家晓雪下意识的一些帮助，怎么就能引起你张地这么大的反应？让人家省点儿心吧！张地一度捶胸顿足，为什么挺好的一个事儿却被自己处理成了这个样子，那一声感谢，人家晓雪都没当回事儿，对于你张地真的就这么重要吗？看着每天依然忙忙碌碌的晓雪，见到他也少了往日的热情，张地的内心充满了自责。在他看来，这一句“谢谢你”就这样被他变成了"对不起"。此时的他似乎完全退化成了一个孩子，内心无论如何也无法接受这样一个事实。这个与他毫无关系的孙晓雪对他的态度不知从什么时候开始变得那么的重要。从未触碰过人情冷暖的他就这样错过了生活向他投来的第一缕阳光。这个形容似乎显得有些夸张，但就张地种种一反常态的雷人举动来说，鄙人确实是非此言不能形容啊。他把自己曾经所有的欺凌与屈辱都融化在了即将结婚的晓雪身上。他的这种错觉，必然会给晓雪和周围的人带来另一个极其正常的错觉。

张地想，既然你晓雪找到了赵总，想必赵总也已然知道了这件事情，一开始他一系列的感谢行动还有意识地回避着别人，怕晓雪觉得不舒服，可是你张地这一闹腾，想让别人不知道都难了！这件事成为了张地心里怎么也解不开的疙瘩，晓雪帮助了自己，还让人家承受了那么多的委屈和压力。他想着一定要跟晓雪解释清楚，解释清楚自己那种最单纯的感激之意，殊不知这却是一件越抹越黑的事情。张地找到赵总，一次不在两次，两次不在三次，毅然决然地守在赵总办公室的门前，请求赵总找一下晓雪，说什么也要继续把这件事情给解释清楚。对孙晓雪"不依不饶"的张地，又与她展开了新一轮的交锋。

赵总是一个平易近人的领导，大家都亲切地叫她赵姐。作为福利企业，他们要根据每一个残疾人的情况，给他们安排合适的岗位，自然对张地他们这些残疾人很了解，更是对他们关照有加。当赵姐知道张地就是因为晓雪见到他不笑，要找晓雪解释的时候，这个不知道见过多少大世面的人被张地给彻底雷到了：

"你们又不是在谈恋爱，人家凭啥非得冲你笑啊？我平时觉得你是个挺简单的人，思想怎么这么复杂呀！"

说着说着，在楼道里已经听见了晓雪的脚步声。此时，办公室里的张地心里立刻有了几分紧张。张地心目中的晓雪，不知从何时开始，已经变成了一个很伟大的人。孙晓雪所给予他的是这个二十六 岁的男人从未触碰过的情怀，就像一个头脑中对任何事物都没有感知的孩子，只知道所感触到的冷和暖，与之对应的是这个孩子的哭和笑。这是张地最直观的感受。这种感受使张地迸发出了一种连他自己也无法阻挡的力量。

从办公楼匆匆跑来，甚至还没来得及暖和过来的晓雪知道了张地如此无理的"控诉"，可与生俱来的沉稳与善良却再一次战胜了她那实际早就可以爆发的"反抗"。

"张地，你要干什么？我那是上午有人骂我，我生气了，以后每一次见你我都笑着说张地您好，行了吧！"

张地终于抓住了这个难得的机会，一股脑儿地把晓雪对他的帮助说了个遍。那劲头儿似乎是要将晓雪的伟大告诉全世界。本来赵姐感觉这有点儿像俩小孩儿打架找老师似的，尤其想到晓雪的感受，可事情已经被张地折腾到了这个程度。赵姐就和晓雪趁热打铁，想着这回得解开这小子心里所有的疙瘩，同时也不能让张地再打扰到晓雪的生活了。赵姐和晓雪的统一战线就这样在无形中达成，赵姐先发头炮：

“张地呀，就是平时关注他的人太少了，可同事之间这一点帮助算什么啊，那么多人都帮助过你，你为啥非得感谢晓雪呢？你们还是同事，别留下什么疙瘩，把心放宽一些。以后不能给人家打电话、发短信地骚扰人家了，人家都要结婚了！”

听到赵姐如此的一番调解，张地紧张激动的心情也得到了缓解，知道了自己那么做确实是有些不妥，他想以一种幽默的方式缓解一下气氛，也承认一下错误：

“不敢了，怕小杜知道打我！”

晓雪往那一坐怎么着都觉得不太舒服，可看到张地这个状态，也感觉到了张地内心的那种特殊，不想因为自己那些举手之劳的帮助，使得张地再这样凌乱下去，也劝说张地：

“心态沉稳一些！我们回去吧，赵姐也挺忙的！”

回来以后的晓雪内心很不平静，不断地回忆着这段时间张地每一个特殊的举动。一路走来，虽然谈不上什么历经坎坷，孙晓雪却也一路享受着阳光雨露，认真地书写着人生这本从从容容的书。可如今这个张地，实在是让晓雪有些摸不着头脑了，她一方面不断地为张地考虑着，另一方面还有些害怕张地再做出什么过分的事情。回家后的晓雪迷迷糊糊地把自己这又一次的奇遇告诉了杜鹏，杜鹏的第一反应把晓雪给惊醒了：

“他要干吗？你问问他，他要干吗？癞蛤蟆想吃天鹅肉！”

“呵呵呵，这家伙把你牛儿的，人家没那意思。”

“那他是啥意思，他有几个意思，不就是那个黑眼儿吗？明儿我问他去。”

“你去吧，去吧，本来他想得就多，你再好好刺激刺激他。”

晓雪说着，生气地去了客厅，但是她心里明白，杜鹏只是一时耍起了性子，感觉自己受到了威胁，于是给他来了个冷处理。二十分钟后，一直在卧室里生闷气的杜鹏偷偷地瞟了两眼客厅里的晓雪，好像有些坚持不住了，就想了个法儿给自己找个台阶下。晓雪也正盘算着杜鹏这劲儿也该过去了吧！果不其然，杜鹏牛气哄哄地出来了：

“该睡觉了啊！”

“就这儿睡了！”

“嘿我这小暴脾气，就不信了我还。”

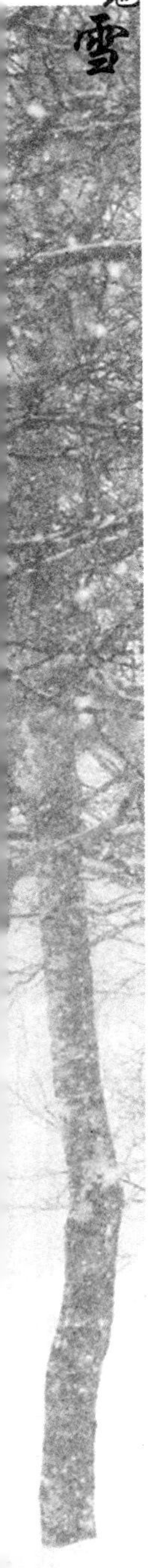

说着就把晓雪扛回了卧室。

“放我下来。”

坐在床上的晓雪依然不依不饶：

“你不是找张地算账去嘛，去呀！”

“你以为我不敢啊，要是真见着他我就说……”

“你说啥？真见了你也别刺激他，赵姐都说他了。”

“嘿嘿，不会的，媳妇。刚才我也就是一时生气，男人嘛！”

闻听此言，晓雪噘起了嘴：

“小样儿，还男人！你和他闹腾个啥呀，他不懂事儿你也不懂事儿？”

“这个不存在，还真就像你们赵总说的，关注他的人太少了，但是你得和他保持距离啊，我看这小子有点儿图谋不轨！”

“是，男人！以后我小心点儿就是了。”

“关注他的人太少了！”这是赵总留给张地记忆最为深刻的一句话，也是这句话引起了他对自己生活状态的思考。张地所上演的这一出闹剧，看似是在感谢孙晓雪，实际上是孙晓雪和大家再一次结结实实地给他上了一课。在这个过程中，他所有的行为都是不符合常理的，但又都是会被晓雪和同事们原谅的。大家能够感受到他的那种单纯，也愿意去保护他。尤其是孙晓雪，她是绝对不会和这样的一个人去计较什么的。张地捧着手里的这张白纸，一次又一次地恳求晓雪，恳求赵总，恳求那些在他“请客”的最后一刻临时爽约的同事们：恳求晓雪为他写下了善良、理解、宽容，恳求赵总为他写下了为人处世的原则与信条，恳求大家为他写下了那么多那么多他应该学习的道理。一切都是那么简单，对于大家而言就像一场游戏一样。张地求到了这些真经，并发誓要拿回去细细地研读，只是这一课，他上得太晚了！

青春，有过吗？

笔到此处，我想谈谈那些有关青春的话题，可又顿觉这个话题对于张地来说有些奢侈。当今时代下的青春形态，是一个多面体，有着最为张扬、最为锋利的棱角。人生中任何一个阶段都是不可逆的，特别是这稍纵即逝的青春，谁也没有办法将她永远留在身边，即使她在外力的作用下走向了歧路，年少懵懂的我们有时也无力回天，年轻时的光影就这样渐行渐远……

赵总的一句“可能是关注他的人太少了！”打开了张地记忆的闸门，“是啊，我这些年都在干吗？是在经历着一种怎样的成长？”张地不断地问自己。完全沉浸在记忆之中的张地始终在和自己较着劲，最先袭来的就是张天那肆无忌惮的打骂，那些在张地眼中血淋淋的经历覆盖了他所有的记忆。曾经的他认为，也许等到自己上班了，挣钱了，一切的痛苦就会随之结束。可是他哪里知道，一个工作是远远舒缓不了他俩那根绷紧的神经的。直到去年，在公司已经逐渐稳定的张地回到家中，还依然在张天的“铁蹄”之下挣扎，好像一直都有一个魔咒，紧紧地套在了成建和张天的头上。翻开那些记忆，每一件事，甚至张天的每一个表情、每一句话，都是那样清晰。当同龄人沐浴着青春的阳光雨露在郊游、逛街、爬山，享受着年轻所带来的喜悦与快乐的同时，张地却在家中承受着命运所带给他的伤痛。当年赋闲在家的时候，他看不到外面的世界，可以像一只井底之蛙那样认为父亲，认为亲情，认为兄弟或许就是这样的。可是今天的张地走出了这个家，看到了这些名词的正确解释。这是一个必然，因为他俩也不可能容忍张地永远那样闲下去。这种从无意识状态走向有意识状态的必然，使张地深深陷入了回忆所带给他的痛苦之中。向往光明、感知冷暖是人的天性，就像我们儿时的啼哭，其实代表的不正是人类对美好的渴望吗？再一次翻开聊天记录，看着晓雪所写给他的留言，一字一句都在重重地敲打着他无序的灵魂，尽管，那只是一个同事善意而礼貌性的回绝而已。

所有的记忆如同一把把尖刀猛烈地向张地袭来，甚至在一段时间，每每想起弟弟张天，他总会一个人偷偷抹眼泪。一种极其强烈地改变的欲望使他开始尝试着去解释在他成长过程中所发生的一切。在思考的第一时间，他想到了家庭伦理，那种我国传统的家庭伦理。因为他意识到，即使自己的成长再特殊，里面的每一个人似乎都没有走出这一伦理。他当时还没有意识到自己的残疾给这个家庭所带来的压力，而是仅仅停留在一对父子以及作为家庭成员之间的交流形态上。所以他感觉就是套不上，每一个人似乎都是超脱于任何一种理论之外的状态，没有办法去解释发生在他成长中的这些事情。他曾经一度想弄明白家庭伦理到底是什么。家庭首先是以亲情来维系的，那一声爸爸、妈妈，足以决定和支撑起所有，可是为什么成建在面对他的时候是那样一种状态呢？他同时意识到，正是因为他是我的父亲，他是我的弟弟，所以才会出现这样一种形态。孙晓雪，她和我没有关系，她所想的就是那一时那一刻的张地别摔倒就可以了，走出那一时刻，这个残疾人和自己不会再有任何的关系，更何况即使在那一时刻她都完全可以不去帮助你张地。可是成建呢？他要考虑你的未来，要考虑你的生存，你的影子在他们的生活中是永远不可能消失的，所以他很难很难做到完全回到某一件事情上去和你沟通。你张地某一样东西没买好，某一件事没办明白，在他张成建的脑海中可能早就勾勒出了你二十年以后生活的样子。思来想去，所有的形态体系在张地这里统统被 pass，解释不通。他感觉以他的状态和他的思考，如果给“家”这个名词下一个定义，百分之百是不准确的。他在逼迫着自己“突出重围”，站在更高的层面上去认识。可是这种状态真实吗？每天都在进行着的生活，是让你真真实实地在里面过活，而不是站在边上去下什么定义。这么多年来，他们彼此之间早已形成的这种形态是不会轻易就可以被张地改变的。

不论家庭变得如何，走出去的张地绝不允许自己再犯任何的错误，即使他些许触摸到了这种成长形态上的特殊，一向要强的他绝不会再让别人为自己的成长“埋单”了。这笔良心债，他还不起。榜样的力量是无穷的。张地翻出了他那张“零分”的“考卷”，还有从晓雪以及同事那里求来的“真经”，像个小学生一样在那里观察着、学习着、思考着，似乎孙晓雪的一举一动都可以被他总结出无比深刻的人生哲理。每天拿着一大摞的单据，奔波于一楼营销中心和二楼财务之间的晓雪也不再只是雷锋一样的人物，而是被幻化成了一个近乎于完美的人，他不再单纯地从一个“好人”的角度去理解孙晓雪。晓雪把张地完全带入了另一个世界，在这个世界中，他是最渺小的，他愿意低下头、哈下腰，去汲取他人身上自己所没有的东西。那段时间，张地的内心被两股强大的力量所分离着，尽管当时张天已经去了外地上班，与成建也没有发生什么不愉快的事情，可思绪的狂潮却把他的心狠狠地推向了家的彼岸。回到单位的张地呢？早已退去了刚入职时的锋芒，不断地在晓雪和同事们身上求取着手中这张“卷子”的答案，在一个“人”的原点上重塑着自己。在这个只属于张地的世界中，所有的人、所有的事都被他无限放大，甚至放大到关乎生命的地步。在晓雪这种无形的鼓励之下，张地向公司党支部递交了自己的入党申请书。应该说，晓雪使这个率真的张地焕发了新生！

这新生的动力驱使着他会做出一些似乎与当今的社会价值取向背道而驰的事情。在晓雪，甚至他身边每一个人的身上，都有着他永远也报答不完的恩情。要我说啊，孙晓雪这几个座让得太值了，成功地挽救了一个“失足青年”。

成长的代价总是巨大的，我们既然可以去犯错，就必须蓬头垢面地去思考。这是每一个走过青涩岁月的人都必须要经历的。张地，他有着那样的一种成长，当走出那段人生的时候，必然会有正常形态下的生活将他引向新生，这个人不是孙晓雪，也会是其他的人。年轻没有什么不可以，只是说过了，做过了，走过了，才可以坦然。可是张地，他会坦然吗？他的青春，走向了结束似乎才看到起点，令他的一切回到原点的，恐怕不仅仅是时间吧！

今生缘

无数次地探讨过关于缘分的话题……

客观地说，缘分就是一种偶遇，毫无征兆的偶遇，它会让你瞬间找到一种或开心或幸福的感觉。冥冥中的第六感会向我们的内心发送一个信号：这辈子，就他（她）了！这种偶遇使我们找到了厮守终生的那个他（她），寄托了所有美好的期许，所以称之为缘分。这拥有了别称的偶遇，可就真的被赋予了生命，即使彼此白发苍苍，也依然是当年那个不畏强敌的姑娘、那个球场上挥汗如雨的小伙儿。

要说晓雪和杜鹏的缘分，还要感谢那个不靠谱儿的张桐。正是他的失约，才成就了晓雪和杜鹏那场精彩的男女对阵。从那以后，二人便成了球友。球场上的杜鹏毫无绅士风度，还和晓雪整出一大堆的专业术语来，貌似赢得还挺仗义，和人家一个小女生每球必争的小气劲儿就甭提了。单看场下的同学们，女生为帅哥摇旗呐喊，男生给美女擂鼓助威，抢了人家场上不少的戏。真可谓赛场内外俊男美女，还不耽误个别同志醋劲儿十足！但最近可有几天没看见孙晓雪了，直接导致杜鹏的粉丝量直线下降。再和老对手张桐打起球来也不在状态了。杜鹏琢磨着，中文系最近也不忙啊，又没到考试前头悬梁锥刺股时候，晓雪这几天跑哪儿去了这是？我得打听打听！此时的杜鹏动了要和孙晓雪对决网坛一辈子的念头。

其实孙晓雪这几天除了上课根本就没在学校，而是做起了她的“第二职业”，人家可是直奔女强人去了。

象牙塔里的夜晚宁静而悠闲，点点灯光衬托着美丽的花园，不时会有学生来到这里，沐浴着和风，将那些踌躇满志的期许寄托于一轮皎洁的满月之中。偶尔还会有美妙的流行歌曲从宿舍楼里传来，这歌声可绝对是流行的风向标，大学宿舍传出的歌声，没有最新，只有更新……忙完功课的晓雪听着音乐无聊地趴在网上，突然发现老弟空间里一段颇为无奈的牢骚。

“想老姐了，家里要是有台电脑就好了，就可以时不时地骚扰她一下！（表情：调皮）”

本来心情不错的晓雪刷到老弟的这条qq说说，不自觉地关掉了音乐，一个人在那里发呆。还在那里随着音乐“摇头摆尾”的“万事通”乔娜突然失去了伴奏，差点儿把脖子给扭了。

“我说这是……”

一回头儿看见在那里发呆的晓雪，弄得她也像一个泄了气的皮球，说话也没了底气：

“什么情况啊！”

刚才还叽叽喳喳的宿舍顿时变得鸦雀无声，等晓雪缓过神儿来，才发现自己已经成为了大家关注的焦点。可是此时的她已经顾不上这些了：

“万事通，帮我找个活儿吧！”

“没事儿吧你，就你这小身子骨儿能干啥呀？”

“干啥都行！尽快帮我联系一个。”

“怎么，缺钱啦？”

她们这姐儿几个可是无话不说的死党，也是为了让乔娜能够尽快帮她找到勤工俭学的岗位，晓雪也只好“招供”了：

“我老弟想要一台电脑，都初三了，也该买了。就他那小脾气儿肯定不跟我爸妈说，我这个当姐的不买谁给买呀！”

正在那儿斗地主的小玉接上话了：

“找什么活儿啊，找咱乔姐，人家可是富婆儿！哎哎哎，又输了！”

“小事儿，晓雪，别找什么活儿了，明天先从我这儿拿，买了给他快递回去，等你姐我以后嫁入豪门，姐姐给你开个网吧！”

“哎呀别闹了老几位！这又不是小钱儿，帮我找个活儿，越快越好。我正好锻炼锻炼，捎带品尝一下丰收的喜悦，挣了钱请你们吃好吃的！”

说干就干，长这么大，晓雪最疼弟弟了。骑着乔娜的自行车，她开始了兼职送快递的工作。为了多挣些钱，早点儿给老弟买上电脑，晓雪根本没考虑校内勤工俭学的岗位，因为起点不够。她每天除了上课一直在外面跑快递，常常跑得汗流浃背，爱美的她正好当减肥了；老弟打电话来还得忙里偷闲地喘匀了气，耐着性子神吹一通，说大学生活多么多么的美好；往车子后座儿上一坐，不是说在打球，就是说在图书馆看书，脸不红心不跳的，鼓励弟弟好好学习，考上理想的大学，打算给他买电脑的事却只字不提。哎，还是这老大“精明”啊！

再说杜鹏这边，一连好几天没看到晓雪，有点儿坐不住了，心想，俺就不信网球还有比我打得好的？不能够啊！于是他悄悄对晓雪展开了“地毯式搜索”。为了确保行动圆满成功，杜鹏买了一大堆的零食，什么奶茶、薯片、鸡腿，抱在怀里已经基本看不着脑袋了。万万没想到啊，这女生宿舍居然有站岗放哨的，脚尖刚离开门口的杜鹏迅速就被晓雪的死党们包围，看来是好进不好出了！这你一言我一语的，小伙子汗都下来了。

“买了这么多好吃的！”

“什么目的？”

“什么企图？”

最后这位实在没词儿了，来了句：

“有……冰淇淋吗？……啊救命！”

话音刚落就是一顿群殴，相当惨烈！杜鹏一看这阵势，个儿个儿女中豪杰啊！

“几位美丽的姐姐，能告诉鄙人孙晓雪同志干吗去了吗？”

“不能！我们很美丽，但绝不是你姐姐！”

“姐我错了！”

杜鹏什么智商啊这是！“万事通”认为没必要再给他机会了：

“你可以走了，就凭你这脑子告诉你你也找不着！”说完拍了拍杜鹏的肩膀，“这是为了你的安全，小伙子！”

眼瞧着杜鹏都快哭了：

“美女，告诉我吧！”

这姐儿几个最终还是没能抵挡得住美食的诱惑，举手“投降”了，哪成想这回小鹏子还不干了呢：

“胡闹！瞧瞧你们给她找这破活儿，还好姐妹呢。不行，我得走了，吃吧你们！”

杜鹏骑着车子，迅速从提款机里取出了五千块钱，本来是家里给他打过来的生活费，但看这架势估计早就顾不上考虑自己下半年怎么过了，一阵斜风就杀出去了。顶着五六级的大风时速足有五六十迈，回头率百分之百。路过一个家电卖场，进去随便拿了一张传单，也不知道葫芦里到底卖的什么药。杜鹏刚到快递公司正好撞见准备出去送件的晓雪，只见她抱着一个大件，吃力地往车子上搬。好不容易搬上去的邮件却被杜鹏上去一把放到了自己的车子上，他瞟了一眼上面的地址二话不说骑上车子就走。

“杜鹏你要干吗？”

她的这位球友根本没有理会，一直把邮件送到主人手里才对跟在后面姗姗来迟的晓雪说了这第一句话：

“晓雪，单子！”

晓雪哭笑不得地把单子递给了人家，本以为这次只是出来做义工的杜鹏却又和晓雪玩儿起了拉锯战，一把夺过快递单子骑上车子又走了。这回晓雪可不干了，可杜鹏根本不给她说话的机会，一边骑嘴里还不停地嘟囔着：

“单子在哥们儿手里呢，你就乖乖跟着吧！”

晓雪没办法，只好紧紧跟在后面，想着这小子还能玩儿什么花样儿。当时两个人已经认识很久了，晓雪也看出了一点儿杜鹏的小心思，这要是换了别人这么折腾，晓雪那脾气肯定不让他，可杜鹏是个例外。晓雪知道，杜鹏做事儿踏实，让人信得过。杜鹏把晓雪带到了一家家电卖场，下车一回头儿就拿出了那五千块钱，还把那张传单在晓雪眼前晃了一下：

“这是我在这里的积分，打折促销最后一天，给咱弟把电脑选了，你啥时候有钱啥时候给我！”

“不行，不行！你下半年喝西北风去呀！”

“不你咋这矫情呢！在球场上K我那劲头儿哪儿去了？”

杜鹏把单子从晓雪眼前一晃，晓雪刚要拿，又被他收了回去：

“你哥我赚的是积分，回头买大件儿，亏本儿的买卖咱可不做，算你帮我一忙！”

无奈晓雪买电脑心切啊，又一想他也是“积分心切”，再加上都挺熟的了，回头把钱还他不完了嘛！就这样上了杜鹏的“圈套”。选完电脑在柜台结账的时候，着急想好好在晓雪面前表现一下的杜鹏光冲着电脑使劲了，从选购到结账一条龙贴心服务，如此天赐良机打死也不能放过。无意间居然把那张传单掉在了地上，那可是A级密件啊。晓雪捡起来一看只是一张普通的广告，正要找他“理论”，可杜鹏已经搬着电脑出去了。晓雪一时有些着急，可突然眼前一亮，好像想到了什么，会心地点了点头，一个人笑了。晓雪悄悄把传单揣进了兜儿里，和杜鹏一起把电脑寄回了丹东老家，回学校时，杜鹏跟她唠叨了一路：

“不许再去干快递了，本大人打球儿再找不到你，后果自负！”

“你烦不烦啊，你等着吧，一个月之后，我可就是双重身份了！”

“双重身份？”

“女强人＋富婆啊！”

到学校时，杜鹏刚想来个“功成身退”，却被晓雪叫住了：

“等会儿！你没丢什么东西吗？”

杜鹏早就把他那个美丽的谎言忘到脑后了：

“丢啥了？你这不是回来了吗？”

“我抽你！”

晓雪拿出了那张传单：

“这就是你的积分？”

杜鹏拿过来一看，自己又在身上翻了个遍：

“嘿，瞧我这脑子！隐形积分，你是看不到的！”

“还骗我！”

晓雪转身就要走：

“哎，干吗呀！我骗你，我不对，我混蛋，行了吧！”

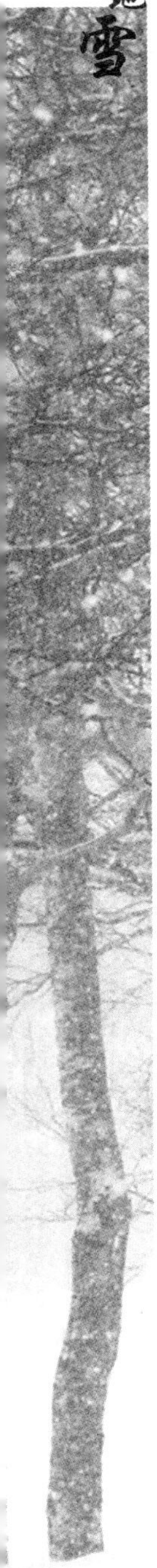

晓雪偷偷地笑了，没让杜鹏看见。

“你就不怕我还不上啊！”

“都女强人+富婆了，我还怕那个！再说还不上才好呢！”

这绝对属于一不留神说走嘴了，那就干脆将计就计。

“你说什么？”

“还不上嘛……好办，你就以身相许呗！”

“我……”

杜鹏说完就转身回宿舍了，也是觉得有点儿不好意思了。回到宿舍的晓雪摆弄着那张貌似和这件事毫无关系的广告传单，然后把传单紧紧地攥在了手里，越攥越紧，生怕丢了似的……

这真是一段美好的回忆！晓雪在一个婚纱店前出神地站了很久，她好像看到了一周之后走在红地毯上的自己，看到了自己一辈子的幸福。里面的店员看她在那里站了半天，走出来问了一句：

“小姐您好！您需要帮助吗？”

“哦，谢谢，不必了，我现在什么都不缺了！”

回家的路上，晓雪一个人那个美呀，不知道的还以为捡钱包了呢。微笑、傻笑以及皮笑肉不笑“轮番登场”，回头率丝毫不亚于当年出去“抓她”满大街狂飙的杜鹏。这回她也“飙”了一把。宽阔的网球场，各种抢戏，各种搞怪的啦啦队，还有场上斤斤计较、场下却仗义相助的杜鹏，是孙晓雪这辈子想逃也逃不掉的缘分。当然，逃不掉的，还有哺育她长大的亲情。记得就在晓雪第一次带杜鹏回丹东老家时，孙凯由于兴奋过头儿，上去就叫了一声：“姐夫！”叫完自己都不好意思了。想着想着，晓雪的手机响了：

“姐，我们明天就出发了，我给你当伴郎，还得抢红包儿呢……”

“嗯，好！呵呵呵……”

“哎姐，你这是哭呢还是笑呢……”

依然是五六级的大风，从北京吹到了内蒙，吹回了姻缘，吹出了喜讯！

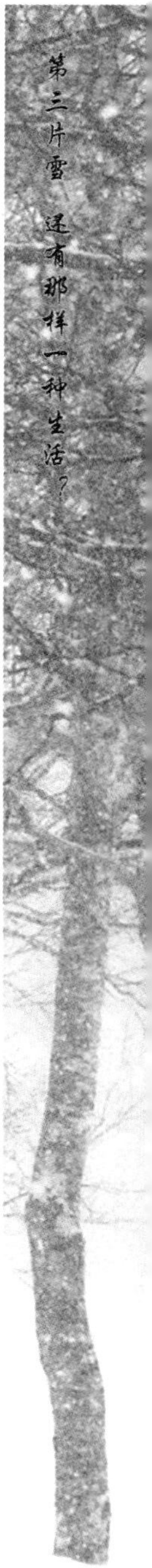

让美好更美好

今天是个好日子！放眼望去，红彤彤的对联映红了每个人的笑脸，大红的喜字更是装点着亲朋好友的心情。这是他儿时的玩伴，那是她曾经的闺蜜，一个不落地都到了。孙晓雪一袭洁白的婚纱，等待着这人生中最幸福的时刻。旁边的杜鹏身着一身黑色的西服，迎接着前来道贺的亲朋好友。小伙子今天显得好像有些紧张，不管见到谁都只知道在那儿傻笑。等客人基本都到齐了，他才有点缓过神儿来，指着他的那桌同学悄悄对晓雪说：

“这帮小子还都打着光棍呢，我娶了你这么好的媳妇，得羡慕死他们！”

“傻样儿吧！”

婚礼从大屏幕上播放出的一张照片开始。照片中的杜鹏和晓雪被一群老人和几个身着统一服装的学生所包围，晓雪他俩和他们穿的是一样的衣服。可是今天看上去，更像是他们的情侣装。当时的杜鹏手里拿着一枚戒指，单膝跪在晓雪面前，旁边的女生投去了羡慕的目光，爷爷奶奶们更是笑得合不拢嘴。再看婚礼现场的朋友，也早已乐得前仰后合。直到这时，主持人才姗姗来迟：

“这是一个别具一格的求婚现场，没有奢华的排场，也没有浪漫的布景，而是在一次志愿者活动的现场。见证者除了这些曾经与他们朝夕相伴的同学们以外，还有敬老院里和蔼可亲的老人们。下面就让我们以最最热烈的掌声请出照片中的主角，今天的一对新人杜鹏、孙晓雪！向我们走来的新郎英俊潇洒，新娘闭月羞花！”

晓雪、杜鹏站到了舞台的中央，主持人首先迫不及待地抛给了晓雪一个问题：

“这是在什么时候？这么有创意的求婚是谁想出来的？”

问得晓雪脸都红了：

“这是在去年，我们已经毕业了，在校的时候我们自发组织了志愿者活动，定期去看望一些特殊的老人和孩子们。虽然已经毕业了，但我觉得挺有意义的，人又在北京，就去了，没想到是杜鹏安排的求婚。我的闺蜜们全部‘叛变’，无一例外！”

“看来这新郎是早有预谋啊！”

主持人趁热打铁，继续八卦：

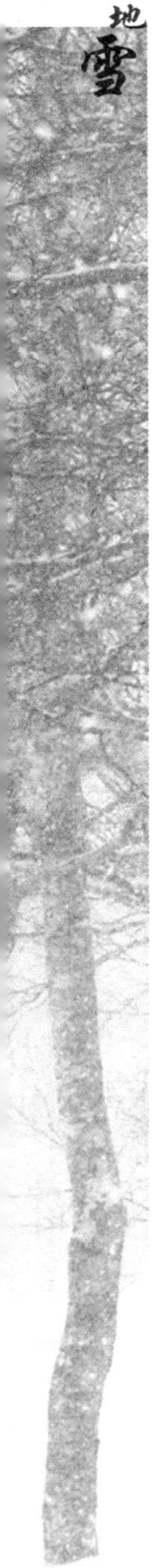

“当时他都说了什么？”

“他说要和我打一辈子网球，可我从来没赢过他！”

主持人还嫌事儿不大：

“他敢这么说，你什么反应？”

“恨不得他马上消失。”

一旁的新郎不干了，豁出去“冒场”了：

“我后面还有话呢，我说……”

主持人故意难为了一下他：

“帅气的新郎，我一会儿采访你。”

关键时刻，晓雪“挺身而出”，将婚礼的气氛推向了高潮：

“他说他这回要做我一辈子的手下败将！”

下面的掌声和欢呼声响成了一片，大家都在等待着这个时刻的到来，虽然不知道会以一种什么样的形式出现，但相信一定会是一段最美的姻缘，拥有最美的结局。婚礼按部就班地进行着，在给父母敬茶的环节中，低头鞠躬的刹那间，晓雪长这么大第一次觉得父母老了，他们的鬓间已经泛起了霜花。嫁出去的女儿，泼出去的水儿啊！这感觉来得是那么突然，仿佛就在那一瞬间心被什么东西重重地扎了一下。在这个特殊的时刻，母女俩眼神里都微微泛起了泪花。这一幕，除了晓雪母女俩，现场所有的人都不曾知道，旁边的杜鹏甚至都不曾察觉。在随后新娘的发言中，晓雪情真意切地说了这样一段话：

“虽然我还很年轻，但是我知道这是我这辈子最幸福的时刻！他使我相信爱情是世界上最美好的事物。人们都在谈论爱情保鲜的秘诀，当我今天走上了这条红地毯，我知道了，爱情不需要保鲜，因为心在一起，这辈子你就是我的全部！当我们携手走过今天这个神圣的时刻，所有的柴米油盐，一切的苦辣酸甜，在一起的每一天，都是我们的爱情！”

杜鹏的发言显得更加质朴而真诚，因为他知道他心中的这位公主，想要一种什么样的生活：

“我想说晓雪就是上天赐给我的最好的礼物，我会每天按时回家，和她一起做饭，一起孝敬父母，和她一起变老，陪着她说我们一辈子都说不完的话！”

“让我们祝福这对新人，祝福他们白头偕老，相伴到永远！”

仪式过后，现场的来宾们还依然沉浸在刚刚的喜悦与感动之中。台上那一对金童玉女已经手牵手走到了大家面前。今天光临婚礼现场的二十六桌客人，每一桌都是一段旅途的驿站，每一桌都是一道人生的风景。光影交错，人影婆娑。举起幸福的酒杯，敬长辈安康，敬朋友和顺，敬这一片养育了我们的土地，敬这美好的生活万年长！这酒杯里，斟满了一对新人所有的甜蜜与美好、期许与祝福，就像小时候抢着要给来家里做客的叔叔、伯伯倒酒一样，今天孩子长大了，要为你们斟满这一杯他们亲手酿造的幸福佳酿。晓雪今天放宽了所有的“政策”，让杜鹏十足秀了一把酒量。虽然自己一直跟在他后面“点到为止”，可一圈儿下来还是感觉有点儿微醉。要我说啊，这喜酒不醉人，它醉的是心。杜家的新媳妇，既然今儿个咱醉了，这辈子就别醒了！

要说今天最活跃的分子，当数晓雪的弟弟孙凯了。当时他刚刚大学毕业，正在找工作，暂时算得上是一个“无业游民”，早就憋足了劲儿准备在老姐结婚的时候好好“捣捣乱”。虽然晓雪早已经用红包把这个从小就爱欺负她的老弟好好“打点”了一番，可根据目前的“局势”观察，基本没起到多大作用。这闹洞房的好事儿岂能少了俺凯哥！这可是打小儿气死姐姐不偿命的主儿，任晓雪百般谦让，从来“不知悔改”。姐弟俩是一见面就掐，不见面就想。可怜的小夫妻，今晚这关不好过哟！

酒席结束以后，孙凯第一时间率领着杜鹏的三个同学回到新房开始了密谋，什么夹气球运鸡蛋，这些都过时了。最令大家大跌眼镜的是这里面招数最狠的居然是孙凯，当他把一肚子的坏水儿全都倒出来的时候，哥儿仨都听傻了。

“狠！”

“够狠！”

“算你狠！我说凯哥，你要玩儿真的？”

孙凯也觉得有点儿“缺德”过头儿了：

“这个嘛，到时候看我老姐的表现，视情况而定！”

咱队长就这力度啊！三人瞬间义愤填膺，同时大喝：

“去！”

这天还没黑，“火药味儿”就一触即发。孙凯这边在悄悄密谋，人家小两口儿也没闲着。晓雪太了解老弟这个跟屁虫的路子了，小时候只要一不高兴用好吃的和玩具哄哄就雨过天晴了，便开始黏黏乎乎地吵着姐姐陪他玩儿。晓雪在这儿比比画画地说了半天，说起老弟，累了一天的她依然是越说越起劲儿，可坐在酒店椅子上的杜鹏听得都快睡着了。

“哎哎哎，收！回来吧，亲爱的。你这都结婚了，合着你弟弟一点儿没长！爱情中的女生智商就是低！”

“现在嘛！你只要猛夸他帅，就百分之百找不着北了，听妈说来之前在家捯饬一个钟头儿呢，下了血本了！”

“这个可以有，呵呵，你们家基因就是好！”

果不其然，晚上一进门杜鹏就来了个先发制人，针对闹洞房小分队队长

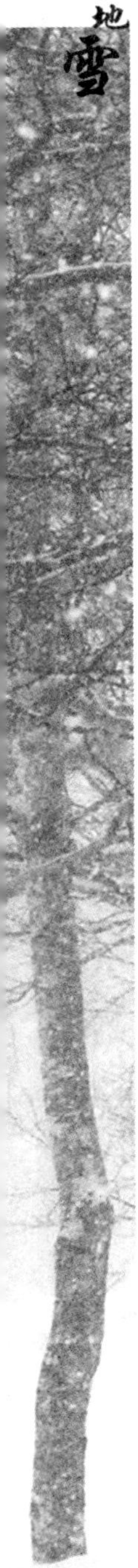

孙凯展开了防守式进攻。

“哎呀呀呀呀呀！快让姐夫好好看看，咱家小凯今天这么帅呢！这得迷倒多少小姑娘啊！”

这话听着忒舒坦了！孙凯有点飘飘然，哥们儿给他使了个眼神儿，才想起来自己还肩负着重任呢。

“亲爱的姐夫，我一向秉公办事，虽然你说的情况基本属实！”

晓雪一看形式不妙，赶紧打个圆场，好汉不吃眼前亏嘛！她知道弟弟不是盏省油的灯。

“我去拿点儿喜糖，你们哥儿几个好好唠唠！”

想开溜？这还得了！孙凯一个高调优雅的健步上去死死地堵住了门口，嘿嘿，不能白瞎了哥们儿今天这身儿打扮啊。

“亲爱的老姐，俺们不吃喜糖，现在你得服从我指挥！”

“你个小没良心的，欺负你姐没够儿是吧！”

孙凯一脸坏笑，不知从哪儿翻出了一根儿皮筋儿。

“老姐，熟悉不？这叫绑定今生！看着啊，咱们公平公正，你和我姐夫还有咱这两个兄弟来一把 PK！”

咱家凯哥今天异常嘚瑟，终于又可以“欺负欺负”老姐了，今天她还不带急眼的，绝对千载难逢，哈哈，太得劲儿了！孙凯把老姐和姐夫的腿面对面地绑上。在绑他那俩“同伙儿”的时候，悄悄递了个眼神儿，其内涵自然是相当深刻了。

“那个，现在听我指挥，不许用手，俩人面对面把气球运到梳妆台上，看你们谁的速度快，失败的一方可是有惩罚的哦！”

听上去相当稳妥，人家小夫妻还不比你们这俩秃小子默契，可是当孙凯把气球拿出来的时候，晓雪气得差点儿把他们哥儿几个打出去。

“他们的那大个儿，我们这个跟瘪茄子似的，你这猫腻儿也太明显了吧！”

“这个是我饭前吹的，那个呢，是我喝完喜酒之后吹的，这个小的叫百年好合，那个大的叫兄弟情深，你自己看着选吧！”

晓雪气愤中：

“I 服了 YOU！ I 彻底服了 YOU！这也太坏了！”

可谁让今天两口子是重点难为对象呢。孙凯一声哨响，PK 正式开始。絮絮叨叨地掰活了半天，是说的没说明白，听的也稀里糊涂。管他呢，反正今晚就是往乐呵了整！与其说是在那儿运球呢，倒不如说是在脸对着脸傻笑，爱人在笑，弟弟在笑，朋友在笑。我们笑着走过了嬉戏的童年，笑着迎来了绚烂的青春，今天又笑着步入了幸福的殿堂。我们微笑着采撷一路上的风景，微笑着面对生活所带给我们的酸甜苦辣。今天他们结婚了，就让这洞房里的欢声笑语，为崭新的生活奠基吧。

我说新娘子，咱可别光顾着笑啊，这前方可是高能预警啊！孙凯一看老姐和姐夫说话这就到了，那可就不好玩儿了，原地来了个精准发射，把老姐的气球给射了下来，还没等晓雪他俩反应过来，他就抢先来了个“贼喊捉贼”：

“谁干的？咋回事？”

可这找了半天，屋里也没别人了。晓雪就地反击，给他“反射”了回去：

“就你小子干的，还在那儿装！累死我了！”

晓雪正要往沙发上坐，孙凯一个飞身上去就把沙发上的衣服夺了过来：

“我的个亲姐啊，你这是要我命啊！”

晓雪、杜鹏两个人相互一对视，哼哼，这老小子有事儿！指不定又藏着什么整人的玩意儿呢，就地缴械：

“什么东西？”

“缴枪不杀！”

杜鹏没力度，还得靠咱“当家的”：

“你要是不拿出来，这一局我俩可不认！”

孙凯急了，这里面可是他的“无价之宝”：

“你爱认不认，本队长宁死不屈！”

说着把衣服抱得更紧了，颇有点儿小时候蛮不讲理的劲头儿。到底是什么东西令老弟如此神魂颠倒“暴露本象”？晓雪更好奇了：

“今天帅爆了的大帅哥，这咋还玩儿赖了呢？”

孙凯歪着头，极不情愿地拿了出来。

“哼，这本是今天的压轴大菜，没成想被我一贯狡猾的老姐给反围剿了！”

孙凯慢慢地从兜儿里掏出了一张快递单子，是当年杜鹏给他买的那台电脑，帅哥说话依然很无厘头，可明显有点儿底气不足。

“瞧一瞧，看一看，算一算了啊！这可是我老姐当年在大学捞到的第一桶金，相当有纪念价值！”

几个人的目光全都聚焦在了这一张小小的单子上，羡慕、嫉妒，但绝不恨。

“捞了多少钱，晓雪？”

“让你们失望了，一分没捞着！”

孙凯马上补充：

“把我姐夫给捞着了！”

“你们凯哥五千块钱就把他老姐我给卖了！”

杜鹏一脸坏笑：

“理解万岁吧！”

也别什么队长、副队长的了，老话讲，哪里有压迫哪里就有反抗。杜鹏趁孙凯正在那儿高调嘚瑟的时候，从帅哥背后一把抢过了单子，几个人“你一口我一口”地让单子在空中飞了起来，这下可把孙凯心疼坏了：

“什么行为啊这是，魔鬼计划里没这节目啊，本队长命令你们还给我！”

可哪里还会有人听他的指挥？两年前那张小小的快递单，就这样被这几个长不大的孩子吹得在空中飘来飘去。三个人就这样“背叛”了孙凯，和晓雪他俩“一笑泯恩仇”了。他们使尽浑身解数，坚决不让这一张寄托了浓浓亲情与爱情的单子落在地上。没有谁去设定什么游戏规则，更没有谁去规定多么吸引人的惩罚措施。大家都心领神会地想尽各种办法让这份感动在这个充满爱的屋子里盘旋。这一群爱美的帅哥美女毫不顾忌自己的光辉形象：不是和镜子中的自己来个零距离接触，就是双膝跪地感受一下“泥土的芬芳”。凯哥寡不敌众，眼看“大势已去”，就干脆“弃暗投明”，也加入了“吹气大军”的阵容当中。

“这是俺的东西，还是得听俺指挥！”

孙凯个儿高，一上去就变成了主力队员，“低空保护”的任务就交给了老姐和姐夫。没有了敌对双方，没有了胜败较量，此时的洞房完全变成了他们游戏的天堂。孙晓雪和杜鹏，在这个他们人生旅途中里程碑一样的夜晚，尽情地徜徉在逝去的童年所带给他们的回忆与快乐之中。今天婚礼的每一个环节似乎都很特别，这种特别有提前设定好的，也有临场发挥的。无论怎样，都是这一对年轻人在用心地将过去的、现在的每一个瞬间定格成永恒。飞吧！闭上眼睛，张开双臂，尽情地飞吧！这张单子，不就是紧紧拴在一起的两颗年轻的心吗？不论怎么飞，有了这一份爱的托举，就永远都飞不出这间浪漫的巢穴！

新人上花轿，月圆闹洞房。什么都不缺了，只需要我们用一颗真挚的心去留住过去的、现在的，还有即将到来的……美好，用心生活，让美好更美好！

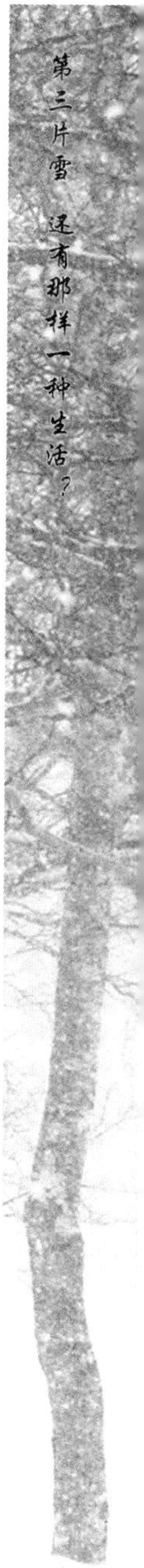

好福气

都说青春需要一次说走就走的旅行，其实幸福，也需要一次言不由衷的吵闹。这不，刚刚结婚的小两口儿，这新房还没焐热乎呢，就叽叽喳喳地吵了起来。说好了，吵！要吵咱可就真吵，开足了火力猛炒：瞪大了双眼是连说带闹，先哭后笑，天南地北，云山雾绕，直到丢盔弃甲、弹药耗尽之时，大脑早已是一片空白，目光中除了彼此什么都没有，像两个泄了气的皮球一样坐在那儿，傻傻地看着天花板。至于说所为何事如此大动干戈，好像忘了，好像傻了，好像光顾着闹了……这就叫“傻人有傻福”。

要说咱家晓雪这福气可真是不浅，刚刚结婚就成了精明能干的小媳妇。下班后刚撂下筷子，就谋划着把房间好好收拾一番。

“瞧这屋子让孙凯这个臭小子给造的，可得好好来个大扫除！”

这干活嘛，就得有个干活的样子，该准备的家伙什儿都得准备齐了：遥控器、荧光棒，哦，还有还有，老公给买的好吃的可是一样都不能落下。本姑娘干活就是认真。一切准备就绪，说干就干。

“哎呀，那边那边！对，好好擦擦，你怎么这么笨啊！”

顺着晓雪手里的遥控器看过去，“电视”里这位怎么这么面熟呢？此人穿着相当讲究：腰上系着个大花围裙，头上顶着块红布，手里拿着个拖把不说，肩上还扛着块抹布。怎么看都跟几天前那位帅气的新郎联系不上，但“不幸”的是，这位衣着时髦的“花花公子”正是杜鹏。短短几天时间这礼服就变成了围裙（还是个花围裙），帅得实在是有些让人大跌眼镜，不过人家杜鹏可是干得不亦乐乎，什么桌椅板凳电视柜、沙发茶几梳妆台，凡是本少爷海拔够得到、伸手摸得着的地方通通不能放过，此乃好老公做事之原则。（实则是老婆下的命令，不敢有违啊！）地板全都是蹲着擦的，拖布完全成了摆设。嘿嘿，显得哥们儿干得多嘛！擦到床边时还不忘不失时机地献一把殷勤：

“娘子，奴婢还有什么可以为您效劳的吗？”

眼见相公如此勤劳能干，令娘子着实感动。晓雪趴在床上成功消灭了两包薯条和一包锅巴之后终于道出了她发自肺腑的那句话：

“我要减肥！我就是要减肥！”

“娘子这是在减……减肥？”

杜鹏拿着个抹布跪在地上彻底傻掉，一双相当聚光的小眼儿直直地看着晓雪，他用余光扫了一遍满床狼藉的“第一战场”之后，不由自主地咽了咽口水：

“瘦了，确实瘦了！”

正在那儿因为又一次败倒在零食面前煞是纠结的晓雪顿时心花怒放：

“真的啊老公，你看我瘦了？”

“衣服确实瘦了！”

“嘿，还治不了你了我！”

原本在床上趴着“指挥全局”的晓雪一个“公主翻”就起来了，杜鹏这回可摊上事儿了。

“本小姐第二顿儿都吃完了还怕你？”

“娘子息怒，小心地滑！”

就是要让你见识一下俺的身手！回头一看床上还有一袋儿瓜子儿，晓雪盯上就不想再动弹了：

“减肥大业要紧，才不上你当呢！”

正当娘子要“起驾回宫”之时，怎奈这位不懂事儿的“奴婢”居然胆敢再次挑衅：

“娘子慢走！恭请这边就驾，慢着，慢着，对！”

杜鹏假装小心翼翼地把晓雪扶到了镜子前面：

“请将凤体侧过！”

已经“上套儿”了的娘子还在那儿美呢：

“护驾有功，赏一个！”

“咱实事求是不带急眼的啊，您瞧您这幅度，不知道的还以为咱家双喜临门了呢！”

“找打吧你！”

不知道什么时候杜鹏的耳朵今天第三次稳稳地落在了老婆手里，情节如出一辙。

“哎哟呵，娘子饶命，我错了，我错了还不行吗？”

“不行！”

“以后家务活我全包了还不行吗？”

“不行，就不行！”

眼看大势已去，杜鹏也终于说出了他发自肺腑的那句话：

“那咱换这个耳朵揪行吗？”

咱家小鹏子可怜的，耳朵被他的“公主殿下”揪了大概好像差不多足有十一分二十五秒，任他百般求饶，晓雪就是死不松手。

“本小姐的身材岂能由你妄加点评！”

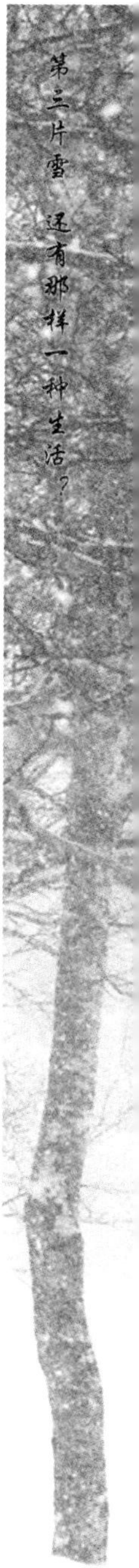

“我说娘子，您就从了吧，就这么一个沙发，我不坐也没人敢坐了！”

本已经松开“玉手”的娘子瞧这杜鹏居然还敢嘚瑟，得了便宜还卖乖，眼睛一眯，给他使了个“美人苦肉计”：

“哎，怎奈本小姐红颜命薄啊……”

这一声“哭泣”令她的夫君像是打了兴奋剂一样，简直是把抹布当成了滑板（还是手握式的），一手一块抹布，满屋狂飙起来，晓雪更是顺“泪”推舟，“哭泣不止”：

“啊……”

偷偷看一下“战况”，胜利在望，那就一泣消百气吧：

“啊……啊……啊……”

捂着脸装哭的娘子偷偷透过手指缝儿一看，水平视线之内已经不见了她家相公的踪影。杜鹏扇乎着他那双明显不一样大的扇风耳继续着他光荣而又艰巨的使命。从恋爱到结婚，这个嘴上从来不吃一点儿亏的“小男人”，已经数不清多少次用他那笨拙的行动为自己不老实的嘴巴埋单了。瘦弱的小身板儿就这样一次又一次地被他的老婆大人指挥得团团转。男人嘛，就得敢“说”敢当，谁让咱嘴上没个“站岗”的了呢！这说咱就可劲儿说，气咱就可劲儿气，可是有一条啊，每一次人家可都是把家里的这位娘子给气笑了。娘子越笑，他干着就越来劲儿！这房子再大它也得有人陪咱住不是，衣服再贵它也得穿着合身不是。要我说啊，这大花围裙杜鹏穿着就相当有派，穿着它为老婆大人服务嘛！家里乱了，俺来收拾；你要是馋了，就去“减肥”；还是觉着不过瘾，就斗斗嘴，拎着俺的耳朵满屋跑；不知从哪儿冒出个八竿子打不着的话题就跟你在这儿掰扯，一直掰扯到阵营错乱、文不对题，笑得上不来气儿，我再陪着你往回捋，要是实在捋不回来，咱哪，就傻待着吧！不是也挺好嘛！两个人就这样，傻傻地，美美地，一起幸福着……

杜鹏正在这“奋发图强”呢，抬头一看，这人跑到哪儿去了？“减肥”的补给不够了？正跟这儿傻琢磨呢，娘子传唤他了：

“小鹏子！”

只见他家娘子端着一杯刚热好的牛奶，迈着高傲的步伐就过来了：

“为了表示你对本主的忠心，把它喝了！”

“喳！”

俩人正在这儿腻乎呢，晓雪来业务了。姐们儿这么大的喜事儿，“万事通”乔娜可得凑凑热闹，晓雪拿起手机一看是她，更是“气不打一处来”：

“你厉害了啊，妹子结婚都敢不过来！”

“哟，杜家的新媳妇，这脾气见长啊，实在过不去，我和男朋友去旅游了，刚从夏威夷回来，姐姐这厢赔礼了！”

“臭美，还是那个钱总吗？”

“必须是啊，资产千万以下的，根本入不了我的法眼，老实交代！你们在哪儿度蜜月呢？”

“度什么蜜月啊，我们都上好几天班儿了。”

“婚后的小日子不错吧，在家干吗呢？”

“我们啊，呵呵，我们俩人儿正在这儿冒傻气呢……”

满满的心

二十六岁，花一样的年龄，人生四时之中花一样的季节。可是张地这朵尚未绽放的青春之花，却已然走向了凋零。张地的青春是灰色的，他竭尽全力地想去抓住青春的最后一丝倩影，不再逃避回忆，不再恐惧悲伤。他誓要将自己的成长稳稳地攥在手里，汲取一路上所有的泥泞，狰狞着把它们榨干、提炼、升华，填充自己躯壳般的内心世界。放过了他，张地无意于葬送了自己。即使青春，远不该是这般模样！他在孤独之中，饱受着成长所带给他的一切。孙晓雪所给予他的帮助与思考，无疑会让他实现又一次的成长。这种成长将他完全退化为了一个不知世事的孩子，以自己笨拙的思维和行动，感知着在他身上早就应该感知到的一切。

公司里的孙晓雪不再敢像以前那样热情地和张地打招呼了，她不知道这个人的心里究竟在想什么，更不知道他又会闹出什么样的事情。晓雪的生活已经被这个人搅得有些乱了，她所能做的恐怕也只有回避了，在大家一双双的眼睛之下保护着自己，也保护着张地。

初春的夜晚依然显得有些寒冷，在婆婆家刚刚吃过晚饭的小夫妻俩打算出去散散步。杜鹏更是盯准了这次表现的机会，在“政策”允许的范围内揣上了自己所有的积蓄，打算携“巨款”陪老婆出去好好逛逛，因为小镇上的夜景确也颇有几分安逸之美。可谁知就在他俩刚刚走到小区门口的时候，就看见张地从对面晃晃荡荡地过来了。晓雪见势不妙，示意老公赶紧回去，如若是再被张地逮住感谢个没完，可是让咱们情何以堪啊！此人路数非同一般，惹不起，那就躲躲吧！杜鹏默契地看懂了老婆的意图，要知道他见到此人更是义愤填膺，可要是与他 PK，以后还让咱鹏哥在“江湖”上混不？于是，两个人无奈地又走回了小区，从其他的门出去了。

张地却再也不敢“为非作歹”了，可是此次“狭路相逢”令他感慨万千。夜幕下的他——迟钝了！习习凉风扼杀了他身上所有的锐气。早已失去了“扫大街”的闲情逸致，一个人若有所思地回家了。夜幕低沉，点点星光打进了张地的房间：一铺火炕，电视就摆在炕上，那一台成建买给张天的电脑是房间里唯一的摆设，不足一米宽的过道狭窄得如张地的心。此情此景，仿佛在告诉他：“放下你所谓的高傲，在思考中让岁月立体，将人生洗牌，即使光阴不会有片刻的停留！”已近午夜，可是他却丝毫没有睡意。抬头仰望，

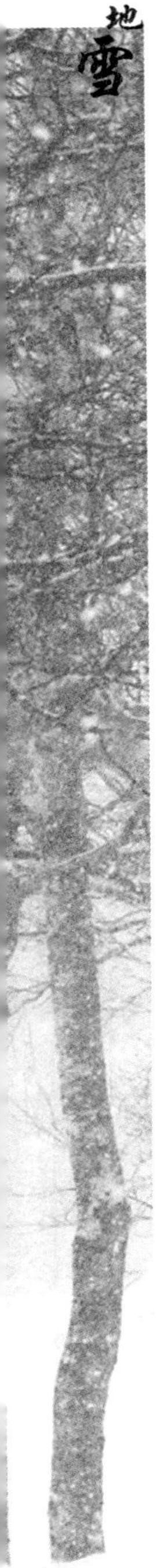

明亮的月光不知何时溜进了房间，这代表着团圆与祥和的月光，刹那间却把张地的心照得更凉了。燃起一支香烟，一点微弱的火光照着一团团升腾的烟雾，黑暗之中勾勒出了那一张仿佛没有任何记载却又无限惆怅的面容。张地无数次地质问自己：“为什么事情被自己处理成了这个样子？人家是在帮你呀！凭什么还要承受这么大的压力，难道自己真的还是个小孩吗？”晓雪的每一句劝慰都不断地在他耳边萦绕。当展开这前前后后的经过，张地感到羞愧，自己真的还不如一个比自己年龄小的女生明白事理。我们普通人习以为常的生活状态，对于这个人而言，就像眼前烟头上的这一点火光，若隐若现，从不敢去触碰，直到眼睁睁地看着它燃尽，熄灭，再点燃另一支烟，自己却依然只是在浏览，在旁听，然后把看到的、听来的，笨拙地与自己的生活对号入座，“大汗淋漓”地完成了整个过程。待到坐在那里喘匀了气，却悲哀地发现自己仍然一无所有。那是因为生活根本就没有向他发放那一张印着他名字的入场券，不论他怎么折腾都只是一个局外者。那一扇通向“场内”的大门，就开在张地早已错过的地方——我们成长的年华！

这种状态下的张地，使我眼前莫名其妙地浮现出了这样一个场景：一位年轻的母亲陪伴在只有三四岁大的儿子身边，母子二人捧着一本书，母亲耐心地教着儿子书本上面的字，小男孩咿咿呀呀地描绘着眼前所看到的一切。今天，这个小男孩长大了，可是却怎么也不能将这本书上的字和图画对号入座。尽管脑海中不再是一张白纸，但可悲的是这个孩子的心是凌乱的，都没有在各自本应该所在的位置上待着。直到二十年后的此时此地，他才匆匆补上了这一课，陪伴他的没有母亲和蔼的笑容，只有阴暗中被月光所打亮的一切。手中的香烟就这样被点燃，熄灭，再点燃，再熄灭，直至燃尽了整包香烟，那一轮明亮的满月已经悄然落下。眼睁睁地看着月亮下山，可能人的一生也经历不了几次吧，但是这个夜晚，张地值了。曾几何时，张地也是一个滔滔不绝之人，从小就凭借着他那随口而出的“大人话”成为了邻里皆知的大明白。不论家长里短还是国家大事，都能给你掰活得头头是道。话匣子一开，侃侃而谈，甚至摆弄诗词歌赋，即使是和自己半毛钱关系都没有的，也能保证跟你说上一天都不带重样儿的，出口成章、见诸笔端更是小菜一碟。可是在他那些一直以来都引以为傲的“作品”里，却找不到任何自己的影子。张地就是一个外表被装饰得极度奢华的躯壳，内心却是空空如也。正是残缺的外表和那一大堆云里雾里的辞藻成就了张地这一副彻头彻尾的皮囊。那些早已深深溶于晓雪血液之中的善良与智慧以及那些我们常人早已不需要去重复的东西，张地却素未谋面。这回你小子明白了吧？那个扎进人堆儿就找不到的孙晓雪，不知道要比你富有多少倍！在装满脑袋和口袋之前，最先被装满的，应该是我们的心！

如今这个高楼林立、车水马龙的社会隐藏了我们很多内心的本真，那种生命最纯粹的颜色，滋润着我们的心田，哺育着我们成长，即使走到天涯海角，也依然会有一条线，牵着我们的心。不论走到哪里，孙晓雪都忘不了丹东那一片养育了她的黑土地，忘不了那片土地上伴随她长大的乡亲们，忘不了给予了她生命的爹和娘，忘不了那从炕头听到炕梢的二人转，忘不了那一句骨子里的家乡话。山的秀美赋予了她以智慧，水的浑厚赋予了她以善良，青山绿水之中锻造出了她美好的品格。遥望家的方向，当那一滴清澈的山泉穿透了碧绿的山谷，方知道这个游子的内心所能包容的，何止一个不明事理的张地?

天亮了，暖暖的阳光再次如约而至。看那一颗颗被爱所盛满、自由奔跑着的心，依然可以装得下一个绚烂的明天。唯有张地一个人沉沉地睡去，思考了一夜的他，心依然是空的，陪伴他的，只有枕边满满的烟灰缸……

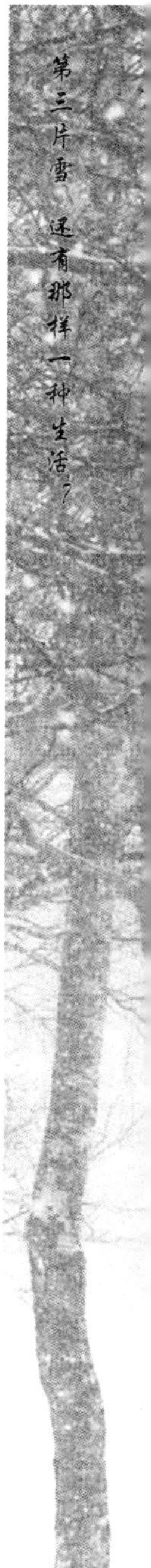

面子？里子！

五月盛开的鲜花，诉说着这片土地上的故事。大街上来去匆匆的人们，时刻都在演绎着五味杂陈的生活，或淡淡忧伤，或荣辱不惊。迎着清晨的朝阳出门，伴着落日的余晖回家。每一天七色霞光的排列似乎都不一样，因为生活每一天都在给予我们全新的考验和感受。

曾几何时，这个变化万千、多姿多彩，甚至耀人眼球的时代令风华正茂的我们对未来充满了无限的遐想。可是当每年突破七百万的大学毕业生为找工作而奔忙，就连曾经令无数学子仰慕的海归们也不得不排起长长的队伍，投递着那一份曾让他们引以为傲的简历，残酷的现实一次又一次地削弱着青春的锋芒，即使已经毕业多年的孙晓雪，这一次也没能幸免。

2013 年，孙晓雪所在的公司实现了大踏步的发展，然而这样的发展却没能给这个工作一直默默无闻的小姑娘带来好运。由于公司总部迁至呼和浩特市，赤峰工厂被变成了一个生产基地，营销中心也随之被迁走，公司让她在家待命。难得有几天空闲时间的晓雪好好在家大秀了一把厨艺，杜鹏足足长胖了十斤，老婆赋闲在家，吃得多了，干得少了，加之此人定力欠佳，这身体嘛，也就自然而然地横向发展了。这种男耕女织的日子过了半个月，孙晓雪——这位曾经大学校园里的“女强人＋富婆”，这回可真的是遇到麻烦了。

两周后，晓雪接到电话，公司安排她去连锁做店员，虽然晓雪早有预料，可是当她真正接到这个消息的时候，还是有一些失落。一个人静静地坐在沙发上发呆，她想到了远在家乡、两鬓斑白的爸爸和每次回家都在村口望眼欲穿的妈妈，她觉得自己很无能，没有给予父母更好的生活，却还总是让二老为自己担心。父母的心无时无刻不在惦记着孩子，而远在千里之外的儿女们，却似乎永远都有着十万火急的大事，常常忽略了那一份痴痴的等待。晓雪就这样回忆着，许多过往在脑海中挥之不去，不知不觉间，时间过了很久，就连杜鹏开门进家，晓雪都不曾察觉。看到老婆一个人在那儿发呆，杜鹏也就知道了事情的结果，心里其实比晓雪还要难受，他倒了一杯水，放在了茶几上：

“没啥了不起的，咱不伺候了，回家，老头儿我养你！”

杜鹏一说话吓了晓雪一跳：

“啥时候进来的？我用你养啊！切……”

"哎哟哟哟，看这小样儿，多大个事儿啊，明天俺亲自陪你去递交辞呈，咱不带他玩儿了！"

"张娟开车带我去，她去发喜糖，我们姐们儿也不想带你玩儿，上你的班去吧！"

晓雪说着就去厨房做饭了。

"俺媳妇强，忒强了！"

现实总能让我们瞬间成长，坐在车上的晓雪似乎早已忘记了昨天所发生的一切，好像就是和每天一样去上班，在车上和即将结婚的张娟聊着关于婚礼的事情。进院儿、停车，太阳已升得老高，也不需要再打什么卡、签什么字了。但是晓雪知道，这将是她人生中浓墨重彩的一笔。走进曾经的办公室，脸上依然挂着她那标志性的笑容。晓雪想着，这一天的自己就是要笑，笑着面对一切，笑着迎接全新的生活！

晓雪在人力资源部填写离职表时，张地知道了她即将离职的消息，这个怪人瞬间感觉仿佛天都要塌下来一般，自己一个人进厕所抽了两根烟。此时这个"才子"最怕的事情就是晓雪是因为自己的"一再感谢"才选择离职的，如果是那样的话，他感觉自己就是千古罪人。当时他那些一反常态的举动，不但引起了周围人的误会，也让晓雪和杜鹏产生了误会，更承受了很大的压力，就算是因为这个人而离职，却也合乎情理。但是晓雪远没有我们想的那么不堪一击。咱哪，绝对是跟着瞎操心，可是张地的反常举动，还是给晓雪带来了不小的麻烦。

却说还在厕所里闭门思过的张地，在抽完了两根烟之后，故作镇静地擦了把脸：

"敢做敢当，自己犯下的错误，就是要勇于面对！"

别看晓雪今天这气儿不是很顺，可是她离职这一路办下来可谓落落大方、谈笑风生。和赵总谈完以后正好有客人来基地参观，晓雪便开始帮忙倒水。可也是，当今社会，这又算得了什么呢？干下去真就保不准哪天把公司给解雇了呢，谁让有一个不懂事儿的张地呢。真是怕谁谁来啊，人家正在那儿倒水呢，这个张地还是以前的老路子：

"晓雪，出来一下。"

我的个天啊，他烦不烦啊。

"就在这儿说吧！"

"晓雪，前段时间给你添了很多麻烦，对不起！"

晓雪心想，何止很多麻烦啊，可是再怎么着晓雪也不会跟他说的，咱都离职了，何所惧也。

"没事，没事！"

在这辛苦工作了一年多，最后还让这么个人给盯上了，而且还说说不得，骂骂不得，这要是给刺激出点儿啥事儿来，自己和公司都吃不了兜着走。简单善良的孙晓雪工作踏实肯干，和同事们相处得也相当融洽，本来还有些不舍的她一想到张地，恨不得马上就离开公司，永远也不要再见到这个人。在她们办完所有事情打算离开的时候，张地更是不知深浅地一直跟到了院里，直直地看着车子开走。这个人根本意识不到自己的过分和晓雪的误会，自己也绝对不会有那贼心思。当时的他满脑子都是张天的打骂和晓雪热心的帮助。那种最最彻骨的伤痛充斥着他的内心，这种最最温暖的关怀裹挟着他的灵魂。

张地不那么想，不等于别人也不那么想啊，他所做出的那些奇怪事儿，放在谁身上都得误会。怕媳妇心里难受骑车来接她的杜鹏，在大门口目睹了张地杵在那儿发呆的整个过程。

“哥忍你不是一天两天了！”

说着，杜鹏把电动车立在那就要往院里冲，被正好赶到的晓雪拦下了。回家的路上，坐在车后座的晓雪听到杜鹏喘的气都是粗的，一路上一句话都没说，晓雪还是第一次见老公生这么大的气。憋了一路的气，晓雪前脚开门，杜鹏进屋后咣的一下就把门踹上了，晓雪把包往沙发上一甩，气得直接喊了起来：

“你要干啥？啊，你跟我说你要干啥？”

“我揍他！我干啥，住得这么近，你以为他能消停啊，一扒拉就倒的玩意儿惯着他干啥！”

“你能耐，你不扒拉他都能倒，那就是个傻子你跟他较什么劲啊，浑身上下你看看他，只要有一处你觉着正常的地方，现在就去把他往死里揍，他有病你也有病啊？”

杜鹏的脸上甚至狰狞了起来：

“那就让他作吧，早晚作出事儿来！”

“他就看上我了，你能跟他掰扯出啥来啊。咣当往那儿一躺咱俩还回得来吗？残疾人的爹妈你见识过几个，一个比一个会赖，有的就是靠这玩意儿吃饭的，惹得起吗你？”

气急败坏的杜鹏嘴上更没把门儿的了：

“赖上你了，那你跟他过去吧。”

杜鹏说完这句话，晓雪瞬间成了一个泪人：

“你说什么？你再说一遍，你……”

晓雪拿起包，哭着回了房间，反锁上了房门。这个夜晚，俩人谁都没吃饭。房间里漆黑一片，安静得似乎可以听见彼此的心跳，两个房间互不相视的两颗心却在以相同的节奏跳动着。他们谁都没有想到离职这么大的事都过

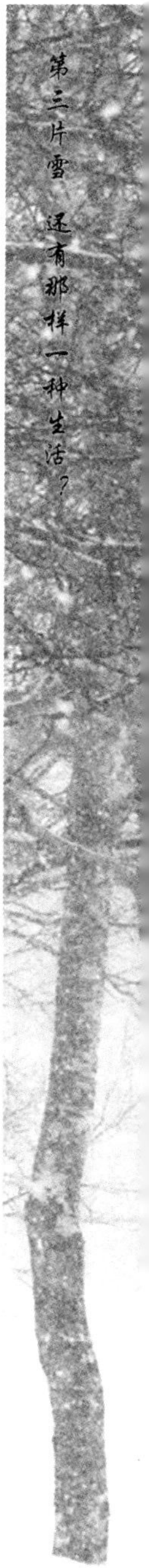

来了，竟会因为一个疯疯癫癫的人吵成这个样子。晓雪知道，杜鹏这是因为太在乎自己了，哪个男人也不会容忍别的男人如此死缠烂打地感谢自己老婆的。想明白了，根本不是什么大不了的事儿。可是不知为什么，就是不想睡，一点儿想上床休息的意思都没有，眼泪就是这么不听话，止不住地往下流，自己根本没有办法控制。脑子里清清楚楚，身体却完全无法支配，就是觉着自己委屈，一种无以言表的委屈。几次善意的帮助竟给自己招来了如此大的麻烦。只有二十五岁的她就经历了这么多的事情，二十五岁，在许多人看来还只是个孩子啊。此时这个孩子，真的想家了！

第二天一大早，刚打开房门，晓雪就看见满地都是喝完的易拉罐，喝得满脸通红的杜鹏沉沉地睡了。晓雪无奈地叹了叹气，回房间拿了条毛毯给他盖上，又给他熬了一锅小米粥放在了餐桌上，旁边还留了一张字条。眼睛哭得通红，一个人踏上了回家的列车。晓雪想回家静一静，她知道这不会对他们的感情产生丝毫的影响，只会使他们爱得更深……

当杜鹏醒来，太阳早已经升得老高，阳光刺得他睁不开眼睛。他习惯性地问了一句：

“晓雪，几点了？”

没有回音，迷迷糊糊的他感觉房间里格外安静，安静得让他有些心慌。刚想再睡个回笼觉，似乎突然想起了什么，腾一下就起来了：

“晓雪，晓雪，晓雪……”

杜鹏发了疯似的把所有房间都找了个遍，当再次回到客厅时，才发现房间里的一切都变了。屋子被一夜没睡的晓雪打扫得干干净净，沙发上不知什么时候多了一条毛毯，刚才都没注意到；桌上是热乎乎的小米粥，旁边还放着一张字条：

“懒虫，睡醒了？昨晚说了啥自己还记得不？嘴上从来都没个值班儿的！记住，你要是再和那么个傻子较劲，我就管你也叫傻子！咱们都是正常人，用不着更没必要跟一个那样的人一般见识，知道吗？我回家了，正好也想咱爸咱妈了，回去待几天。

下面的话，你给我看好了：厨房我已经收拾好了，我回家这几天不许给我自己在家将就，就你那两把刷子绝对属于自虐型的！回家陪陪爸妈，最近爸的老毛病又有点儿犯了，如果让我发现你自己在家做饭吃，后果自己琢磨吧你！当我一个人回忆起你昨天虎视眈眈的那副尊容，感受到了你有多么地在乎我！自己在家好好的，爱你！”

杜鹏轻轻地把字条放在一边，慢慢地盛了一碗小米粥。打开锅盖的瞬间，一团热气扑面而来，杜鹏显得很平静，仿佛身边还有别人在看着他。

“这粥煮得还挺烂乎！”

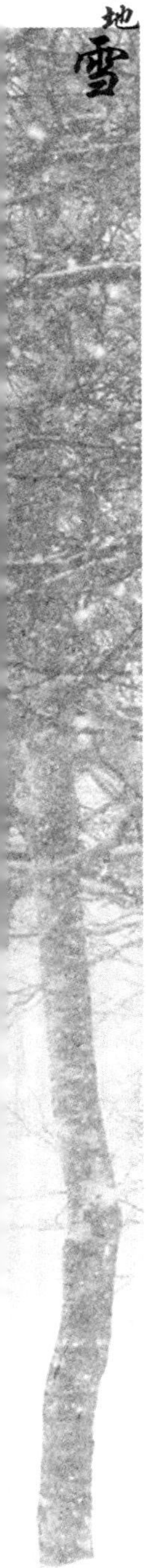

粥还很烫，可是杜鹏却越喝越快，越喝越快……满头大汗地喝完了整整半锅的小米粥，然后像一个木偶一样呆呆地盯着旁边的字条，说道：

“雪，回来吧！”

最最踏实的日子永远是过给自己的，有的夫妻一辈子相敬如宾，有的则从爸爸、妈妈一直吵到爷爷、奶奶。回到家里关起门来好听的、不好听的说痛快了为止，咋叫个痛快？说通了，说顺了，说舒服了，像两个不知道愁的孩子一样该干吗干吗去！没外人儿，别跟俺提什么面子，这日子咱过得是里子。

山水缘

音乐绝对是一种富有魔力的东西，它可以完整地记录下一个时代，不管光阴的脚步走过了多少年。当那穿透一代人心灵的旋律再次响起，不论是谁，都可以在里面找到属于自己的成长记忆。

成长，是人生的起点，是人由生命到灵魂的过渡。当这两个硕大的字闪现在脑海中的时候，张地瞬间凌乱了。对呀！自己究竟是怎么长大的？他觉得自己的一切在还没有开始的时候，就已经被无情地终结，被释放出来的，仅仅是一个躯壳。这个躯壳唯一一样可以拿出来和同龄人比试一下的就是张地也喜欢听歌。只不过他听的歌可是相当上档次的，这档次主要体现在歌曲的年龄上：和喜欢听男欢女爱的情歌的同龄人不同，张地更加青睐心目中的“大作品”，不是讴歌祖国，就是赞美家乡。心中从未播下过任何亲情火种的他恐怕也只有靠着心目中的大中国聊以自慰了。然而在经历了孙晓雪的帮助之后，张地的口味发生了改变。孙晓雪的热情与真实，让他的心第一次对生活有了感知，内心当中跳动的旋律一瞬间流淌出了生活最迷人的色彩。《孝敬父母》唱的是生养我们的父母所给予的今生永远也报答不尽的恩情，当时的张地所想到的也是孙晓雪对他的恩情，即使所有人都误会他，但是张地知道，这种给予他自身生存层面的思考，甚至关于生活，关于人生的思考，是他无法报答的恩情；《夫妻情》则是一幅相濡以沫、共赴白首的画卷；还有咏叹出百姓心声的《咱老百姓》，不论你是一株原上草，还是一颗空中星，无不在时代的旗帜下盛开着自己的生活之花；还有青年歌唱家张燕一系列反映新时代、讴歌新生活的作品。张地听得入迷了，笔耕不辍的他直到现在才隐隐约约地剥开了生活的面纱。张地爱听歌，可他从来都没有把听歌当成一种娱乐，而是把听到的每一首歌都当成了一次精神的洗礼与升华，已经数不清有多少歌让他抱着自己的手机静静地流泪，之后就再也放不下了，这些同龄人连名字都没听过的歌曲，把张地带入了另一个童话般的世界，这一篇色彩斑斓的童话，就是我们常人习以为常的生活。张地和着旋律漫步其中，恨不得永远都不要出来，尤其是那首《山水缘》，他要将自己的灵魂，厚葬在歌声里……

早已数不清曾多少次走在小镇的街上了，陪伴他的只有路灯下自己的影子。张地走到了小镇的北边，在一个银行的门口坐了下来，拿出手机放出了

那一首在他心中曾唱响过无数次的《山水缘》。那是当年赵本山团队上映的一部新戏的插曲，作品以我国传统民间艺术二人转为载体，道出了人生的真谛，歌词简单而深邃，令人无法忘怀。一群生长在这片土地上的年轻人将这一门古老的民间艺术“转”进了自己的青春，他们认“转”，肯“转”，更敢“转”，在波涛汹涌的文化体制改革大潮中将奋斗路上的悲欢离合写进了与这门传统艺术不解的情缘之中，最终走出了一条属于自己的发展之路。踏着黑土地上的芳草，传递着人生的快乐。因为有缘，我们执着地“转”；因为有爱，我们痴情地“转”。吮吸着你的乳汁长大，人生中的每一天，我都会“转” 得从容，笑得潇洒。你的山，你的水，都是我一生的情缘……张地坐在那里静静地听着，支支吾吾地跟着唱着。不经意间，泪水已然夺眶而出。说来也奇怪，每每听到这首歌，张地的眼前总是浮现出晓雪和杜鹏手牵着手的身影。

辽宁是二人转的故乡，二人转如今已经在这片土地上被传唱了三百余年。唱腔如妈妈说的话，曲调似村口流淌的山泉，讲述着邻居家叔叔、婶子的故事。辽宁这片土地是孙晓雪长大的地方，当回首凝望的瞬间定格，她才发现自己依然是那个扛着小马扎，跟在爷爷、奶奶屁股后边赶去看戏的小丫头片子。她不曾记得何时离开，只知道此刻眼前的依然是村头的那一口老井——儿时坐在奶奶大腿上看戏的地方！初春的北方，一片雪花悄然飘回了世世代代仰望的山脉，似乎谁都不曾知晓，因为这个孩子从未有过片刻的离开。多么宏伟的雄心壮志，其实只是人生直径的长度，转回起点，才可以眺望到更远的前方。缘于这里的山，缘于这里的水，缘于这一片她成长的土地！听着二人转长大，直到今天，她才明白自己其实就是台上的那两个人。人生其实就如同一场演出：陪着你“转”上了人生的大舞台，用我一生的光阴和你“转”在一起。不论在田间地头还是在华丽舞台，管他是喜庆的拉场小帽还是那成套的大悲调，上装是我，下装是你，就咱俩一副架，说好了从红地毯转到闭上眼。回到这片融进血脉的土地，方知道我的生命，有你才完美。我们会相互搀扶着，相互映衬着，从“二人转”转成了“三人转”，又从“三人转”转成了一个家族的大团圆，转出了人生乐观……坐在火车上的晓雪，脸上的泪水浸透着深深的思念。

寻着自己的足迹回家，打进背包的是那些刻进骨髓的记忆。即使人生可以用无数个“如果当初”做出千般假设，也不会徘徊在起点，带着年轻时所有的不屑投入凡尘，为了年少时的梦想亦旦亦丑。久别后的今天，当年的那个小丫头片子重归故里，哼唱着老祖宗留下的段子，不论终点还是起点，她都会笑对百态红尘。

梦有起点，缘无终点——方显无悔今生！

第四片雪　再生父母

人生起点上的妈妈

天生爱交朋友，总能在他们身上收获到不一样的感受，再把这些感受与自己思想的火花调剂在一起。将这种比化学反应还要神奇的碰撞体现在纸上，精心雕琢，如同一件玉器般把玩欣赏。整理自己或激情豪迈，或多愁善感的思绪，与任何的金钱和名利无关。

一个无比好奇之下的偶遇，让我认识了张地。去年助残日，协会想让我写一部反映残疾人生活的作品，这可着实让我犯了难，没有生活，总不能让俺坐那写神话吧！习惯性地一个人在街上搜刮灵感，“移动战”是我疏通思路的惯用方法，鬼使神差地想象着缺胳膊少腿的感觉。费了半天的劲，最后还是无计可施。就在此时，在马路边的角落里看见了一个长相极为特殊的人，第一感觉绝对是想敬而远之，而且越远越好，但第六感觉告诉我他应该就是我要找的那个人，去？不去？思想斗争了足足有二十分钟。为了作品，拼了！

走进张地我才知道这个人没有我想象的那么可怕。他很有思想，思维逻辑相当清晰，说话还挺幽默，随便抛给他一个话题都能给你说到点儿上。他的经历总能带给我惊奇，居然和我还算半个同行：他可以在报纸上发表自己观点犀利的文章，可以在公司的年会上表演自己写的相声，可以因为别人的一句讽刺跑到派出所去“伸张正义”……一来二去，我们便成了很熟的朋友。他是一个不会做任何遮掩的人，一旦认准了你就会把心都交给你，俨然是一个透明人出现在我的面前。他说我是他真正意义上的第一个朋友，也正因为如此，我发现了他的些许自卑，直到那一天，我才真正走进了他的世界。

那天我正在家里看电视，突然接到张地的电话，接通后却支支吾吾地不说话。还带着些许的哭腔儿：

“大哥，我……我……”

“怎么了？说话呀！”

听着似乎像是出了什么大事，我撂下电话马上赶到了他所说的地方。见到我的张地似乎见到了救星一样，把孙晓雪帮他，乃至后来所发生的误会告诉了我。被吓出一身冷汗的我这才踏实了下来：

“就这事儿？”

“这事儿还小吗？”

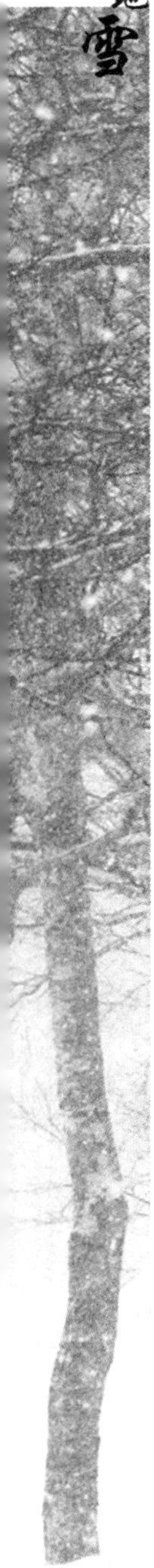

“这算个事儿吗？你小子绝对是相中人家了，还不承认呢！”

他的声音开始颤抖：

“不是，绝对不是！”

本来当一句玩笑的我没想到招来了他这么大的反应，把我给镇住了：

“不……不是你大晚上的给人家又打电话又发短信的，你让人家怎么想，不往那儿想才怪呢，知道不？那你说说，你咋想的？”

张地的话语变得有些哽咽：

“她把我的一切……清零了！”

张地似乎忘记了眼前的我，自己完全投入了另一个世界中，从上学、毕业，讲到了成建的选择，又从他难以忘怀的“算卦风云”讲到了张天对他几年如一日肆无忌惮的打骂。他就这样讲述着，坐在我身边的这个人开始让我觉得陌生，他的身影似乎离我越来越远。这是一个和我们完全生活在两个世界中的人，我站起来走了一圈，尝试着让自己保持平静，并调动我所有的思维尝试着去理解这个人所处的生活。从他的讲述中，我看到了一个特殊形态的残疾家庭，因为生存而上演着的选择与放弃、挣扎与坚持，就在这日复一日的生活中，这个家庭失去了尊重，失去了信任，同时也让亲情逐渐走向了泯灭的边缘，这个家庭所有的机能，仅仅靠着责任在维系着。我的聆听仍在继续……

“张天让我平躺在炕上，用皮带使劲抽我的脸，在这个过程中，我必须随着他的节奏左右摇摆，左一下……右一下……左一下……右一下……不许躲避，不许挣扎，不许……不许……”

我转过头去，实在不忍心对视他那双随着讲述而渐渐苍茫的眼睛，同时也向他藏起了我流下的泪水。不知过了多久，突然没有了声音，仿佛一切的声音在耳边戛然而止，我多么想狠狠地掐自己一下，然后平静地告诉自己，刚才只是一场梦而已。可是当这个人再次出现在我视线里的时候，原本在那坐着的我被吓得站了起来，只见张地面色苍白，嘴唇没有任何的颜色，活脱儿一具尸体矗立在那里。我揉了揉自己的眼睛，反复告诉自己：

“这不是真的，这是我的幻觉，我的幻觉！张地……张地……张地！”

我连续叫了他三声，没有丝毫反应，吓得我拿起电话就准备打120。

“哥，我没事儿！我只是说出来，心里好受一点。走到今天，他们俩也快到极致了。我的大脑非常清晰，可我却什么都做不了，否则我不敢想象，还会有什么样的事情发生！”

我再也无法掩饰我的泪水，两个大男人坐在那哭成了一片。

“听我说，兄弟！兄弟！听我说！”

我想用尽量大的声音把他从那个可怕的世界里呼唤回来：

“事情没有你想象的那么糟糕，你现在已经是成年人了，有权利也有能力改变自己的命运，知道吗！你可以决定自己该怎么样地活着！”

“无所谓了，真的无所谓了，孙晓雪辞职以后我不停地惩罚自己，感觉人世间的事情我真的毫无所知，但是现在我不跟自己较劲了。我感觉他们夫妻俩教会了我太多的东西，给予了我精神上的生命！”

他抬起头，突然精神了许多，那一双苍茫的眼睛仿佛突然捕捉到了希望，我反而更害怕了。

“从今天开始，在这个世界上，我又多了一对父母！”

“张地，哥理解你，真的理解你，好好跟父母学，这一声父母，你叫得值！记住，一切都可以改变！”

我打了个车，把张地送回了家。回家的路上我的神智是恍惚的，不断回忆着刚才所发生的一切。已经坐在了电脑前，心情却怎么也无法平复，再看看自己的手心早已经湿透了。我仿佛不认识张地了。理智同时又告诉我，这才是一个最最真实的张地。坎坷的成长夺走了他所有的自信与希望，冥冥之中有一双无形的大手在镇压着他，镇压着这个家庭，每一个人都被现实所操控着，这种操控无所谓愿意不愿意，只要每天太阳升起，无数个社会小角落里的“张地们”“张成建们”和“张天们”就只能选择彼此之间以这样的方式生存，除非某一天，他们的生命走向终结。张地使我看到了这个群体的生存状态，残疾所带给他们的绝不仅仅是肉体上的折磨，更可怕的是对整个家庭的摧残。而张地与众不同的是他意识到了这种扭曲，意识到了其中每一个人这种习惯性的挣扎。然而这种意识，又能改变什么呢？是孙晓雪的帮助使他真正看到了正常形态下的生活，看到了人与人之间正常形态下的交流，正是对这种形态的极其渴望才使得张地制造了这一场场误会，就好比一个原始社会的人穿越了时光隧道走到今天，他所做的一切对于我们这些现代人而言，其实仅仅是一个玩笑而已。孙晓雪将这个人重新拉回到了今天。张地以他的思考竭尽全力地让自己也和我们一样拥有如今这个时代的附着。妈妈是什么？是将我们带到这个世界上的人。我们唯有在出生的那一刻是一无所有的，是母亲给予了我们第一身衣服，教我们说出了第一句话，将我们由一个细胞变成了一个人。所以当这个人的灵魂第一次回到了他的肉体所处的这个时代，叫孙晓雪一声母亲，好像不为过吧！

母亲，这是在我们每一个人的生命中都至高无上的称谓。她赋予了我们所有。在多数人看来，张地是极其荒诞的，因为我们可能永远也无法真正走进这个人的内心，无法在这个连虐待动物都会在网上被“人肉”的时代里去理解他所经历的成长。我们无法想象一个有着独立思维能力的自然人需要在自己的家中时刻为自己的人身安全而担心，会在与自己最亲近的人说话聊天

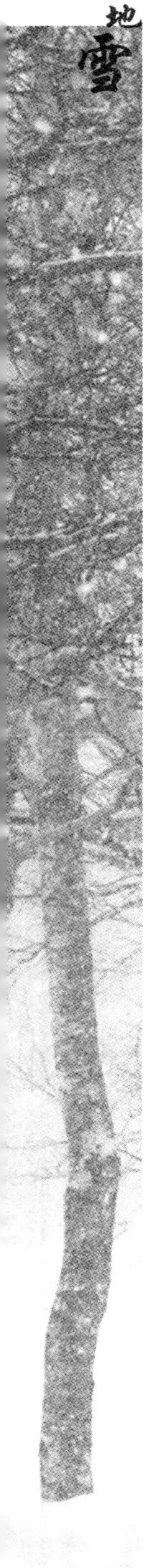

的过程中随时可能因为有意无意的一句话而招来“伤身之祸”。这种我们根本无法想象的生活时刻伴随着他的成长。孙晓雪在帮助他的那一刻，只是想告诉他“你别摔着！”而在张地看来，却告诉了他作为一个人所得到的最起码的尊重。如果这个人没有能力走出那个家庭，没有遇到孙晓雪，他将永远也看不到人与人正常形态下的交流，他的生命势必会以一副肉体最为简单的形式存在着。也就是说，他将永远只是一台会呼吸的机器而已！

从那天起，我决定要记录下张地的故事，记录下这个家庭，也开始试图记录下他的这位善良的“母亲”。我曾经多次去他的家里，聆听他成长的故事，因为我觉得在如今这个时代，每一个人，无论他健全还是残缺，都有权利生存，更有权利去生活。拥有了生命，其实只是生存，拥有了灵魂，方能叫作生活！已过二十五岁的张地，内心却如同一个刚刚出生的婴儿。我想告诉他的是，当一切从零开始，不要忘记赐予你新生的母亲，如果丢掉了这个起点，他就必然只是这个时代所幻化出来的一个躯壳而已。就让我用手中的笔，替张地，叫一声“妈妈！”

二十五岁，张地迎来了一个新的开始，在人生新的起点上，把他引向新生的，必定是——他的妈妈！一个起点，一声妈妈，一个新的开始……

二十年的味道

从来无须刻意提及，却一刻都不曾忘记；总是第一时间送回成功的喜讯，却从不肯与她分享我的忧伤。二十年妈妈的味道伴我成长，穿透我的味蕾，划过我的泪腺！

踏上归途的晓雪给老弟打了个电话，约好要一起回家看望爸爸、妈妈。电话里的声音成熟了许多，孙凯早已不再是从前姐姐眼中的那个小破孩儿了，如今他在沈阳的一家公司上班。姐弟俩手牵手站在家里的大门口，抬头望夕阳的余晖，转身看自己的身影。眼前的景象是那样熟悉，又是那样陌生：眼前的鱼塘还是像从前那样平静，只是没有了从前池边的高高芦苇，没有了芦苇叶子的沙沙声；鸟儿依然在那里欢快地歌唱；走在依然平躺在那里的小路上，旁边的柳树如今已被砍去，变成了邻家的菜园；夕阳西下，邻居家的烟囱已经冒起了炊烟，好一派欢乐祥和的农家小院！眼前的景象不免让姐弟俩有一种物是人非的感觉，看看彼此的脸颊，各自都写满了长大的痕迹。此刻的我们，却不再依然……

到家了！姐弟俩争先恐后地拿出买给爸妈的礼物，恨不得把所有的好东西都买给爸妈。爸妈呢？却一点也不关心这些。

“我老丫头瘦了，老儿子变黑了！”

“这老婆子，什么变黑了，是变帅了！”

“嘿嘿，我爸说得对，我老弟就是变帅了。”

妈妈的目光停留在姐弟俩的身上久久不肯离开，短短几个月的分离，妈妈却觉得好像相隔了好几年，这充满慈爱的目光却让晓雪觉得那样心疼。开饭了，饭桌上依然是最爱吃的饭菜，还是那样可口，还是那样香甜，这味道伴随着姐弟俩走过了二十年，融进了爸爸妈妈的青春，还来不及报答，却已经远走他乡。他们在这妈妈的味道中长大，还来不及报答，父母的面容却已经变得憔悴。灯光下爸爸头上的一根白发刺痛了女儿的眼，更刺痛了女儿的心，晓雪觉得如今已年过半百的父亲——真的老了！他已经是五十来岁的人了！而自己也已经过二十有五要奔三了！当儿时的味道从口中渐渐埋藏心底，才发现我们长大了，父母却老了……然而他们顾不上回望那消逝的容颜，仍牵挂着他们眼中似乎永远也长不大的孩子。

“老丫头，你辞职了？”

“嗨，没事妈，公司改制，没那个岗位了！”

“也好，歇歇吧，在北京的时候你就是太能拼，胃还不好，现在结婚了，就别太累了！”

“您就别操心我了，多大呀我就歇着，我还得让你们跟着我享福呢！”

“我的傻丫头，这还不叫享福啊，瞅瞅我这一双儿女，街坊邻居都羡慕死了！”

孙凯看看老姐，有点儿不服气：

“让爸妈享福还有我呢，你这儿嘛！得让我早点儿当上舅舅！哈哈哈……”

“臭小子，先把你自己整明白得了。”

姐弟俩又习惯性地掐了起来：

“我哪儿不明白了？”

“我看你哪儿哪儿都不明白！给你买的那些书你看了吗？那可都是从北京带回来的。”

姐弟俩越说越起劲儿，爸妈也不再像他们小时候那样赶紧忙着劝架，而是一边看着一边呵呵地笑着。他们开始享受这样的时刻，曾经告诉他们的那些话，又被他们改头换面，重新搬上“战场”，开始了新一轮的“进攻”，老儿子没理辩三分的劲头儿一点都不逊于当年，眼看着丫头都快说不过弟弟了，不过谁胜谁负，这“战果”跑不了的是全家的欢乐。最大的赢家，还得是观战的这两位：儿女绕膝，天伦之乐，笑得像两个天真的孩子。

回到丹东的家里，时光仿佛一瞬间被拉回到了二十年前，孙凯似乎还是姐姐心目中的那个小破孩儿。不过这次，晓雪可是想错了，这个小间谍成功套出了晓雪的心里话，弟弟真的能为老姐分忧了。

孙凯第二天就要上班，晚上晓雪在房间里给他收拾衣服，孙凯看出了姐姐这次绝对不是辞职那么简单：

“姐，看你咋好像兴致不高呢？”

“没有啊！”

“没有才怪，我可看出来了啊，一个小小的工作可不至于让我久战沙场的老姐如此打蔫儿，爸妈没在，跟我透露透露呗？”

晓雪对老弟还真有点儿刮目相看，心想这小子工作以后确实懂事儿多了，可她还是不愿意让家人为自己担心：

“哎呀，啥事儿没有，耍什么小聪明！”

“不招是不是？我给姐夫打电话！”

“坐下！跟谁学的这都是。”

“快快如实招来！”

“别跟爸妈说啊。”

晓雪把昨天和杜鹏吵架的事告诉了弟弟，原本想会得到一些安慰，可没想到这次孙凯却“叛变”了：

“就这事儿？他跟你吵就对了，要是我早让他白天见星星了！我让他黑眼儿走美国时间，白眼儿走北京时间，整个儿让他变成中美混血儿，这是男人的尊严问题。”

“你不知道，就那张地，你说他傻吧，还会之乎者也地拽几个字，你说他精吧，一点儿人事儿不懂，就我那么跟他说，还听不明白，就是个谢！在人间绝对千年不遇。说他是傻子我都是抬举他。就那么个人你姐夫还跟什么似的，又不是没看见过他，搞不懂！”

“他是人不？”

“你这邪气儿还上来了！”

“不是邪气儿上来了，我说那个张地是个人不？”

“咱先算他是，你……几个意思？”

“他只要是一个男性的人类，就得跟他血战到底，气壮山河。姐夫还是对他太客气了，要我早就给姐夫他们医院创收了，公事儿、私事儿咱一起解决。到了我姐夫那儿，咱看看他到底是什么特殊材料制成的，是否属于咱们伟大的人类！”

“把你能的，给医院创收，创谁的收啊？要是把那么个人给撂倒了，咱就真气壮山河了，就那种人，绝对天老大，地老二，他老三，就我们赵总，女强人一个，啥世面没见过，拿他根本没辙，我是服了！”

“行了行了，我当多惊天动地的大事儿呢！赶紧微我姐夫一下，告诉他你已经平安着陆。”

“美死他！”

“赏家里一电话总行吧！”

晓雪给婆婆家打了电话，可是拨了三遍都没人接。

“您继续发扬风格，再赏你们自己家一个，我老姐肯定会更美丽的。”

可没想到家里的电话还是没人接，晓雪有些担心了，感觉好像不太对劲。晓雪在弟弟面前依然伶牙俐齿，可心里却打起了小鼓儿，出来时公公的血压有点反弹，晓雪一直牵挂在心，本想趁着辞职后有时间，可以好好照顾照顾他，没想到又闹出张地的事情。晓雪心里有些自责，感觉自己不该任性，电话没打通觉得心里乱乱的，直接导致她打完电话以后突然兴致大发，摇身变成了超级话唠，盯着弟弟从记事儿的时候一直说到现在：

“你还记得吗，小时候有一次你贪玩儿掉河里了，回来跟落汤鸡似的？”

“是，听妈说你大晚上不睡觉，专盯着我这个帅哥看，最后帅哥好了，

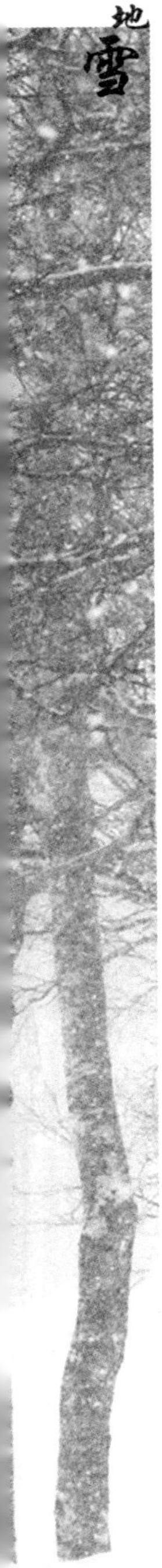

你却光荣地发烧了，我摸你那脑门儿跟暖壶似的。拉着我说：‘大哥，给我倒杯水’。”

“瞎掰，你个小屁孩儿我还能不认识？”

“你问妈去，撒谎不是人！”

“还有，还有！有一次你尿炕了，早晨趁我上厕所你把咱俩的褥子给换了，害得妈说我一通，你就躲在门口捂着嘴笑。最后我一星期都没搭理你。”

“哈哈哈，至今悬案未破。姐啊，我困了，明天还得参加革命工作呢！”

“困什么困！谁允许你困了？拿两瓶啤酒去，咱俩喝点儿！”

晓雪这一句话把孙凯给说精神了：

“没事儿吧姐，你可从来不碰酒的，又烧了？”

“叫你去你就去！”

孙凯知道老姐心情不好，肯定还有事儿：

“喝就喝，拼酒俺可不怵你！”

…………

“什么呀，那我都四年级了。”

…………

“嗯，别说话，别说话……十岁，十岁那年！”

“你长水痘，满脸大疙瘩……”

…………

“你输了，就是你输了，输了你就不认账！”

“你让我重新跳的，我那属于战略战术！”

“通俗地讲就叫玩儿赖！”

“哈哈哈……哈哈哈。”

…………

“干了啊，再敢给我剩下一滴，看我不罚你个臭小子！”

“姐，你老弟成箱儿提都不是事儿，但是你不够意思！”

“我咋啦我？看看我这瓶儿，再看看你，跟我这儿比个儿呢你？”

“喝，酒我肯定喝，你掐我脖子灌都行！我就想知道，我最最亲爱的，天不怕地不怕的老姐，今天到底缘何杀进了酒坛？”

从开始跟弟弟喝酒，晓雪的眼里就一直噙着泪花，她拿起一块纸巾，擦了擦眼角的泪水：

“弟啊！这次回来，真是觉着爸妈老了，爸的头发都白了！还有咱妈，多刚强的一个人，你啥时候看见妈哭过？可是你知道吗？就因为咱俩离开家，妈不知道偷偷掉过多少次眼泪！你说辛辛苦苦把咱拉扯大，现在我吧，毕业了，挣钱了，也结婚了，离他们却远了，你说……你说我咋就这么没用呢！”

“姐……姐……姐！”

孙凯重重地拍了拍自己：

“你弟弟心里有数儿，我肯定混出个样儿来，把爸妈接到沈阳市里去，看着我这颗扑通扑通的小心脏没？全搁这儿了！”

“我摸摸，我摸摸，我摸摸啊……全是啤酒，哈哈哈……”

孙凯伸出两个手指，比比画画地半天说不出话来。

“啥意思，胜利啦？”

“两年，两年我做不到，你就别认我这弟弟！”

“闭嘴！说什么混话，你给我该干吗干吗。刚才打电话家里没人儿搭理我，你姐夫人间蒸发了？”

“瞧见没有，绷不住了，绷不住了，告饶儿了，打他手机！”

“我想他？切！我是担心老爷子，就你姐夫那马大哈，他连自己都管不利索！别跟爸妈说啊，明后天我得找个理由回去了。”

“放心，姐，爸妈有我照顾呢，老人身体不好，咱们肩上的担子就更重了，咱们把它干了，负重前行，勇往直前。”

晓雪再也顾不上什么面子不面子了，拿起手机就给杜鹏打了过去：

“混蛋，干啥坏事儿呢？”

“没……没干啥啊，在家呢！”

“你再说！我都往家里打了三遍电话了。”

“哦……那个啥，我在妈这儿呢，你不是不让我自己在家嘛。”

“哦，在妈家呢，挺听话啊！”

“那必须的。”

“妈家的电话我已经打了 一、二、三、四、五遍了，痛快儿给我说实话！”

“那你可别着急啊！”

“废什么话！”

说着说着，杜鹏突然给她晾那儿了，就听见电话那边在嘀咕着什么，晓雪心里更没底了：

“说啥呢你们，谁啊？啊？谁？给我说话！”

“晓雪，爸在我们医院呢，但是没事儿啊，爸说我工作不给力，过来监督我来了，捎带手儿降降血压。爸妈和我命令你在家多待几天，这儿可没你地儿，孙晓雪同志，你老头儿很负责任地告诉你，咱爸没事儿，真没事儿了，就是一点儿……”

“你赶紧把电话给爸！”

“爸！您好点儿了吗？”

这一声爸叫出来的那一刻，晓雪再也无法控制眼中的泪水，压抑了一天的她直到现在才彻底发泄了出来：

“爸，是我不好，我应该在家照顾您！”

“说啥呢，呵呵呵，爸没事儿，是杜鹏这混小子不好，我和你妈都说他了，再敢欺负你看我不揍他！”

电话这边的晓雪拼命地摇头，眼泪简直是飞泻而下：

“我后天就回去，爸您好好养病！”

一旁的杜鹏怎么听怎么不对劲儿，和老妈小声嘀咕着：

“听着好像是喝酒了！”

“瞧你干的好事儿吧！孩子心里指不定多难受呢。”

“爸，给我，我收拾她。”

“道行见长啊，喝上小酒儿了？”

“用你管啊！还没看你喝得那个熊样儿呢。”

“你不用急着回来，这儿可没你地方，乖乖在家陪爸妈……”

还没等老公掰活完，晓雪就把电话给撂了。一瓶啤酒下肚的她，脸红得像秋天的苹果，和弟弟嘻嘻哈哈地笑着，还不停地擦着眼角涌出的泪水。

“你等……你等我啥时候再见着那个张地的，我非得让你姐夫好好揍他一顿，这回让他俩眼睛变成一个色，我让他再谢，哈哈哈……”

“大了啊，姐，你喝大了，你要真想揍他还用等到现在啊。”

“就……就揍他！”

孙凯背过身去，重重地抹了一把眼睛，声音故意调高了一个八度，他在极力地克制着自己的情绪。（悄悄告诉自己别没出息啊！）

“揍他啊，咱揍他，我和我姐夫一起帮你揍他，我老姐还没怕过谁呢！咱这回让他一见着你俩就哆嗦！睡觉去了啊，一会儿把爸妈吵醒了。”

孙凯把姐姐送回了房间，照顾她睡下。自己回来后却怎么也睡不着了，老姐的话句句都重重地砸在了他的心上，如果不是啤酒助阵，真不知道什么时候才能听到姐姐的这些心里话。老姐跟他说，这次回来特别怕看到爸妈的脸，怕看到他们那爬上眼角的皱纹。因为在晓雪的脑海中总会浮现出爸妈二十年前的模样。二十年，在人生的旅途中我们能有多少个二十年？爸爸、妈妈生命中最最美好的二十个春秋就这样毫无保留地交给了我们，然后又继续默默地守候在我们长大的地方，痴痴地等待着……就连打上一个电话，老两口都会翻来覆去地琢磨半天，生怕影响到孩子。二十年，其实它只是一个时间的代号而已。有的人把它交给了真正意义上的童年与青春，在那些洒满阳光的日子里，在父母无私的关爱中，尽情地沐浴在人生的春天。有的人呢？却只能蜷缩在一个小小的角落里，饱受着命运带给自己、自己带给家人以及家人带给自己的挣扎。爱是相互的，痛也是相互的。当三十而立的我们

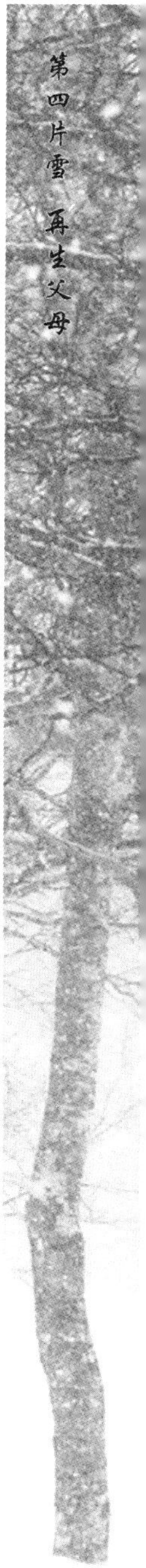

即将与人生的春天挥手告别，其中的各种滋味，不会有谁同你分享，不会有谁和你去分担。人生的四季不会有第二次的轮回。一个代号，就是一个代号而已！

二十年的味道，今天被孙晓雪伴着一瓶啤酒一饮而尽，这对于她绝对可以算得上是烈酒了。她醉了，醉回到了曾经肆意的年华，久久不愿醒来。跑得再快，也不要忘记牵起父母的手。以爱之名，拂去他们手上的老茧；以爱之名，去追赶时间的脚步！亲人是一生一次的缘分，今生的相遇，来生不一定会再有。抛开所有的繁杂，在一个夕阳西下的黄昏，回到家，父母在等着我们，亲人在等着我们——痛痛快快地醉一回！

笑中孝

北方寒冷的冬天，天上飘着鹅毛般的大雪，刺骨的北风呼啸着袭来。伸手不见五指的夜晚，远处照过来了一束微弱的光亮。一对年轻的夫妻抱着他们的女儿步履蹒跚地在没过脚脖子的雪地上走着，只有远处传来的狗叫的声音与他们为伴。把高烧的女儿送到医院时，汗水早已浸透了他们破旧的衣衫，当五岁的晓雪醒来，爸爸却握着她的小脚丫睡着了……

时光就这样神奇地将他们互换了位置，匆匆别离的不舍催促着晓雪的脚步。为人都有双重父母，想着刚刚别离的爸爸、妈妈，晓雪更加惦记病床上的公公。两天的时间，相反的方向，晓雪却在做着同一件事：回家，回家！

晓雪刚刚下车就火速来了个华丽转身，火车上脑海中的一切被这个没心没肺的傻丫头瞬间刷新了。她并没有急着去医院，而是钻进了一家手机店，买了一款大字体的手机，接着又下载了好多公公平时爱听的京剧和节目，还买了公公平时最爱吃的煎饼和水果，回家取了婆婆亲手做的大酱。从下了火车的那一刻开始，晓雪心里就踏实了许多，灿烂的笑容又回到了她的脸上，这笑容同样影响着病床上的公公，看到儿媳回来，老人家的病仿佛好了一大半。吃着儿媳买来的煎饼，更是笑得合不拢嘴。一旁的杜鹏故意逗他：

“爸，好吃吗？”

“好吃，你还不知道你爹吗，就好吃这口儿！”

“那是酱好吃还是煎饼好吃啊？”

“臭小子，都好吃，我不上你那个当！”

“哈哈哈，您倒是谁都不得罪！”

公公所在的医院，是小镇上最大的一家三甲医院。杜鹏就在这里从事药品采购工作。白天杜鹏上班，“领导”的回家让他轻松了不少，只有中午休息的时候来病房转一圈儿，平日里就由晓雪和婆婆照顾。可是自打晓雪回来，婆婆就基本上“退居二线”了，晓雪变着法儿地给公公做好吃的，晚上更是守在病床前，绝对不给婆婆留下半点可乘之机，还想出各种理由让婆婆回家休息，常常说得婆婆无言以对。回来不到三天，一套“组合拳”下来，令婆婆无计可施，只得甘拜下风，把“大权”拱手相让。刚刚“降服”了婆婆，公公这边又向晓雪发起了“挑战”。在晓雪如此“强势”之下，老人家显得有些不好意思，摆弄着晓雪给买来的新手机，却什么都不会找，在晓雪手

中神通广大，功能超级强悍的手机，搁到自己手上却怎么着都不灵了，想问吧还不太好意思问。细心的晓雪也感受到了公公的不适，有时候想帮他做一些事情还怕公公觉着为难。不过这可没能难倒足智多谋的晓雪，她略施小计就成功地和公公打成了一片。这一次，晓雪决定让公公“强势到底”！

想让老人家开心，只要告诉他：“不论何时，您才是我们的主心骨儿！”为了达到这个效果，晓雪干脆拜公公为师，跟他学唱起了京剧。老爷子聊起京剧来那可是当仁不让，精神头儿丝毫不亚于二十几岁的小伙子。从起源讲到发展，从唱腔说到身段，手、眼、身、法、步，看家的本事一样儿都不少，一亮嗓儿还真是字正腔圆、满弓满调，惹得病房里掌声不断。原本只想着哄公公开心的晓雪还真听得入了迷。可这听和唱绝对是两回事，更何况是博大精深的京剧艺术。从没接触过京剧的晓雪虽然经过了公公的恶补，一句唱腔耐心地教了她不下二十遍，可这效果：

“来的都是客，全凭嘴一张。相逢开口笑，过后不思量。”

我就不信了，晓雪运足了气息，拉开了架势，带着动作有模有样地唱出了这第二十一遍。公公却皱了皱眉，在那里直摇头。晓雪摸了摸脑袋，问：

“还是不对？”

严格的“老师”一语道破了天机：

“还是有点儿东北二人转的味儿！”

“哈哈哈……这算是毕不了业了！”

几天下来，晓雪彻底“突围”成功！老爷子在病房里整天抱着手机拉着晓雪问问这儿，问问那儿，里面似乎有无数的奥秘在等待着他去破解。病情一天天地好了起来，血压也稳定了。看着每天像孩子一样充满了好奇的公公，晓雪欣慰地笑了。她每天陪着公公出去散步，总会招来医生护士以及病友们的猜测，都以为是老爷子的女儿呢，转一圈下来，老爷子都有些不耐烦了：

“赶明儿再出去往你头上贴个条儿，写上‘儿媳妇’!”

“呵呵，爸，再问咱也甭解释了，本来就是您女儿嘛！”

这天晓雪从家里给公婆带饭过来，刚走到病房门口，却听见里面开起了“晨会”：

“你儿媳妇真孝顺，难得啊！”

躲在门外偷听的晓雪刚想一个人在那里大美特美一把，谁知还没等她笑出来，婆婆却在里面发起了愁：

“谁说不是啊，可这孩子太懂事儿了。回家之前小两口儿刚吵完架，都没顾上休息，两口子打回来都没怎么照面儿，看着让人心疼啊！”

推门而进的晓雪打断了他们的对话，原本有说有笑的病房突然变得特别安静。刚才还猛夸媳妇的老两口儿这会儿却好像做错了什么事儿似的，几次

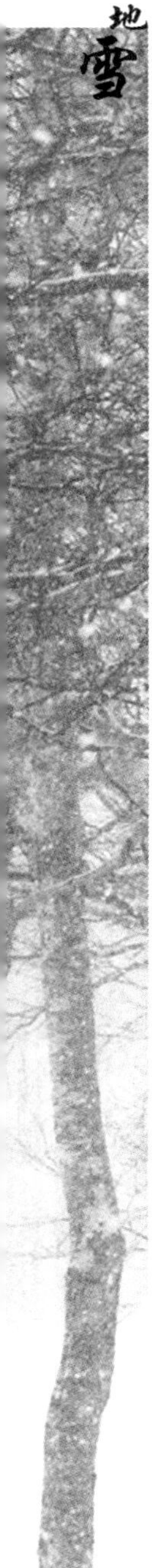

想开口说话却都被晓雪给岔开了话题：

“爸、妈，这是我妈腌的咸鸭蛋，你们尝尝！”

“爸，今天外面天气特好，一会儿吃完饭我陪您出去溜达溜达！”

老两口儿无奈地相视一笑，笑容是那样的知足，只得异口同声地说了句：“吃鸭蛋！”

转眼间，晓雪回来已经有一个多星期了，每天都在医院尽心尽力地照顾着公公，其他的事情则只字不提。她像亲女儿一样每天守在老人身边，陪他说话，听他唱戏，常常使公公乐得像个孩子一样。孝顺是一种陪伴，是一种守候，是我们依然像小时候那样，黏在他们身边，磕磕绊绊地跟他们唱着：

“来的都是客，全凭嘴一张。相逢开口笑，过后不思量。”

民间有着“老小孩，小小孩”的说法，父母的笑，便是我们的孝！

“气”出来的爱

孝心是一剂良药，在晓雪的精心照料下，公公几十年的老毛病竟然奇迹般地痊愈了。只要咱家晓雪在身边，就算是几天不用药血压都原封不动，平稳得一塌糊涂。出院的当天，杜鹏把出院手续交到老婆手里，转身却玩儿起了失踪。公婆和晓雪在病房里收拾好了东西，和病友们再一次“神夸”晓雪。满脸涨红的晓雪可怜巴巴地望着门口，希望相公赶紧过来“英雄救美”。可是足足等了半个多钟头，仍不见“英雄”出现，打电话居然神一般地关机了。晓雪终于借着找杜鹏的理由逃了出来。她来到药房，依然不见老公的踪影，只得自己把公婆送回了家里。

晓雪为公婆买好了晚饭需要的菜，跟他们撒了个小慌，说杜鹏有急事走了，让她随后赶过去。飞奔下楼的她打了一辆出租车直奔新城的家，她甚至都忘记了告诉师傅去哪儿就开始一遍一遍地打电话，可杜鹏的手机始终关机。体育天赋超级低下的她此时变成了一个长跑健将，上大学时和杜鹏打网球留下的那点儿底子这会儿派上了用场。当大汗淋漓的她打开家里的房门时，一个人在那儿呵呵地笑了，笑着笑着，又吧嗒吧嗒地掉起了金豆子：房间里的窗帘都拉上了；餐桌上燃起了两支浪漫的蜡烛，摆着各种晓雪平时爱吃的零食；沙发变成了糖果的世界；各种薯条在茶几上来了一次大聚会。晓雪正在这儿发呆，突然听见卧室的门响了，一大束玫瑰花径直向她走来，会心一笑的晓雪跟玫瑰花玩儿起了捉迷藏。可是不管晓雪怎么躲，这束玫瑰花都死死地跟着她，终于把晓雪堵到了沙发的一角，杜鹏把花送到了晓雪的手中：

“娘子，烛光晚餐还满意吧！”

“哎呀，你是想吓死我还是想累死我呀，还是没能逃出你的手心儿！”

“此话差矣，你属于是自投罗网！”

“切！”

面对零食的强烈诱惑，晓雪终于 hold 不住了，狼吞虎咽地吃了起来，可就是不搭老公的腔儿，杜鹏开始“犯贱”了：

“一样的东西分谁吃，甩开腮帮子狠吃，就是光吃不胖，还越吃越水灵儿，这才是吃的最高境界！你说你气不气人？你得气死多少美女呀！”

晓雪不说话，继续狠吃。

“再说我，娶个媳妇吧，貌美如花，还不娇生惯养，伺候我爸妈跟亲闺女似的，这要是传出去，不知道得有多少帅哥被我活活气死！”

“臭美！”

“咱不臭，就是往死了美！哎老婆，等五月节我叫上强子两口子，你叫上丫丫，咱爬山去……不，咱出去气人去！咱气死他们！”

“别说，这个你还真行，你都快把我给气死了！就你……又抽啥风儿呢这是？”

杜鹏小嘴儿一噘，居然“哭”了起来。

“老婆，俺错了，俺大错特错了！在电话里听到你喝酒了，我这个后悔啊，恨不得拿刀抹脖子，可我一想你当初追我那小模样儿，我就……”

“就什么？”

“就……就拿刀削了个苹果，吃了，极品红富士！”

“就这么点儿出息……嘿，你跟我说咱俩谁追的谁？”

“我追的你，说秃噜嘴了！”

“这还差不多！”

“不过话说回来了，你气我那也是一气一跟头啊，绝对国际水平！”

“你还气我！”

“不，真的！你到底给咱爸喝什么神药儿了？对你真是言听计从。你回来之前那把我给骂得呀！好家伙，我恨不得钻桌子底下待着去！”

晓雪抿了抿小嘴儿，给他整了段儿高雅的：

“想当初，老子的队伍才开张，总共才有十几个人，七八条枪！”

“这……这是你唱的？爸的血压还不得飙升啊？”

“我抽你！”

杜鹏一个人走到窗前，半天都没说话。

“寻思啥呢？也想来一段儿啊！”

杜鹏转回身，坐在了晓雪旁边，握起了她的手：

“我——最最亲爱的老婆！这几天真是难为你了，你老头儿我那么不是东西，那么气你，你还那么尽心地照顾咱爸，把老爷子忽悠……不是，哄得那么开心。那小京剧给你唱的，我在楼下听还以为是二人转呢！”

“哈哈哈，咱爸也这么说！”

晓雪依然吃着零食，嘴巴和手一刻都闲不下来，可这眼睛却始终追着老公，不管他说什么，都只顾在那儿傻笑。他们嘴上一直在交锋，可是目光中，早已融进了彼此的全部，这目光是那样单纯，那样幸福。

“老婆，你放心，以后张地这个人在咱俩这儿就不存在了，就已经灭亡了，咱俩的伟大爱情，已经把他彻底KO了。我再见着他就视作空气，根本

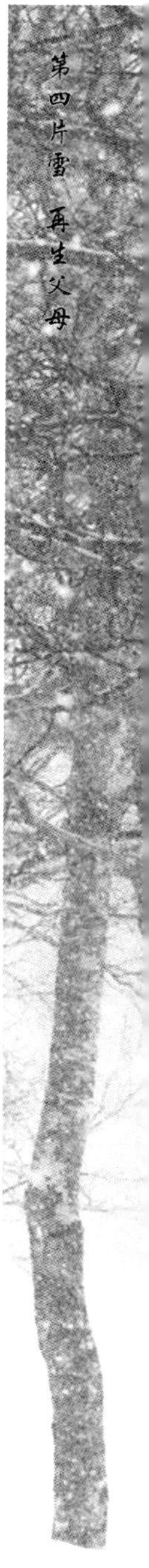

无视他的存在！”

“漂亮！太帅了！境界已经赶上你的身高了！”

“别老提这茬儿啊，深刻吧？但是我得提醒你，十分严肃地提醒你，以后尽量少唱京剧，太危险！爸血压被你给唱下去了，可我这血压容易上来！”

“这个嘛，好办！想当初，老子的队伍才开张，总共……”

“救命啊……”

不知不觉，月亮悄悄爬了上来，房间里微微的烛光映红了两个人的笑脸。可如此浪漫的环境并没有让他们消停下来，继续在那儿你“气”我一尺，我再“气”你一丈，这气来气去，就气出了锅碗瓢盆之中的美丽乐章。相濡以沫的日子，吵得火热却也爱得真诚。咱不怕平时总生气，因为这日子得让它过得有生气！

借着月老儿的光偷看，呵呵，一瓶红酒下肚儿，小两口儿红着脸，还在那儿掰扯呢……

生活的呢喃

“小皮球，香蕉梨，马莲开花二十一，二五六，二五七，二八二九三十一！”

“我也要跳！我也要跳！”

“小凯，又不听话。哎呀你跳不了，姐给你拿玩具去，等着啊！”

…………

“在这儿好好玩儿吧，一会儿姐给你买好吃的！”

“二五六，二五七，二八二九三十一……”

…………

孙家有一女，天生爱臭美，大清早儿起来刚给老公准备好了早饭，就迫不及待地一屁股坐到了梳妆台前，十八般兵器逐一登场。每天早晨，她都会早早地起床，坐在这儿和镜子里那个比她还要爱美的傻妞儿较一会儿劲。和上班时的速战速决比起来，如今的晓雪可是更加会美了。自己看着美了，闲来无事的她又突发奇想：为何不把家里也捯饬一番呢？真是不干不知道啊，家里这藏污纳垢的地方还真多，今天突击检查才知道上班的时候干的只是些面子活儿，这打扫房间，不仅仅需要勤快，还需要有一份心情。静下心来，用一颗爱家的心，去抚摸房间的每一个角落，为生活着上源自心底的色彩，才发现往日的匆忙中，忽略掉了太多的美好与感动，它们就在你每天都会经过的某一个触手可及的角落里。找到它们，唤醒逝去岁月中那点点星光般的记忆，驻足停留哪怕一刻钟，就会找到心灵深处的永恒。一丝空闲的时间，一次看似心血来潮的大扫除，将晓雪的目光定格在了电视后面的一张照片上。

晓雪盯着这张跟随了自己多年的照片，手里的抹布不知不觉间被丢到了一边。从东港繁忙的高中，到北京多彩的大学，直至如今身处内蒙，深蓝色的拉杆箱中，这张十岁时照的全家福时刻与她如影随形。拂去照片上的灰尘，看着曾经顽皮的弟弟、帅气的老爸、面色红润的老妈，还有挽着妈妈的手撒娇的自己，摄影师是邻居张二伯。旁边是小院儿里绿油油的菜地，身后是高大的向日葵，十几年来，这一直都是晓雪心中最美的风景。再次拿起它，晓雪却怎么也笑不出来了，老爸和张二伯，这两个当年的帅小伙儿，如今都已经年过半百。离别时妈妈的泪水朦胧了女儿的眼，浸湿了女儿的心，即使相隔千里万里，妈妈永远是女儿梦乡中最温暖的守候！晓雪摆弄着手里的照

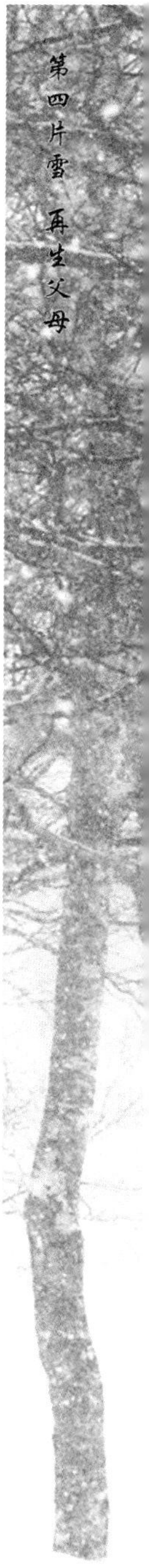

片，坐到了电脑前，照片已然在视线里变得模糊。她擦掉照片上滑落的泪水，打开了自己的空间，在里面敲击着自己凌乱的思绪。心里有太多的话想说，一时却又不知该说些什么，只觉着心里的什么东西被偷走了一样，正想竭尽全力地去追赶，却又有一种惊慌失措的茫然。时光就这样匆匆偷走了爸爸、妈妈的青春，偷走了生命中太多的美好。好想飞回到照片里，依偎在妈妈身边，天真地数着她那一头乌黑的长发；好想让自己回到小时候，让爸爸、妈妈回到年轻的时候……

从那以后，每次从丹东回来，晓雪的空间里都会多出一段文字。一篇篇断断续续的文字如同一幅幅浓墨重彩的图画，没有华丽的辞藻，无须精美的编排，却在字里行间编织起了一种爱的传承，一代一代，将爱……融进血脉！

几行简单的文字就这样通过网络传递了出去，张地是干文字的，但是他从来没有如此深入地去钻研一段文字。它并不是什么名家写下的著作，甚至前面的两篇连标题都没有；不需要经过多么深入的刻画，但一字一句都是从晓雪心底里流淌出的真情，每一个字都触动了张地心底最柔软的地方，因为那些同样是他二十六年的生命里最缺失的东西。通读全文，能体会到它的呈现绝非一篇文章的写作过程，而是一个远方的赤子遥望家乡时的絮语，或一气呵成，或断断续续，有一吐为快的畅快，也有在飞逝的时光中无奈的叹息。字里行间仿佛留下了一丝泪痕，却又总是那样倔强地宁肯浸湿眼底，也不愿轻易流下，结尾处时而笔锋一转，聪明地让自己从一种低沉的情绪中走出来，张地不禁被晓雪的坚强与乐观所深深折服。在脑海中再次浏览，就会被晓雪对家乡、对土地的那份深深的眷恋所触动，会被晓雪那种强烈的归属感所感染。

在这个日新月异的时代中，无论身处哪里，我们唯有知道自己属于谁，属于哪里，才会找到脚下的根，找到心里的根。也许这，就是我们经常提到的家国情吧！心中有妈，才会有家；心中有家，才会有国啊！张地每次翻开，中途基本都会出去平复一下内心，然后回去寻觅一路走来自己的根基在哪里。晓雪这样几段简单的文字无形之中戳中了张地最敏感的那一根神经，在经历了那样一番思考之后，这已经成为支撑张地唯一的信念了。

张地将晓雪发过的所有东西，认认真真地整理成了一个文档，恭恭敬敬地保存起来，文档的标题为《母亲的话》。他应该感到庆幸，在逼近而立之年的今天遇到了晓雪，以这样一种跨越时间与空间的方式，教诲着这个依然不知世事的大孩子。当打开晓雪的空间才发现，应该受到教诲的，其实何止一个张地啊！我们的脑海中容得下超负荷的工作，容得下半辈子才可以还完的房贷，容得下花前月下的海誓山盟，容得下觥筹交错中的客户领导；我们心甘情愿地奔波在被各种数字和头衔堆砌的生活里，被捆绑在世俗的牢笼

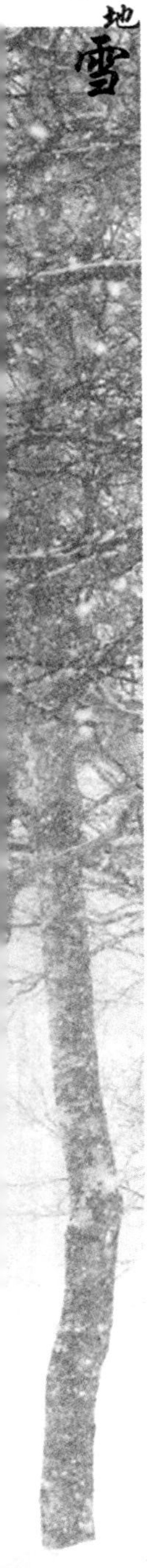

之中，让自己的灵魂屈尊于区区的五斗米，即便我们早已酒足饭饱，追赶的其实是六斗米、七斗米……在这一场永不停息的接力赛中，我们渐渐丢掉了尊重，失去了信任，失去了骨子里那份不懈的傻劲儿，甚至不惜摒弃亲情，以一副狰狞的面孔去面对血脉相通的至亲，却将生命中最最简单、最最质朴的感动搁置在了心灵之中不起眼的一个角落里。吹弹可破的缤纷，稍纵即逝的喧哗，计算器可以算出来的，其实只是生活最外面一层薄薄的皮而已。

最聪明的人其实是最懒惰的，就像这个傻丫头，她不屑疲于奔命地去追逐，因为她懂得，内心所守候的，其实就在不远的地方等待着她。听得到心的呢喃，才是最具品质的生活，俯耳过去：

“二五六，二五七，二八二九三十一……”

消亡的灵魂

每逢佳节倍思亲，这是所有漂泊在外的游子们共同的心声。现实的社会让一个曾经在家衣来伸手饭来张口的大少爷褪去了锋芒。在这个阖家团聚的端午节，张天回家了。可是还没等这个大男孩卸下身上的疲惫，另一副现实的魔爪正在一步步向着他，同时也向着他们那一座远方的孤岛逼近……

五月里，家家户户飘出的粽香透过夏日里的和风飞遍了小镇上的每一个角落。端午，和我国其他的传统节日一样，悄无声息地打扮着每一个炎黄子孙的心情。门口挂起葫芦，脸盆里放上艾蒿。到什么节日做什么事，这是我们每一个人的习惯，也是整个民族的习俗，这里有我们的故事，故事里有我们的记忆，每一个传统节日都是一个国家级的盛典，不会允许出现一个袖手旁观的看客。同样地，这个家庭的“习俗”也不会放过任何一个人。

脚上蹬着名牌，兜里揣着当下最时尚的手机，嘴里再叼上一支香烟，参加工作以后的张天变得更加时尚帅气，他不愿错过属于他的时代里每一抹缤纷的色彩。可同样的事情，我张天可以做，你张地绝对不可以跨越雷池。看见张地也学着他的样子在那里吞云吐雾，张天怎么看怎么觉着别扭，心里永远有一个魔咒一样的东西在纠缠着他，告诉他张地不可以做出任何出格的事情，哪怕只是一点点，都会触碰到他的心理防线。白天在外面和昔日的同学风光够了的张天晚上一回家，就死死地盯着张地，说死也不让张地像他一样也做个快乐的活神仙。他就像一个神圣不可侵犯的法官，张地的一切都被牢牢地攥在了他的手里，今晚他所说出的每一句话，做出的每一个决定，似乎都足以葬送掉张地的一切。因为在这一场“审判”中，“原告”席上受害者坐的地方，同样给他预留了位置，他誓要划破这端午前夜的宁静，亲手除掉这个断送了家庭一切美好的恶魔……“审判”正式开始：

“你也抽烟了？”

张地骨子里依然在挣扎，他想试图挣脱掉所有的枷锁：

“怎么了，行你抽就不行我抽啊！”

“你说呢？你眼睛上顶个大痣，嘴里再叼根烟，好看啊！你跟我说你到底怎么了，咱爸比你想的事儿多不，他咋不抽烟呢？”

张地几次欲言又止，因为张天就是一切事情的导火索。可是在张天看来，让你有一口气活在这个世界上，就是对你张地最大的恩赐了，至于别的，想都甭想。

“不说你就戒了，别抽了！”

“你挨过打吗？”

这是张地最后的反抗，即使耗尽他生命最后的一口气力，他也要证明，我张地，曾经来过，而且他要争取，像人一样地活着。可是张天以及这个家庭同样在争取更高一层的生命质量，前提是他们要掐断张地所有的妄想。

“谁小时候不打仗啊！我打你是为你好，指使你是在锻炼你。”

“你什么都得到了，还好像挺委屈似的，有意思吗？”

“你如果有俩孩子，一个健全，一个残废，你选择谁，放弃谁？”

“就应该放弃我？”

“对，你必须被放弃掉！”

这一句话其实已经足以结束张地的一切，但张地骨子里从没有把自己当成一个残疾人去看待，他认为自己可以冲出这个家庭，他相信如今这个开放的法制社会，可以给他活下去的机会，他开始变得强大：

“我提醒你，你已经年满十八周岁了！”

这一句话将“审判”带入了高潮，同时似乎将执行的流程提前，这种执行在张天看来，已经不需要任何审判，张地的末日到了！因为闻听此言的张天雷霆大发，他拿起了家里的气管子：

“我现在就打你，你马上打110报警，报啊，报！”

张地多么想鼓起勇气尝试一次，结束这眼前的一切，可面对张天的暴行，张地害怕了。但是张地知道，他在这个家里已经没有任何意义了，他开始收拾衣服，打算搬到单位去住。就在此时，成建把张天叫了过去，开始了“举证质证”的阶段，他列举了张地的“种种罪行”，每一条在他们的眼中，都是绝对不可饶恕的。

“你别管他，抽烟、买饮料，低保和工资都自己拿着，我也不管他了，我没他这个儿子！”

张天放下了手里的气管子，眼泪夺眶而出。他站在两个房间的中央，不知走向何方，泪水就这样覆盖了他些许黝黑的脸颊，他向张地喊出的每一句话，后面都弱弱地藏着一个满腹委屈的自己，震撼着张地的灵魂，侵蚀着他那脆弱的神经。如果仅仅倒回到小时候甚至一年以前，他还可以用一顿皮开肉绽的皮带，或者严酷的“火钩刑”来宣泄心中所有的不满，第二天依旧得意扬扬地让张地效忠于他。可是今天，面对这个“纨绔子弟”，他没有丝毫的办法，尽管在他和成建的心中，刚刚任何一项“指控”，都足以将他送上“断头台”。在这样日复一日的挣扎中，张天和成建的价值观早已发生了质变，而且他们就算是摁着脖子也一定要把适者生存的道理强加给张地，如有违背，势必天诛地灭。这种所谓的“适者生存”其实就是让张地继续着他那毫无尊严、苟延残喘的生活，还要让你给我感恩戴德。他们不想看着张地就这样“堕落”下去——和别人一样有尊严地生活，就是张地的“堕落”，在他们眼中，张地只能在正常人生活的边缘甚至夹缝之中沉沦。在这二十几年的岁月里，他们忍受了张地太多的东西，不是他们的要求有多么苛刻，而是张地的残疾永远横亘在他们的心中挥之不去。如今已经走向社会的张天更加能体会到父亲的艰辛，他不忍心看着年过半百的父亲，依然饱受着这样的摧残。在这一场抗衡之中，他们已经搭上了母亲淑梅，张天不想让父亲也被葬送在这个人的手里。尽管，这个人是他们的儿子和哥哥。

节日的前夜对这一家人而言是那样的可怕，三个人，三个房间。张天和张地的房间中，一点香烟的光亮点燃着各自受伤的灵魂。他们谁也不知道这样的生活还会持续多久，更无从知晓他们的内心还可以承受多少次这样没有赢家的战争，他们就这样凝神思索着，似乎看不到任何的未来。残疾不是张地的错，不是成建的错，更不是张天的错，然而这三个人的命运轨迹就这样因为它而发生着质的改变。他们不服，真的，他们谁都不服，他们不愿意就这样牺牲掉自己的一切。然而在这样一场博弈的过程中，他们必须有一方牺牲，在灵魂深处，彻底在这个家庭中消亡！

经过了那个不眠之夜以后，张地走向了绝望，这种相互折磨的日子他真的一天都过不下去了。他骑着车子走在街上，看着这一片生养了他的土地，想着这片土地上曾经给予过他帮助的“母亲”。但是他知道，他必须离开，去一个遥远的地方孤独终老，只需给自己挣来一日三餐，如果活不下去，就将自己埋葬在那里，不需要任何人知晓。唯有这样，才能真正把这里面的每一个人都解脱出来。张地拨通了大伯家堂姐的电话，小时候姐姐特别疼他，他似乎要将在这个世界上最后发出的声音，留给姐姐：

“姐，张天又差点儿打我，我要出去找工作！”

“哎呀你出来找不着活儿啊，工作那么好找呢？我在一个公司干八年了都不敢动地方，张天不小嘛，你让着点儿他。”

这样的劝慰张地丝毫听不进去，他发誓要离开这个足以令他窒息的家：

“无所谓，找不到活我就死在外面，就都省心了！”

姐姐打小就疼他，从来没跟他说过一句狠话，可是这次，却把姐姐彻底给惹急了：

“你说啥呢！该上班上班，该吃饭吃饭，成天瞎想啥啊，不许出来啊，你自己都养活不了你自己！”

姐姐的几句话让张地有了些许的轻松。曾经觉得张地还挺可怜的，可是当这个家庭展现在眼前，张地真是越来越遭人“愤恨”。当看到疯癫的淑梅、默不作声的成建，还有外表强悍、内心却濒临绝望的张天，心里突然有一种莫名的冲动，真恨不得昨晚的张天能够再结结实实地揍他一顿，揍！必须揍！还得给老子往死里揍！因为他实在是天理难容。咱就说你张地，你是残疾，不怕，残疾人也不是就你自己，可是你太不知道自己几斤几两了！在那儿猫着腰撅着屁股过你的残疾日子得了呗，就在那儿挣命，有意义吗？其实张天和成建只是一个代表，他俩代表着这个现实的社会对张地以及“张地们”的定位：给你们留下一口气，别有什么大病，浏览一下这个世界的样子，知道自己在这个世界上曾经叫作“人”，最后发发善心，抬着你平平安安地躺到棺材里，真的真的就是你张地天大的成功了！否则，你让那些“成建们”和“张天们”该怎么活……

走吧，真的容不下你了，这个生命已经没有任何存在的必要了，想到离开，张地最想再对他的“母亲”晓雪说上一句对不起，哪怕今生再也不会踏上这片土地，他也没什么遗憾了。他拨通了孙晓雪的电话，可是打了两遍都没人接，处在极度压抑之下的张地给晓雪发了一条短信：

“晓雪、杜鹏，节日快乐！前段时间给你们添麻烦了，可是你们却教会了我太多的道理。这个家使我太压抑了，我打算离开这里出去找工作，我只想对你们说声谢谢，真的谢谢你们，谢谢你们的帮助和包容！”

张地虽然还活着，可是在这个家庭中，他已经死了；在我们当今社会的价值体系和认知形态里，这个人也是不复存在的。在他所处的环境中，容不得他有片刻的停留……

我们奔三啦！

逝去的时光总是比未来更值得感怀，当三十岁的钟声即将在耳畔敲响，送走那些“二”字当头的年华，才发现今天开始变得渺小，明天却依然模糊，曾经那个永远来者不拒的自己，开始在记忆中变得清晰，变得高大……

春夏之交的北方，万物孕育着勃勃生机。一抹崭新的翠绿装点着绵延起伏的群山，更点缀着那一颗颗随季节而跃动的心。在被鲜花簇拥的季节，聆听着古老的故事，嗅着那沁人心脾的艾香，来一段跟随心灵出发的旅行，一次青春与自然的邀约，在最古老的节日里，释放最年轻的活力。

去哪儿？不知道！玩儿什么？到地儿再说！带点儿啥？这个得知道，而且必须明确地知道：吃的两大包，护肤品一大包，爱吃爱美两不耽误。五个年轻人就这样开始了他们稀里糊涂的旅程。

“这是哪儿？”

“好像叫牛头山！”

“就这儿了！”

“好玩儿吗？”

“这个……上去不就知道了！”

为了征服这座连名字都叫不利索的山峰，几个人吃奶的劲儿都使上了，杜鹏和强子一人背着一个旅行包任劳任怨地负重前行，前边儿还有给他们喊号儿加油儿的：

“别弄丢了我的防晒霜！”

“就知道臭美！”

“慢点儿啊，别摔着！”

“嘿嘿！还是俺老婆疼俺！”

“主要是别把奶茶折腾撒了！”

“疼啊！太疼了，都快疼死你了！”

“是，我脚都快疼死了！”

脚下踩着怪石嶙峋的山路，头上顶着寸步不离的太阳，嘴上调侃着漫无边际的话题，似乎可以抵达任何一个话之所及的地方。五个矫健的身影在苍松翠柏之间穿行，宛如一条色彩斑斓的玉带飘散在山脉之间。这是当地的一座荒山，并没有什么夺人眼球的风景。他们的突然造访使得这座平日里寂静的山峰平添了许多灵动的色彩，一路踏着春风而来，伴随着动听的歌声在天与地搭起的舞台上跃舞。他们时而让“周杰伦”打头，时而又让“王菲”垫后，惹得鸟儿跟随，听得微风环绕，身旁的树叶摇摆起舞，飞过的彩蝶英姿翩翩。铺上一个简单的台布，七手八脚地拿出所有的美味，五个人席地而坐，不约而同地将目光聚焦在了晓雪和杜鹏这一对新婚小两口儿的身上，其他三个人展开了轮番轰炸：

“美妞儿，家庭主妇的日子 happy 吧！”

“谁家庭主妇？赏你个地雷，堵住你的嘴！准确地说应该是暂时赋闲在家！”

看着晓雪，丫丫都羡慕死了：

“什么情况啊雪姐？几天没联系升级啦，幸福指数飙升啊！”

“还不是呢，瞧把你们家鹏仔给惯的，和之前根本就不是一个吨位的！”

“这个我得声明啊，我郑重声明，本小姐上班那时候他也没耽误长膘！”

“不是长膘不长膘，这只能说明你们家小鹏子革命意志力薄弱。你看咱们这拨儿同学啊，鄙人是 2010 年婚的，小豆子这都一生日了；帅胡和张颖呢，也正跟那儿发愁呢，那天给我打电话说他妈都给他下最后通牒了，半夜十一点把我揪出来灌大肚儿灌到天亮，说他们家张颖正跟那儿奋发图强呢，人家的心思在考公务员上呢！综上所述，我想采访一下晓雪同学和杜鹏同学，你们就没有什么小感想吗？”

正在那儿忙着吃的晓雪刚要发言，被强子媳妇抢先了：

“hold 住，妹妹，一定要 hold 住。这孩子只要是呱呱坠地，哇哇这么一哭，你的前半生就彻底归他了，吃喝拉撒睡，都得服从他小老人家，上次单位组织的旅游我都没去上。嘿嘿，不过看着他那招人疼的小样儿，这一天我只要看到他，就想这么抱着他，什么升职啊、晋级啊，通通见鬼去吧！听着是不是特没出息！”

一向反应比较迟钝的晓雪终于抢上话了：

“强子你这记者怎么当的啊，美其名曰采访我，最后让自己媳妇掰活了半天，没我什么事儿了，肥水不流外人田是吧！”

“那是你反应慢，本大记者太火了，没办法！”

“安静，安静！下面进入全球独家发布时间。我宣布本人将于年底正式投身波涛汹涌的商海，来一次潜泳，体验一把成功人士的感觉。以后你们这些帅哥靓妹们所有衣服全部由本小店独家代理，新城区第一中学对过，今天你们老几位，有一个算一个，开业谁不去我挨家逮去！”

“哇塞，女强人了耶！”

“那必须的！”

“哇塞，女富婆儿了耶！这可是得……”

晓雪瞬间被侃晕：

“等等等，欺负本大老板反应慢是吧，这富婆儿……有男的吗？”

“哈哈哈……”

“哎晓雪，别潜时间太长了啊，我们还等着看美女老板出水芙蓉呢！”

“你们就等着吧！”

费了半天劲，刚混上个镜头，手机却不争气地响了，晓雪一边继续做着广告，一边掏出了手机：

“款式绝对新潮，价格绝对公道，到时候去了有没出息拔不动腿儿的，我还管饭，边儿上有一家特棒的快餐，咱到时候就吃……吃……”

晓雪一看手机，脸上唰的一下严肃了起来：

“你们聊，我……我先打个电话！”

晓雪避开了大家，杜鹏觉得不太对劲儿，低调地跟了过去：

“谁的信息？”

“哎呀没谁，你先过去吧！”

“我看看，我看看！”

杜鹏拿过来一看，气得差点儿把手机给扔喽：

“你给他回，让他走！出国才好呢，省得再见着他，跟咱们有啥关系！”

“又来了，我给赵姐打个电话，啊！咱不跟他一般见识！”

“赵姐，我晓雪。挺忙的吧，张地最近怎么样啊？”

“挺好的啊，怎么了？”

“他给我打了两个电话，我在山上玩儿呢，就没接。他发了个短信说要出去找什么工作，你们劝劝他吧，别出什么事儿！”

“这个张地！我回头说说他，你们好好玩儿吧，甭搭理他！”

杜鹏将手搭在晓雪的肩上，小嘴儿噘得都能挂个暖瓶了：

“别出什么事儿，就那么个傻子能翻出几朵浪花儿来？他和大街上那要饭儿的有啥区别，管得过来吗你？你就一傻姑娘我跟你说！”

“行了啊，让咱家小鹏子同学受委屈了，回家给你做好吃的啊！”

“不是委屈，俺媳妇才是真委屈，这都大老板了，马上咱就得是赤峰服装界的大鳄！还得为此等脏人而忧虑，简直成何体统。玩儿都玩儿不消停！”

“哎呀，多大个事儿啊！”

再次回到这几个革命战友中间的时候，晓雪已经彻底忘掉了刚才那条神奇的短信，只是默不作声。杜鹏眯缝着个小眼儿一直保持静音状态，好事儿的强子绷不住了：

“什么节奏啊小两口儿，说到关键地方儿掐了呢咋还？不管饭我可不去啊！”

杜鹏这回急了，斗胆做了一回主：

“吃，必须吃，开业当天，我就把张地炖着吃了！”

“什么哥啊弟的，你这说什么呢？”

晓雪好像又犯了她那选择性健忘的老毛病，五分钟之前还在向赵姐打听那个“傻子”的近况，可是现在，大脑又被她习惯性地刷新了：

“什么张地，这是个人名吗？”

“装，接茬儿那儿装！哥儿几个不知道，我们家孙大老板上班的时候遇着这么个主儿，肢残加脑残，从脑瓜顶儿一直残到脚后跟儿！好心帮他几回，赖上了，跟个幽灵似的，电话都追到家去了，晓雪铁杆儿粉丝，给我俩烦的哟。任你们的哥哥我浑身武艺，在他面前通通作废。我们对他真是……仁至义尽了，大仁大义苍天可鉴！”

强子媳妇手里的冰淇淋已经化了，自己却毫无察觉：

“晓雪，求你千万千万别跟我说你给他打电话了！”

“哎呀没有，我给公司的赵总打了个电话，张地，就那个幽灵给我发信息说要出去找工作，我问问，别出什么事儿！”

强子嘴里的鸡大腿连骨头都被他咽下去了，故事再长点儿就得啃手指头了，他被噎得猛喝了两口啤酒，缓缓地站了起来，眼睛直直地盯着晓雪，有点儿吓人：

“我的妹妹啊，你叫孙晓雪，你不叫孙观音！就真是菩萨你也是一傻菩萨！”

女汉子丫丫也不干了：

“强哥说得对，你就是傻，上学那会儿脑子就跟缺根弦儿似的！我听杜鹏说的这个人还真挺奇葩的。我打个比方，假如说十年后你看见他在大街上要饭，你就过去对着他轻蔑地一笑，扔给他一个大镚儿，他只要尚存那么一点点人的正常思维和意识，我告诉你，他绝对死的心都有，况且他还真不一定能活到十年以后。”

晓雪这个活菩萨的称号还真是当之无愧：

“我的亲哥亲姐们，那个张地是可气，可是咱别咒他呀！他好歹也属于人类的一员吧。”

“媳妇儿，绝对没有咒他的意思，一丁丁点儿、一头发丝儿都不带有的。甭管他是张地还是什么地，咱就说他那种思维，爹妈百年之后，你认为他在这个社会上能生存吗？说傻还不傻，说精还不精，大脑和这个时代根本不在一个星球上，被社会淘汰只是时间问题。俺尊贵的老婆大人对他既是一种帮助，同时也是一种蔑视，否则他永远不知道自己几斤几两！”

“晓雪，给你点个赞，了不起，不简单！还有眯缝眼儿的小鹏子，不容易！那个残疾人能遇着你们俩，绝对是祖上烧高香修来的福气，还得是三天三夜不断香火儿的那种。听说你们还因为他生过气，犯不上啊，兄弟！青春是啥？青春就是甭管倒霉遇到张地一样的人，还是悲催碰上张地一样的事儿，都能像晓雪这样欣然笑纳，泰然处之。当你发现自己不再天天消耗大量的脑细胞去跟这个社会讲理，去跟这个社会较劲的时候，你就真的长大了，三五年之后也就真的立起来了！”

“今天啊，有一个算一个，回去都开始给我攒钢镚儿！”

“干吗？”

“哎，奉献一份爱心嘛，等咱们三十而立的时候到大街上去接济张地呀，那个张地能活着真是一奇迹！”

终于又看到她雪姐的笑模样了。

“到时候他肯定还会说，谢……谢谢啊！哈哈哈……”

看到她雪姐终于“多云转晴”了，他强哥居然搞起了“拉帮结派”。如果不挑起点儿“战争”，他是不会善罢甘休的：

“你看咱们今天这五位啊，依在下之拙见大致可分为三个阵营：首先，丫丫自成一派，甭管有没有男朋友，代表的都是由广大剩男剩女所组成的单身一族们；杜鹏和晓雪呢，暂时代表的是已婚的丁克一族们；我们两口子则属于已经完成了所有既定目标，儿女双全型的。下面就请各个阵营的代表依次发言，简要阐述一下处在现阶段的感受，越奇葩越生动越好，括弧，吐槽者胜算更大，括弧完了。严禁做报告和煽情行为，如有违背，现场罚酒，严惩不贷！按照时间顺序，丫丫先发言！”

丫丫若有所思地点了点头：

“我从小到大几乎从来没认真地做过一件事，对什么事都没心没肺的。没认识楠楠之前吧，爱情是我心目中唯一追求完美的事物，他……”

两对小夫妻同时提出了抗议：

“小装儿同志，喝酒！”

“呃，就这么跟你们说吧，在没认识楠楠之前我感觉就姐这身段儿，姐这脸蛋儿怎么着也得找个身高一米八的，房子一百八的，年薪六个零也就凑合了。可是我们家楠楠各位知道，别说达标了，根本就不及格。可是不知道为什么，认识他之后所有标准就通通就着他给我买的各种零食给吃了。哪怕他只能挣到一个零，也会全部属于我。想象终究是想象，它不能当日子过。当我真的与爱我的那个人不期而遇的时候，爱才是心中唯一的标准！亲爱的哥哥、嫂子、姐姐、姐夫们，俺这么说行不？”

“行啊小丫头，平时看你二了吧唧的，没想到挺内秀啊！鹏仔和咱们的女富婆儿呢，老实交代，有造人儿的计划了没？”

他们家女富婆儿正好刚刚消灭了一个鸡腿，调皮地舔了舔手指头。就在大家对晓雪的发言充满期待的时候，没想到他们心目中的这位女富婆儿居然在那儿发起了愁：

“哎！点儿背不能怨社会啊！我总结我从少女时期到现在就是一个彻头彻尾的倒霉孩子！初中住校，高中住校，大学干脆就被发配到了北京，好不容易毕业了吧，现在还是离家这么远。每次给家里打电话不是感觉老妈感冒了，就是听着老爸的声音不对劲儿，弄得我都快魔怔了，不在他们身边的日子真是太煎熬了！所以小女子目前最最重要的任务就是和杜鹏一起挣钱，挣很多很多的钱，把自己变成一个女汉子，在这边买一个超大的 house，把我爸妈和老弟都接到身边来！至于说造人儿嘛，也已经在我们的计划之中了。我那天提出要开服装店，婆婆特别支持我，其实我能看出来婆婆心里也着急，可是她却一次都没跟我提过，我也很期待做母亲的感觉，相信我会体会到更多的东西。如果到那时我的宏伟目标还没有完成，我会更想老爸、老妈的……哎呀都是强哥出的馊主意，想想都难受！你们的女富婆儿任重道远啊！”

“不愧是女富婆儿，有高度、有水平、有内涵！说得我都想我爸、我妈了！咱们这一代人，肩上扛着的责任不小啊！下面就请俺们家的头号功臣，我的直属领导小豆子他妈同志发言，此处应该有掌声！”

看到老公如此嘚瑟，强子媳妇有些不满意，接过老公的话茬儿就是一通牢骚：

“老几位，听听啊，听听你们姐姐我这几个倒霉的头衔，一个比一个命苦！我同意晓雪的看法，女人一旦有了孩子，你就会瞬间感受到做母亲的伟大。我当时快要生的那几天一步都不想让我妈离开，哪怕她就出去打壶水我都觉着心慌。当我真正成为了一个妈妈的时候，就感觉以前的很多想法特幼稚，现在只要我儿子能健康快乐地成长，别的什么都先靠边儿站！都不用别的，一天晚上爬起来两次给这小祖宗喂奶，你们说我还有工夫儿琢磨别的事儿吗？孩子就是给青春套上了一个幸福的夹板儿，他不是青春的结束，而是青春的延续，是另一种伟大幸福的开始！”

“领导”的话成功点燃了强子的无限感慨，使他从“昨天”一直想到了“今天”：

“哎呀，痛快！有时候真感觉自己好像还在大学宿舍蒙着被子打游戏呢，可是下楼买菜人邻居家小孩儿都叫我们俩叔叔、阿姨了，有时候真不服你知道吧，回家一看我们家小豆子，也就没脾气了！”

“留下一颗年轻的心，任年龄狂飙去吧！今儿可说好了啊，再过五年，咱几个可就都过三了，还是这座山，还是咱们老几位，过来向自己没心没肺的二十五六七八岁，致敬！”

“瞎子打立正，像不像？像不像？”

“来来来，为青春干杯！”

“为青春干杯！”

“为青春，干了！”

酒足饭饱的孙老板灵机一动，带领大家玩儿起了小时候的游戏，可是她那丹东版的玩儿法让哥儿几个相当跟不上她的节奏，不过为了让女富婆儿以后能多给他们这些爱臭美的姑娘、小伙儿们打点儿折，也就只好舍命陪君子了。孙大老板手里拿着个冰淇淋，绝对认真负责，嗓门儿拔高，腰杆儿绷直，嘿嘿，馊主意是俺出的，规则是俺定的，你们哪，就乖乖地喝酒吧！从杜鹏到强子，一圈儿下来，没有一条漏网之鱼，连自己的相公都没放过。甭管到谁那儿，两句话不到就败下阵来。最后，强子一不做二不休，二话不说，一口干了半罐儿啤酒：

“该你们家小鹏子了！”

晓雪率领着他们这一支被她灌得东倒西歪的“青春梦之队”齐刷刷地站在了山巅。远处的风景是那么的触手可及，又是那么的模糊不清，在光影交错中时隐时现，亦是最美的景致：太清晰了，会看得人们视觉疲劳；太模糊了，会丢掉起初来时的方向。这是一次旅行，即使就在离家不远的地方；这是一场礼赞，礼赞久别校园的你我依然拥有一颗执着而炽热着的心，礼赞在奔向三十而立的今天，依然执拗地坚守着那一份不屑的天真。似乎什么事儿都没认真过，可是当一路走来，看沿途万千风景，才知道那看上去些许天真的高傲，源于这一代人从娘胎里带来的率真与从容。“我从没认真过，但是你何曾看见我放弃过？”青春是一次充满了无数未知的旅行，几度怅然迷茫，几度从容不迫，几度潸然泪下，几度笑语欢歌。当把那一本本带着阳光味道的日历封存，高举手中的酒杯，感谢一路上的泪水，致敬一路上的忧伤，感谢一路上那些让生命跟随梦想肆意奔跑的日子，只因今宵再度唱响曾经的旋律，在心中永远悠扬！

“经典回放啊，各就各位！”

五个人模仿起了大学毕业照里的经典造型，将牵起的手高高举过头顶，向着山下大喊：

“我们奔三啦！”

人生是一场演出，青春是一方舞台，时光的流转只是场记牌上的一个数字而已。不管上演过多少悲欢离合，最动听的，永远是这方舞台上最初的旋律！

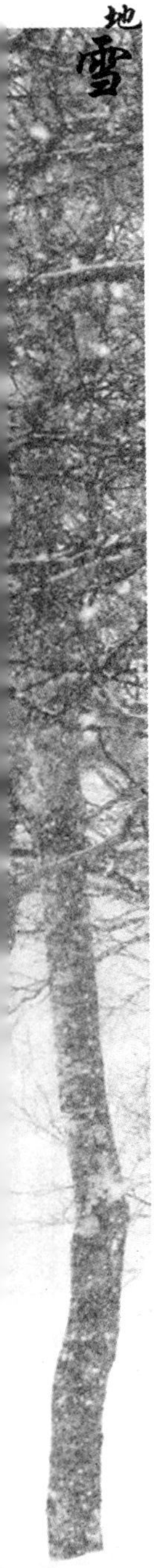

我们奔三啦！

十岁天真的童年，我是妈妈身边的老丫头，
妈妈梳着我的小辫子，亲吻着我的额头。
十五岁嬉戏的少年，我是弟弟嘴上的老姐，
老弟姐长姐短地黏着我，惦记着我的糖果。
妈妈的笑容憔悴了，我也要奔三啦！
爸爸的鬓角变白了，我也要奔三啦！
弟弟也大学毕业了，真的要奔三啦！
肩上的责任更重了，让我们奔三吧！

二十岁大学的校园，我是死党们心中的偶像，
他们总是嫉妒地看着我，和我涂鸦着理想。
二十五岁甜蜜的爱情里，我是他绝对的领导，
他说他愿意宠着我，陪着我一直到老。
上课的铃声远去了，就这样奔三啦！
曾经的闺蜜出嫁了，也快要奔三啦！
礼堂的喧哗散尽了，和你一起奔三啦！
青春的倩影模糊了，我们奔三啦！

二十八岁的那个雪夜，我成为了幸福的妈妈，
儿子天真地盯着我，仿佛在挽留着我的青春。
妈妈说看到了曾经的我，而我却奔三啦！
渐渐习惯了阿姨的称呼，因为我奔三啦！

告诉亲爱的爸妈，我们奔三啦！
你们用青春换来了我人生的好年华。

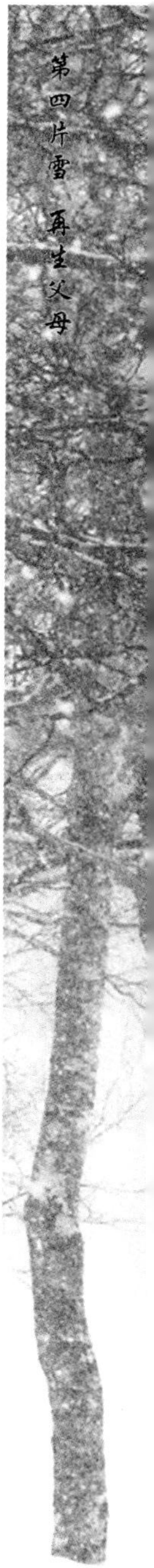

擦干离别的泪花，我们奔三啦！
让我用汗水来浇灌你们头上的银发。
牵手永恒的青春，我们奔三啦！
我的眼里永远镌刻着你最初的芳华。
我们奔三啦！我们奔三啦！
我把青春永远留在了与她相遇的地方。
我把青春永远留在了与她相遇的地方。

最强势的“囚犯”

“张天让我平躺在炕上，用皮带使劲抽我的脸，在这个过程中，我必须随着他的节奏左右摇摆，左一下……右一下……左一下……右一下……不许躲避，不许挣扎，不许……不许……”

张地颤抖的声音一遍遍在我的耳边萦绕。曾经挖空心思地满世界搜刮灵感，如今终于找到了，却感觉不到丝毫的兴奋。手中的笔就如同二十六年前张成建手中的那块尿布，重得几乎让我窒息。二十六年后的今天，这份重量被物归原主。一切就是这样公平，两个二十六岁的男人，就这样悄然无声地将这个魔咒传承了。难道真的被这一丝残缺牢牢地束缚住了？我们的意志真的就那么不堪一击吗？自己手中的笔，真的只能起到一个记录的作用吗？我不断地质问着自己。张地一家其实就生活在当今社会中的一座孤岛之上，那是一座只属于他们一家四口人的城堡，只属于他们的世界。彼此之间延续着一种约定俗成的生活形态，他们既不需要低头默认，也不存在奋力抵抗，因为那就是他们的生活，他们看得到外界的生活，可是当他们回到家中，就又回到了他们习惯性的生活状态之中：把辱骂视作沟通的方式，将鞭挞作为宣泄的工具。正因为他们不完全是四个井底之蛙，他们才需要发泄，而且可以精确地定位到统领他们精神世界的首领——张地，自然要给予他最高规格的待遇。城堡周围是戒备森严的警卫，这一套警卫在他们每一个家庭成员的心里，外界的我们谁都无法靠近，他们和我们近在咫尺，却也远在天涯。就像张天在院子里对张地实施“暴刑”的时候，张地曾试图走出去求救，可换来的是更加愤怒的张天死死地插上了大门。那一刻，这个人的死活，与外界的任何人都无关。我怀着一种找不到元凶的愤怒，给张地打了个电话，我要将这个罪魁祸首“绳之以法”：

“张地，你给我出来！”

“咋的了哥，生这么大气？”

他这一问我才从愤怒的情绪里走出来：

“哦，没事儿，哥想请你吃饭，出来陪我喝点儿！”

再一次见到他，整个人看上去精神了许多，第一次应邀赴宴的他很兴奋，一见面就跟我高调嘚瑟起来：

“哥你知道吗？我最近可忙了！企划的会议一个接一个的，赤峰那个店

开业的主题就是我起的，别人的都被 pass 了！”

“行啊，看来最近情绪不错嘛！”

他好像一瞬间泄了气，像一个孩子似的做起了检讨：

“我觉得自己真的什么都不懂，你说人家晓雪还比我小，我呢？人事儿不懂。虚长她一岁，虚度二十六年，白活。想到她离职以前拿着单子楼上楼下忙忙碌碌地跑，我觉得我可踏实了，在她身上有我永远也学不完的东西！”

“小样儿，整得挺励志啊！”

“晓雪误会，人家为什么误会？我连人与人之间最最基本的规则都不懂，还拿着个破笔在那儿写。那是我的东西吗？你做人都没做明白，还在这儿玩儿艺术？我真的，就是一混蛋！”

“没那么严重，你的工作我告诉你，多少健全人都不是个儿，真的。”

“我？不行！学习是必须的，老老实实地跟人家学做人。我之前写过的所有东西和我本人一毛钱关系都没有，现实生活中我就是一个不完整的人。”

“这家伙整的，还不完整，你是缺胳膊还是少腿啊？我看你是缺心眼儿。”

“我缺的是成长，晓雪使我认认真真地分析了我的成长。”

他说完这句话，一口气干了一杯啤酒。

“我无数次地问我自己，我怎么有着那样的成长，究竟有什么过不去的事儿让张天变成那个状态，你说他不累啊！我不是傻子，他打我我疼，骂我我难受，十几年，就这种状态走过来，直到晓雪帮助过我之后，我才知道审视我这个所谓的家庭，二十六岁了，才寻思过味儿来啊，我还活着，真是他妈奇迹！”

“你知道根源在哪儿不？晓雪帮你，晓雪冲你笑，人家不用去思考你的未来，不用去担心你老了以后怎么办，你爸和你弟弟行吗？这种交流形态的背后，你知道他们的那根神经绷得有多紧吗？”

张地微微地笑了笑：

“小瞧我，我怎么不知道？听好了，你是个残疾人，父亲、弟弟必须去面对，而且每天都要面对。我就是他俩心中永远挥之不去的阴影，他俩不会说出他们的压力，甚至可能不会意识到这种生活状态是不正常的。但是，他们在与你交流的时候会表现出来，这种表现是很真实的，你不可能让他俩顶着压力还要跟你在这儿莺歌燕舞地去生活。那是神，那不是人。所以这就是二十年他俩的状态，也就解释了张天的打骂和我爸的冷淡。所以我们之间的状态如果正常了，那对于我们这个家庭而言就不正常了，否则它不会持续十多年！回答完毕！深刻不，哈哈哈！”

张地说完狠吃了几口菜，几句话听得我如雷贯耳，本来想给他上一课的我被他说得哑口无言，他的表达是那么的准确，那么的犀利，我在佩服他的同时，心里真的隐隐作痛。张地在那里得意地笑着，可是我觉得他的心却是在滴血。我在那个夜晚给他提供了一个舞台，他在这个舞台上尽情地释放着他的一切。他不仅是命运的承受者，更是一个伟大的思想者，这种对自身生存状态的思考，足以令我这个健全人折服。他所有的举动告诉我，他要完全掌控他自己！他给我带来的震撼仍在继续：

“咱们都是耍笔头子的，今天不妨就大胆设想，干脆上演一部神话。假如，我说假如啊，我张地，是一个健全人，或者第一胎是张天，干脆这个家里压根儿就没有我，二十年后的今天，这里面的每一个人都不会是现在这个状态，包括我妈，这是百分之一万的。你不是要写作品吗？你按照我给你的这个家庭接着重新往下找人物，我告诉你，你杀我的心都有。所以……所以……所以我有什么资格在这儿埋怨，二十多年过来了，回头一看我爸妈都五十多了，张天比我都高了。你说我的成长跟别人不一样，没错儿啊，可是你再把他们仨随便一个人这二十年的生活状态拿出来跟同龄人比比，比…… 他……”

张地停顿了片刻，情绪多少有些激动，他在努力地克制着，再加上身体的不便，整个人看上去几乎是抽搐的：

“时光一去不复返，我就是夺走他们一切的刽子手，你说应该枪毙我几回吧！”

我已经不知道该说什么了，他的冷静与客观，已经彻底把我降服：

“你……你多吃点儿菜，没那么严重！”

张地的眼角湿润了，话到此处，他再也无法掩饰内心的极度压抑：

“哥，我累了，我真的累了！但是我知道，他们俩比我还要累，张天打我的时候就不止一次地跟我说过‘其实我也不想打你！’我们彼此之间的这种交流的形态告诉我，他们真的是快要到极限了。所以我必须站在一个更高的角度上去审视我们这个家庭，去寻找他们俩自己都意识不到的他们的状态，在保护自己以及保护他俩的前提下，想办法让彼此都轻松起来。”

“怎么轻松？你摇身变成一个健全人，还是在他俩的生活中彻底销声匿迹，你觉得现实吗？”

“我既然已经意识到了，就不能允许这种生活状态依然继续。这是对我的摧残，也是对他俩的摧残。我要告诉我爸，我不是他们生活中的一个人肉包袱，我可以靠我自己去改变。这种毫无尊重可言的生活我真的过不下去了，我必须要挑战一把现实！没有别的路可以选择。”

那天晚上，我们喝了很多酒，完全放任彼此的内心尽情地舒展，不管问题是否能得到解决。张地让我再一次重新认识了他。他的头上似乎有着学者一般的光环。经历了这么多的伤痛，却依然可以那样冷静，那样客观。他口中的那个人好像和他一点关系也没有。我在听了他的故事之后，连续几天都

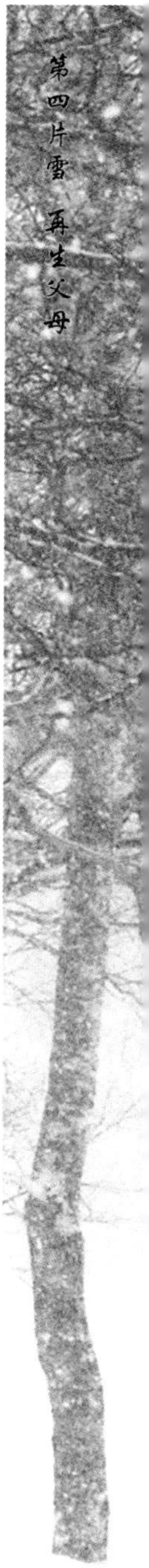

睡不着觉，思维也一度是凌乱的。叫他出来更是慎之又慎，很害怕再次伤害到他。而他却以惊人的毅力，隐藏起了内心所有的伤痛，给自己的生活做出了一个最为生动而又准确的注释。他思维清晰，措辞准确，让我找不到丝毫的破绽，几次开口想给予他一些安慰，却又觉得是那么的苍白无力。他哪怕在滔滔不绝的同时，脸上依然可以挂着难以掩饰的泪花，始终在以一个“大家”的高傲姿态，藐视世俗，藐视一切苟延残喘的生活，哪怕生命最终依然会被葬送在这世俗中。

生命总是能在最严酷的环境中爆发出最强大的力量，强大得让人无法抗拒。张地说出的每一个字都可以触及我的灵魂，不会给我留下任何怀疑甚至反驳的缝隙，一路上那每一个哪怕极其微小的空间，都已经被他的汗水甚至血水所填满。我就那样张着嘴听着，生怕错过其中的任何一个字，除了聆听，我被剥夺了一切权利，彻底败下阵来。他的强大使我完全褪去了那一副“救世主”的姿态，一向语言功能强大的我没有权利去口诛笔伐这里面的任何一个人。张地足以拯救他自己，甚至拯救整个家庭。他似乎有能力将他们家的这座城堡，放归这个时代。

张地无愧于那座城堡中首领的称号，他今天亲自“投案自首”，亲手将自己“押上囚车”，而这恰恰是他绝处逢生、追求新生活的开始。我唯有闭目凝神，为他祈祷！

传 承

这是一个缺乏信仰的时代！多少人在时代变迁的大潮中不知不觉地与当年那个最初的自己挥手告别，恶狠狠地将自己的全部淹没在瞬息万变的世俗之中，毫无防备地被时代、被现实、被世俗从头到脚地改变着、侵蚀着、消耗着、透支着。直到满头银发的某一天，在大街上嘲笑着当年那个一无所有却心如止水的自己。生活的无奈改变了头顶上最初的色彩，更将心底里曾经坚守的执着丢在了匆匆变幻的时代之中。他们是那样的无知，又是那样的可怜，任凭生命的形态被这个现实的社会肆无忌惮地改变着……

20 世纪 80 年代初，在辽宁省北票市周边的一个小村子里，走出了一个令全村人引以为傲的大学生。送他去锦州上学的当天，大队书记（村支书）亲自将三天前就已经准备好的大红花戴在了张成建的胸前。从家里到村口短短十分钟的时间，成建的帆布兜里被老乡们送来的干粮、大枣塞得满满的。这个从山沟里走出来的孩子决心一定要走出大山，改变自己的命运。

那是一个空气中都可以嗅到激情的年代！一句响亮的口号，一身整洁的制服，一张城市户口，每月十块钱的伙食补助，相当于如今公务员的待遇。成绩优异的成建报考了锦州的一所铁路学院。从农村走出来的他勤奋好学，成绩优异。年轻帅气的他在无数个宁静的夜晚，仰望着满天的繁星。天上的星星时隐时现，组合出各种千变万化的图案：时而像小时候哥哥手中的铁环，时而又像是一道道曾经让他废寝忘食的方程题，没错儿，就是那道题！那年他做着做着居然趴在房后的柴火垛上面睡着了，要不是妈妈去收柴火，那天肯定就被雨淋成落汤鸡了！宿舍窗前的成建出神地凝望着、想象着，内心仿佛生出了一支神奇的画笔，在浩瀚星空中尽情地描绘着、挥洒着、释放着。满天的繁星，点亮了这一颗年轻而又炽热的心。在那个青涩的年代里，青春是晶莹剔透的。改革开放初期，国家日新月异的发展，激发着一代青年身上每一个跳跃的细胞。和那个时代中所有的年轻人一样，张成建在理想与机遇的碰撞中收获着人生花季里所有的美好。当然，更邂逅了一份甜美的爱情……

参加工作以后，张成建经人介绍认识了在丝绸厂工作的纺织工刘淑梅。淑梅勤劳能干，踏实本分。家中兄弟姊妹六个，父亲和哥哥都是同一个单位的工人，母亲是一名优秀的人民教师。淑梅甜美的笑容深深地吸引了年轻帅气的成建。一个华灯初上的夜晚，两颗彼此依偎的心，那一朵羞答答的爱情之花悄然绽放。洞房花烛后的他们，在小镇南站安了家，居住在铁路的家属院——一个二层的两居室里。这在20世纪80年代末的中国已经称得上是小康家庭了。成建就在离家不远的火车站上班。勤劳能干的淑梅每天骑着车子往返于家和相距九公里之外的单位之间。由于淑梅的单位三班倒，一个月中有十天夜里十二点才能到家，不论多晚，成建都会在家热好了饭菜，等着淑梅回来，时不时还会来一点儿辽宁老家的小花样儿给淑梅换换口味，绝对称得上是小两口儿爱的烹调，每一点味道的调剂，也是两个人浪漫的插曲。结婚一年后，淑梅渐渐挺起的肚子，更是让腼腆内向的成建每天都笑得合不拢嘴。可是好景不长，张地的降生以及后来淑梅的患病，逐渐使这个当年意气风发的帅小伙儿彻底沦为了世俗的奴隶，更让这个温馨小家中那一份相濡以沫的亲情随着时间的推移，消耗殆尽!

这就是张成建! 1987年结婚—1988年张地出生—1994年张天出生，终于有了一个健康宝宝的他刚刚真正找到了做父亲的感觉，却在结婚整整十年的时候又要开始面对一个近乎于疯癫状态，而且丧失了劳动能力的妻子。他骑着那辆二八型的自行车，前面坐着幼小的张天，后面坐着东倒西歪、看上去好像随时都会掉下来的张地。成建必须先一个一个地把小哥俩抱上车子，然后再吃力地从张天和车座之间细小的缝隙中骑上去，每一次车把都会被成建摇晃好一会儿才能找到平衡。身后的岳母只得摇摇头，在那里暗自神伤。车轮缓慢地向前爬行，不时追上一对手挽着手悠闲散步的夫妻，或者是谈笑风生的三口之家。每当这时，自行车上的成建都会下意识地紧闭双眼，快骑几圈，继续默默地将自己的灵魂深深闭锁在这个似乎永远看不到光明的家庭之中。也正是因为如此，那一份对责任无怨无悔的坚守使他成为了亲戚朋友眼中的“英雄”，用今天的话说，他是一个真正的“纯爷们”!

从淑梅得病到张地毕业，正是我国改革开放不断深化的十二年，从外在的物质条件到深层的社会形态，都在上演着深刻的变革。我国从计划经济时代发展到市场经济，用短短三十年的时间创造了发达国家一百年才可以实现的发展奇迹。国民经济呈几何式增长，神州上下经历了翻天覆地的巨变。冲破了重重体制束缚的具有中国特色的社会主义市场经济制度迎来了崭新的春天。体制机制最大层面上解放的同时，也塑造了人们精神层面上的解放。这种改变在给底层社会中的人们带来机遇的同时，也带来了巨大的生存压力以及似乎永无休止的欲望。对于张成建而言，这个家庭更像是一座围城，冥冥之中似乎有一道看不见的围墙将自己与外面的世界隔离。在那个现实的年代里，这个四口之家变成了他一个人的舞台，每天只能在家洗衣做饭的淑梅，眼神里早已看不到任何当年的清纯与智慧，更不见了当年那一份只属于成建的温存。从两个人的相濡以沫，到柴米油盐的独自担当，张成建带着这个家庭艰难地向前爬行。岁月的积淀和生存的压力一点一点地消耗着这个男人的耐心，同时也让这个家庭在这一场看不到边缘的生存较量中走向了畸形。十几年后的今天，在这个男人的身上已经找不到半点当年的影子，他已经完全迷失了自我，彻底被现实打败，沉沦在世俗之中。这种沉沦绝不是他脑子里的知识和那一份体面的工作所能掩盖的，他除了物质上可以勉强操控自己以外，这个人实质上已经完全失控了。他找不到来时的路，更无法触及前方的风景！当“活下来”变成一个家庭唯一信条的时候，它的存在已经可以被看作是一个奇迹，给它赋予任何一个关于家庭的其他概念都会是奢侈的。尽管如此，张成建依然是一个英雄，十几年后，这个家庭只需要告诉这个社会：“我们家的四口人依然一个不少地活了下来！”对于这个男人来说，足矣！

这不是关于某一个人的故事，渐渐地它会演变为一个家庭甚至是一个家族命运的轮回。时至今日，张地早已经不是那个走路画圈儿的傻小子了，张天也开始试图在这样的一个家庭以及这样一种成长之中思考自己的未来。时年年少无知的他只能选择以那样一种近乎残暴的方式来释放自己内心的无助。可能当他放下手里那沾满张地鲜血的皮带，扔掉无数次被他高高抡起的火钩，仍然无法诠释清楚自己内心的压抑与恐慌，这个家庭里的每一个人都是受害者，谁也无法逃脱。对于他们其中的每一个人来说，像其他家庭那样让亲情融于血液，让灵魂如初那般有尊严地存在着，似乎是永远也遥不可及的奢望！回首望去，除了四副还算得上健康的躯体，这个可悲的家庭，早已失去了所有的一切……

时代，是我们与共和国共同走过的岁月！不同的人生为这个相同的时代做着截然不同的注释。就在成建一家在命运的旋涡里苦苦挣扎的同时，在成建的家乡辽宁省丹东市周边的一个小村庄，有这样的一家人：他们没有成建优异的成绩，也没有成建那样一份体面的工作，半辈子面朝黄土背朝天的夫妻俩却用他们执着的爱与坚守，将膝下的一双儿女送入了各自理想的大学。斑白的双鬓记录下了他们半生的操劳。又是一个夕阳西下的黄昏，两只满是老茧的手紧紧握在一起，清风拂过脸颊，绿油油的庄稼之间，那一条笔直的土路上走来了两个熟悉的身影——他们日思夜想的一双儿女回来了！

就在晓雪上一次回家的时候，一家人吃过晚饭，孙凯和爸爸在院子里下棋，晓雪和妈妈收拾好了碗筷。妈妈坐在了炕上：

“快来，让妈好好看看我这老丫头！”

也许世上再也没有比这更让晓雪觉得暖心窝的话了！真的是在哪里都不如在自己父母的身边好，因为世界上唯一跟你没有任何利益关系的就是父母了！晓雪还是像小时候那样，很自然地枕在了妈妈的腿上。妈妈一遍遍地抚摸着晓雪的头：

“我老丫头真是长大了！”

好久没有这样和妈妈待在一起了，晓雪只想什么都不做，就这样陪着妈妈，静静地听她唠叨着过去的事情，好像回到了过去无忧无虑的日子里。晓雪静静地看着房间里的一切，这是她长大的地方，屋子里除了杜鹏给老弟买的那台电脑，多了好多晓雪这几年陆续为家里添置的家具。可是在晓雪看来，似乎永远和自己儿时一模一样：墙上左右两边，分别贴满了晓雪和弟弟上学时获得的奖状，姐弟俩读书时得到的所有荣誉，甚至丫头一年级时得到的一朵大红花，妈妈都贴到了墙上，被打扫得一尘不染；枣红色的柜子上镶嵌着一枚古朴的铁锁，那是姐弟俩记忆中的百宝箱，小时候妈妈总能从里面变出好看的衣服和许多好吃的点心，而且肯定都是双份的——姐弟一人一份。时光如流水般静静地流淌，二十几个春夏秋冬的轮回，这一组爸妈结婚时托村头李伯伯打的柜子珍藏过妈妈结婚时的嫁妆，珍藏过爸爸外出打工为姐弟俩赚回的学费。柜子里有一个红色的盒子，盒子里从最开始的粮票变成了现金，又从现金变成了存折。二十年后的今天，柜子上面摆放着姐弟俩大学毕业时的照片，而父母的脸上却不见了昔日红润的容颜。直到如今，柜子依然被母亲紧紧地锁着，里面装着他们每次回家买给父母的礼物，装着这一双游子对爹娘如影随形的牵挂，不变的还是那一把铁锁，锁进了爸妈的青春，锁进了姐弟俩美好的童年，锁进了一家人永远连在一起的情愫，一刻也未曾分开。屋子正中挂着的钟摆，忠实地记录着分分秒秒，每一次的摆动都敲打着游子的灵魂。光阴荏苒，留下了生命中最美好的风景，她依然属于这里，一刻也未曾离开！那一滴晶莹的思乡之泪，倒映着碧绿的庄稼，在梦里，久久萦绕！

晓雪正想在妈妈的怀里美美地睡上一觉，回头的瞬间才看到妈妈穿的还是那条十几年前的裤子，晓雪觉着很是心疼，小嘴儿一噘生起了气：

“又不听话了是不？您怎么还穿您这条古董啊，我给您寄回来的那两条裤子呢？”

“庄稼人，穿那么细致干啥？我老丫头给我买的我还留着过年穿呢！”

“过年穿？”

妈妈话音刚落，晓雪“噌”一下就起来了，看着妈妈好像是想笑，眼睛眨巴眨巴着又有点儿要哭的意思，妈妈慌了神儿：

“咋了这是，丫头？”

晓雪转过头去，自己待了好半天：

“妈，您把那两条裤子拿出来，您先拿出来！”

“咋又气儿不顺了这是？”

丫头这小脾气儿还真上来了：

"您拿出来！"

…………

"李春梅女士，我给您买的这是夏天穿的凉裤！"

"凉……哈哈哈，我生怕弄脏了，没好好看就塞柜子里了，那就来年再穿！"

看着母亲憔悴的脸庞，晓雪一时间是又气又急。这个从小就懂事听话的乖乖女，那天却不知道是哪来的勇气，居然跟妈妈喊了起来：

"妈您这是干吗啊？舍不得吃、舍不得穿的，我和小凯也都挣钱了，您怎么还这么苦着自己啊！"

"完了，我姐发飙了！"

孙凯爷儿俩赶紧回到了屋里，眼前的情景可是让这位大帅哥有点儿不知所措了：姐姐手里攥着那两条依然崭新的裤子，面对着大衣柜的镜子，对谁都毫不理会。妈妈却显得很平静，她没有说话，摆手让儿子和老伴儿坐下，站起来偷偷向镜子里瞄了一眼，丫头还是不理她，一个人在那儿抹眼泪。

"瞧瞧，瞧瞧，看着没，还是这脾气！丫头啊，你说妈说得对！这时间过得可真快啊，一转眼你们姐弟俩都长大了，我和你爸呢，还是这副老样子！半辈子下来紧巴惯了，总觉着这钱儿啊，来得不容易……"

晓雪转过了身子，搬了把椅子坐了下来，眼圈儿微红，静静地在那儿听着。

"看这小嘴儿噘的，妈穿，穿还不行嘛！小时候我老丫头就最会哄妈开心了，现在更知道心疼妈了。老丫头上小学的时候，那阵子，咱家一年打下来的粮食才卖一千多块钱，还得长期给你奶奶买药。你爸开春种上地，就开始出去打工，一直到秋收的时候才回来，回来的时候，人是又瘦又黑。在家的时候怎么着都好说，可这一出去就饥一顿饱一顿的，那时候对咱农民工也没有现在这么好，等回来收了秋儿，就又出去了。等到后来，农业税也免了，上学也不收学费了，丫头都上大学了，小凯也上高中了。虽然地好种了，可是一年到头这手头儿还是不宽绰。丫头上大二的时候，你爸就犯了腰疼病，每次回家疼得厉害啊，整天整天在炕上躺着，硬是坚持着一直干到丫头大学毕业。因为你爸心疼他这老姑娘，老姑娘从初一就开始在外面住校，那时候特瘦，小脸儿蜡黄，每次你爸都想着多给他这老姑娘揣点儿钱。自己在外边不容易。一个小姑娘家，从丹东、东港，后来又到北京，我和你爸看着心疼啊！我和你爸这辈子没什么大本事，也没能给你们攒下多厚实的家底儿，可是再怎么着，也得让你们俩有书念。我俩好福气啊，摊上了一双孝敬的儿女，丫头自打毕了业就月月都往家里打钱。每次回来不是添点儿这就是买点儿那的，家里这日子，也富裕了。小凯呢，在大学也知道省吃俭用，就这小身子骨儿还勤工俭学呢！"

爸爸在一边坐着抽烟，一句话也不说，目光却一刻不离地抚摸着他的两个孩子。对他而言，那只是一段生活，只要两个孩子能有出息，父母会心甘情愿地倾注他们生命中的所有。远处的鸭绿江畔，传来了悠扬的汽笛声，好似那一首首曾经划过耳畔的旋律，也许一时叫不出名字，可是每当再次响起，总有一些场景跳出记忆的海洋浮现在眼前。被这声音所叫醒的，不只是我们的耳朵，还有我们的感动！爸爸的一声“老姑娘”，妈妈的一声“老丫头”，这两句父母嘴上的口头禅，带着丹东方言的浑厚与质朴，伴随着晓雪走过了人生中最美好的年华。就是耳畔这一声声爱的呼唤，铸就了孙晓雪那一颗金子般闪亮的心。这是一种传承，在时代光影的交错中，两位老人以一种无声的教诲，无时无刻不在完成着这种价值观的认知与传承。回首望去，丝毫不曾改变的，依然是那一声爹娘，还有那一声穿透女儿心扉的“老丫头”“老姑娘”！

孙凯低着头，和姐姐坐在了一起，他将手搭在晓雪的肩膀上，安慰着流泪的姐姐。虽然这些晓雪都知道，可是今天听妈妈说起，心里还是觉得特别的难受。她坐到妈妈跟前，依偎在妈妈的肩上：

“妈您别说了！我再也不冲您发脾气了！”

“这孩子，白说了。丫头，你说得对，妈是节俭惯了，你这是心疼妈，妈又不傻，好了好了，不哭了！看这小脸儿给造的。”

在一边的孙凯坐不住了，他可是最会哄老姐开心了：

“妈，您不知道我姐的路子，她这是等着您行动呢！您快去把新裤子换上，还有我给您买的那双鞋，给她来一辣妈秀！”

看着老丫头递过来的裤子，妈妈开心地笑着，不知不觉，笑容中闪起了泪花，她自己都不曾察觉。这泪花倒映出了太多太多的故事，太多太多的艰辛，还有太多太多的爱……

“哎……妈换上……都换上……呵呵呵……”

“妈您看您，怎么也跟我姐似的！”

“上岁数了，眼泪窝子浅，妈高兴……妈高兴！”

妈妈回到西屋，将丫头给买的裤子和儿子给买的鞋换上。看着妈妈走过来的身影，晓雪也终于破涕为笑了。姐弟俩不约而同地拿起手机，为这个他们心中最美丽的模特拍照。老爸一边笑着，一边切开了一个西瓜。一家人围坐一团，四个人的目光交汇在了一起，此刻的团圆，就是天大的幸福！

在这个平凡得不能再平凡的黄昏，在这个平凡得不能再平凡的四口之家中，上演了这温馨而又感人的一幕。爸爸投来那慈祥的目光，伴着那一抹灿烂的晚霞，暖透了女儿的心田。他吃着老儿子买回来的西瓜，时而开心地和儿女拉着家常，时而又沉默不语。母女俩那幸福的泪光中，仿佛倒映出

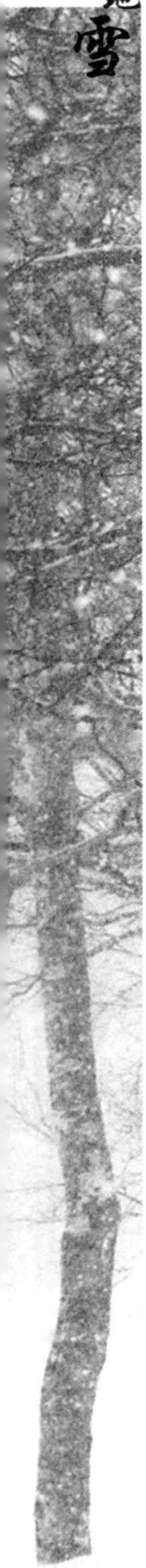

了这个慈祥的父亲、这个朴实的农民近三十年的艰辛，近三十年的坚守，近三十年的执着。晓雪的爸爸和张成建——两个同样年过半百的男人，在那个同样日新月异的时代里，却选择了各自截然不同的人生，塑造了两个截然不同的家庭。在这两个真实得不能再真实的男人脸上，我们清晰地看到了那个火热的年代。他们和着同样的时代旋律，在各自不同的人生中执着着、放弃着、守护着、挣扎着——在世代居住的土地上坚韧地执着着，在物欲横流的世俗中消沉地放弃着，在血脉相通的亲情中幸福地守护着，在日复一日的折磨中无知地挣扎着。从丹东到赤峰，这两个直线距离不过千里的男人为那个相同的时代写下了完全不同的注释，足以使我们在感动过后流下温暖的泪滴，在所谓的评判之余发出无奈的叹息。那是属于那个时代，同时又只属于他们各自的人生。当青春逝去，皱纹爬上眼角，他们所传承给儿女的必然会是截然不同的时代认知和人生感悟：它会是我们父辈身上共有的那种带着时代余温的价值取向，可以让我们在爸爸的身上窥探到家庭的变化、时代的变迁和祖国的强大，这一切的一切无不以爱之名浇灌着一代年轻人的成长。而有的呢，只是社会某一个小小的角落里无奈的抱怨罢了！以他近乎于纨绔的所谓坚强，填鸭着儿女的大脑，侵蚀着儿女的神经，拼了命地告诉儿女，所谓“活着”的道理…… 同一个时代、不同的家庭，每个家庭似乎都在发生着改变，在这一场与共和国同呼吸、共命运的时代变迁之中，不论人生碰到了怎样的遭遇，唯有保留住心中的最初，才会抵达心中所向往的彼岸，否则，就会将自己的一切葬送在时代的汪洋大潮之中！

任光阴荏苒，却岁月依稀。成长的印记是我们一生都无法磨灭的，所以父母给予我们的除了生命，还为我们矗立起了一座永远取之不尽、用之不竭的精神家园！这种灵魂深处真正意义上的接力与传承，与世俗无关，在于我们的血管里，流着相同的血！

始 终

始终有一种力量让她执着前行，始终有一种牵挂让她不曾有过丝毫的懈怠。当伴着无数的始终一路走来，才知道起点上的最初始终都在——有始无终！走过了仰望繁星憧憬未来的年华，告别花季里的娇羞，隐藏起曾经毫不掩饰的妩媚，依然略显稚嫩的肩膀扛起爱的誓言，从女孩到女人的蜕变，便是对青春无悔的祭奠！

天空中飘洒的雪花，如约守候着小镇初冬的早晨。新城的几声炮响吸引了路人的目光。孙晓雪位于新城的服装店终于开业了！坐在这个属于自己的店里，打量着那一件件自己只身前往北京淘回来的衣服，晓雪感慨万千。爱逛街是女孩子的天性，在北京上大学的时候，她也曾和“万事通”她们在商场里“踏破铁鞋”，管他是大型商场还是小商小贩，姐儿几个从一楼神逛到四楼，天下各种好看的衣服尽收眼底，“甭问本大小姐买不买，先过一遍眼瘾再说”。想当年就凭借着这样一句经典的“扫街秘籍”，晓雪她们逛遍了大大小小的商场，练就了一副功力非凡的“火眼金睛”。如今再次走进这些曾经被她们大肆扫荡过的地方，早已失去了昔日走马观花的惬意。常常是挨了一夜的硬卧甚至硬座，还要第一时间精准锁定，“横坐标”瞄准款式，“纵坐标”则必须摸清大概的价位，来不及和昔日的死党们打上一声招呼，就得匆匆踏上归途。直到在漫长的夜里被脚底磨出的血泡疼醒，零散的记忆才依稀找回了昔日北京街头那一群无忧无虑的大学生……

自古道：养儿防老！在我国传统的文化价值体系中，男人永远是家里的顶梁柱，理所应当地被委以养家糊口的重任，这是无数顶天立地的男子汉们天经地义的责任和义务，在上下几千年的文化传承中，从来容不得半点质疑。一个民族的文化认知，演化为了我们每一个人、每一个家庭的价值属性，即使在中国社会最大程度上得到了开放的今天，那种对传统的挑战依然会使人们啧啧赞叹。尽管，这只是她波澜不惊的生活。

每个人都或多或少地做过自己的发财梦，勾勒过自己挥金如土的土豪模样，创业更是令无数踌躇满志的年轻人心驰神往。可是如今已然成为创业青年的孙晓雪，却找不到一丝偶像派的感觉。这次创业对于晓雪而言，除了延续自己爱打扮、爱臭美的“光荣传统”之外，更重要的是她要用自己的力量，托起全家人的未来。这个现实的社会总能让人在瞬间变得坚强，不知从何时开始，她学会了隐忍，懂得了担当，在世事最最真实的嘴脸面前，微笑着为家人矗立起一座爱的铜墙铁壁。就在晓雪的店面渐渐步入正轨的时候，一直在沈阳的孙凯却因为工作中的一次失误被辞退了。和姐姐一样生性倔强的他没有告诉父母，就近在一家餐馆里做起了服务生。每天近十小时脚不沾地的辛苦大大削弱了凯哥的士气，他只能在晚上回出租屋休息的时候，在 qq 上和老姐发发牢骚。看到一向欢蹦乱跳的老弟如此打蔫儿，晓雪毅然收起了她往日对弟弟的疼爱，不断地鞭策着孙凯，可是这心里，却是像针扎了一样疼。

“老姐啊，俺都快累死了！”

“小样儿吧，这么点儿苦就吃不了了？”

“你不知道，不只是累，遇着那难侍候的主儿，就跟是谁二大爷似的，真想大嘴巴抽他！”

“看把你牛的，老弟，外面不比家里，要学会容忍，现在钱都不好挣，我这不也是天天在店里打坐呢？我遇着那人可比你说的奇葩多了！”

“嘿嘿，那可不一样，我老姐现在可是大老板了！我先下了，明天还得早起呢！”

“那你早点儿睡吧，手机上上闹钟，别迟到了！”

孙凯已经下线半天了，可晓雪这手里的鼠标却怎么也点不下去，一个人对着电脑桌面上的全家福发呆。店门外夜色渐浓，本来计划着在网上看盼了一个星期的偶像的演唱会，现在却早已失去了追星的兴趣。晓雪满脑子都是弟弟的模样，脑海里偶像闪亮的光环已经全部被弟弟又瘦又黑的脸颊所取代，这个不论是体型还是地位在自己心目中的位置都绝对堪称重量级的小机灵鬼儿此时却显得那样憔悴。晓雪越想越难受，一想到弟弟在那边举目无亲，每天还要做着那么繁重的工作，真恨不得下一秒钟他就可以出现在自己身边，让姐姐好好疼疼他，哪怕只有一天的时间，哪怕只是给他做一顿好吃的。电脑旁边的台历上被晓雪特意用红笔标注了弟弟的生日，边上还画了一个调皮的鬼脸，她多么希望将这张笑脸画到弟弟的脸上，还像小时候那样，快乐天真，无忧无虑。晓雪注视着、回忆着、思索着，好像突然想到了什么，关掉了电脑，穿上外套，拿起包就往店外跑，正好与刚刚下班回来的杜鹏结结实实地来了个热烈拥抱：

“干吗去啊这是，世界末日又来了？”

晓雪哪里还顾得上跟他臭贫：

“马上关门，陪我去趟超市，快点儿，快点儿！”

老婆的这个紧急任务搞得小鹏子一头雾水：

“哦……好！”

老婆大人交给的任务清楚的执行，不清楚的稀里糊涂地也要坚决执行！铁一样的纪律才能锻造出中国好老公嘛！两个人骑着他们刚结婚时买的那辆黑色的电动车几乎是以百米冲刺的速度到达了超市：

“推个车，跟紧我！”

在接下来半个多小时的疯狂大采购中，晓雪没顾上和紧随其后的这位搬运工说一句话。杜鹏彻底成了老婆的试衣架、购物车，不到半个小时，接踵而至的大包小裹就一股脑儿地砸到了杜鹏身上。眼瞅着购物车已经堆成山了，可晓雪却丝毫没有打道回府的意思，她来到男鞋专柜，挑了一双标价一千一百八十元的运动鞋递给了杜鹏：

“穿上试试！”

原本跟在后面慢吞吞的小鹏子立刻来了精神，小车儿一推狂奔而至：

“真的啊老婆，这……这一千多呢，这多不好意思啊！”

杜鹏的嘴上跟抹了蜜似的，手脚可是相当的麻利，三下五除二就把鞋给换上了，在那儿转着圈儿地美啊：

“怎么样，老婆？帅得够低调吧！”

晓雪貌似还挺配合，杜鹏在那儿美滋滋地“自转”，晓雪则不断地围着他“公转”，“孙老板”若有所思地点了点头：

“应该不错，就给孩子来这个吧，小姐，麻烦帮我找一双三九码的！”

“三……”

正在那儿低着头尽情陶醉的小鹏子差点儿把脚脖子给崴了：

“多大的？你确定要给你亲老头儿穿小鞋儿吗？”

杜鹏脚脖子都红了，晓雪却不慌不忙地到前台结了账：

“让你当把模特儿过会儿瘾就够给你面子了，还真自作多情了，干活儿！”

杜鹏拿着老婆所有的战利品，一瘸一拐地跟在后面，动作极为不协调的他真恨不得自己能飞起来，帅得确实够低调！

老姐的突然造访，让孙凯有些慌了神儿，早早地来到了火车站。在人流中他一眼就看到了拿着大包小包的老姐，老姐手里的生日蛋糕，更是让这个孤身在外漂泊的小伙子心头一热。正要上去来个胜利会师，可是东张西望的老姐居然眼睁睁从自己身边走了过去。孙凯有点懵圈了，这是什么情况啊？紧跟着老姐走到了站外，悄悄潜伏在她身后。姐弟俩一前一后，整齐划一，在站前整整踢了三圈儿正步，加之他俩长得像，跟部队里还真有一拼。直到晓雪掏出手机准备紧急呼叫，孙凯这才当机立断，来了个背后偷袭：

“老姐！你这是找谁呢？我早就看着你了！”

晓雪转头的瞬间，下意识地摘下了眼镜，揉了揉自己的眼睛。落日的残

阳打在了弟弟的脸上，黝黑的脸颊被晒得发亮，小时候胖嘟嘟的脸上镶嵌着的两个小酒窝，里面不知道藏着多少曾经的欢声笑语。可是当看到此时站在眼前的老弟，晓雪只能从他高高的颧骨架起的那副熟悉的眼镜上，去找寻儿时那些快乐的时光了。短短几个月的分别，让晓雪不敢，更不忍心去认出眼前的弟弟。她的目光在弟弟身上停留了很长时间。她似乎在盼望这只是一向古灵精怪的弟弟又一个恶作剧而已。晓雪迅速地回过头，向远处看了一眼，双眼紧闭，恨不得让弟弟赶紧结束这个玩笑，可马上又来了个“川剧变脸”：

“减肥呢啊？竟敢比我还苗条，气你姐是吧！打车，走！”

小半年没见着老姐了，本想和她好好近乎近乎，没想到姐姐根本没给他机会。“孙老板”刚刚踏进出租屋的门，就开始连珠炮式地唠叨起来：

“怎么住的你这是？自己也不知道收拾收拾！”

孙凯从门口把老姐买的东西都搬了进来：

“哎哟我的老姐啊，你怎么跟咱妈一个……唉……”

“看着点儿！”

孙凯说话的工夫，老姐已经从厨房里拿出了一个大盆，三下五除二就把他原本展示在房间各个角落里的脏衣服、臭袜子来了次全部集中处理，还没等孙凯反应过来，老姐已经把房间收拾得干干净净。坐了一天火车的晓雪早已经忘记了旅途的劳顿，一扎进弟弟这里就开始不停地忙活。她一边干着手里的活儿，一边招呼弟弟把桌子放上，她要和弟弟过一个她们俩共同的生日。

孙凯打开姐姐那个深蓝色的拉杆箱后，刚刚被老姐收拾好的屋子瞬间又变成了杂货铺：吃的、喝的、穿的、用的，每一样孙凯都爱不释手。他就在那儿一样一样地看着，在这个世界上除了老爸老妈，姐姐是最了解，也是最疼爱自己的人了。晓雪一边洗着衣服，一边看似有些心不在焉地搭着腔儿。看到老姐给自己买了这么多好东西，孙凯像打了鸡血似的，以最快的速度摆出了一桌美味佳肴，中间摆着姐姐为他特别定制的生日蛋糕。超级有才的晓雪把画在店里台历上的鬼脸原模原样地搬到了蛋糕上，每当看到它，就仿佛看到了弟弟，看到了弟弟脸上永远刻着的回忆。从上次回家到现在，姐弟俩在这个陌生的地方终于又坐到了一起。他们各自的脸上都写满了历练中的成熟，他们的对话也不再像以前那样单纯了。看着弟弟的脸庞，虽然和他有一搭没一搭地掐着，可是晓雪这心里却隐隐作痛。此时的晓雪是姐姐，也是妈妈。在这个些许陌生的城市里，晓雪为弟弟点燃了二十二岁的生日蜡烛，晓雪关灯的瞬间，孙凯接到了妈妈的电话，他一看，赶紧打开了电视，把声音调到最大：

“嘘！千万别说话！”

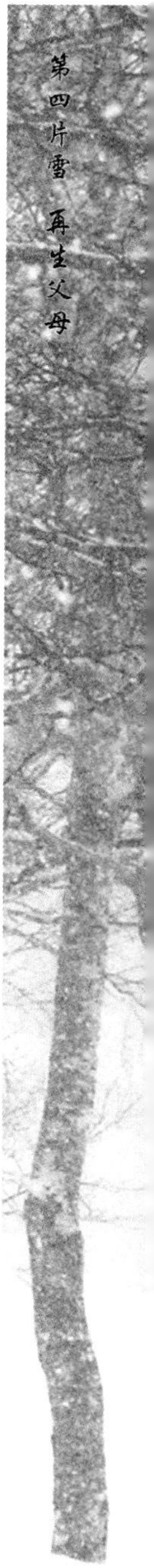

…………

“妈，刚吃完，和同事在外边唱歌呢，他们给我过生日呢！在办公室坐了一天，都出来玩儿了。”

…………

“我姐……打了，还给我寄过来了鞋和衣服，穿着老帅了！您和我爸别惦记了！”

弟弟放下电话的同时，饭桌前的晓雪紧闭双眸，面对着点点的烛光在心里狠狠地告诉自己：

“我要狠狠地挣钱，把爸爸、妈妈、弟弟都接到自己身边来，永远不再分开，永远……”

孙晓雪，出生于改革开放十年后的中国，成长于那个知识爆炸的20世纪90年代。在这个曾经被“啃老一族”抢尽风头的八零后队伍中，孙晓雪却已经真正蜕变成了一个强者，在这个现实的社会中经历着成长与历练，绽放着同龄人身上所不曾拥有的光彩。不管时代的车轮行进到了哪里，不管昔日的玩伴正在享受着一种什么颜色的青春，她所追寻的，永远是那一份始终如一的坚守。她面对社会时的那种强大，让我们心生一种隐隐的痛；与此同时，晓雪给予家人的那男人般坚实的臂膀，不知不觉间，已然悄悄潜入我们心底里最柔软的角落，在泪滴夺眶的刹那间，汲取着人性中最纯粹的力量，为她腾出方寸的原野，放飞那一抹无法掩饰的纯真。

血缘——血脉相通，缘定今生，始于生命中第一声喃喃的呼唤，正是这一声完全出自声音的效仿，却有始无终！

人性的天平

夏日的晚上，张地吃过晚饭后一个人躺在床上，房间里特别安静，电视已经有将近半年的时间没有开了。他不断地回忆着刚刚过去的这个端午节所发生的每一个细节，弟弟和父亲的每一句话，甚至每一个眼神都深深地印在了他的脑海中。他不停地问自己：我的家庭究竟是怎么了？彼此之间为什么要以这样的一种状态交流，他们不觉得累吗？此时的张地几乎放弃了对未来所有的奢望，只想着自己能够平平安安，让自己的家庭有一个家的样子。他从母亲淑梅那里要来了家里仅有的一本相册，回忆着自己和弟弟小时候的样子。

那是在张地一周岁生日的时候，二舅、三姨特意来到南站，做生意的二舅更是拿来了当时最好的相机为张地拍了整整一天的照片。照片中的成建抱着张地，穿着一件红色的毛衣，脸上洋溢着和蔼的笑容。后来淑梅回忆说，当时最麻烦的就是给张地这个小帅哥拍特写了，当时张地一个人根本站不住，必须得有一个人蜷缩在张地的后面扶着他，还不能抢了主角的镜头，如此艰巨的任务就落在了三姨的头上。张天一岁生日的时候，同样进行了一次“家庭总动员”。在那个年代，照相的机会不多，每个人的脸上都洋溢着幸福的笑容：照片中的张地一个手抱着小哥俩心爱的足球，一个手搂着弟弟……张地一遍又一遍地翻看着照片，仿佛照片里面的人离自己越来越远了。他特意买了一本影集，从成建毕业、结婚一直到张天长大后，按照时间顺序把这些照片重新组合，串起了这个特殊的家庭一路走来的影像。他要让这一张张照片说话，告诉他在这二十多年的岁月中，这个家庭究竟丢掉了什么，告诉他在这一张张笑脸的背后，是在经历着一种怎样的挣扎。看着看着，泪水不知不觉模糊了双眼。从毕业到这次五月节的一幕幕都清晰地浮现在了眼前。当记忆的脚步从昨天走到今天，驱使着他从无知走向成熟，张地坚定地告诉自己：绝不能再这样稀里糊涂地生活下去了，在这二十几年的岁月中，自己绝不是最痛苦的那个人。每一次的打与被打、骂与被骂，无不是一次又一次的相互折磨。他突然觉得自己的成长仿佛是一场梦，又仿佛是一场虚幻的戏剧，其中的每一个人都戴着一个压抑的面具，背离着各自心底里的最初，不知道从什么时候开始所有的人都走向了迷途。一种无形的压力制约着彼此，在相互谩骂、压迫的同时，是对生活、对未来的迷茫与彷徨。

张地清晰地意识到，想改变一种延续了二十年的交流形态，绝非易事。令他感到可怕的是这里面绝对不是一种外化的交流形态那么简单。交流形态的背后是一种状态：交流的状态、沟通的状态、成长的状态，久而久之，它就变成了自己生活的状态。走到今天，他觉得自己很无知。不是说孙晓雪的那种善良将自己清零了，而是他对自己所生活的这个环境根本就不存在任何的感知，更没有去思考过。所以他不是零，也许是对自己所承载的东西没有察觉，也许他根本就是个负值。冰冻三尺绝非一日之寒，延续了二十年的交流形态其背后究竟是什么？不是张地变了，也不是别人变了，而是对这种在他身上延续了二十六年，足以令他彻骨的真实根本没有丝毫的感觉，真的太可怕了！不论自己思考过还是没思考过，也不论思考得准确还是不准确、到位还是不到位，张地有一点可以肯定，那就是这二十年他亲自走过，其中的各种滋味也只有他自己最清楚，没有任何人可以帮得上他，因为那是一段只属于他自己的人生。换言之，在试图改变这种生存状态的时候，这个世界上只有张地自己。当站在这个无知与成熟的结点上，当一幕幕像过电影一样在眼前浮现的时候，当他有感于这种生存状态可能与这个时代格格不入的时候，张地才开始思考自己为什么会在大年三十那个属于所有炎黄子孙共同的时刻里会因为一条短信铃声被张天骂得劈头盖脸；才开始思考自己为什么会在大年初一因为一个不经意的失误被成建打伤；才开始思考他为什么会在自己的家里被打倒，然后从院里被生生地拖到屋里，中间还有一段晕倒一样的空白；才知道在这一幕幕的背后是一种延续了二十年的无奈与坚持。

“小样儿，你招呼累，打你的人比你更累！”但是人生能有几个二十年可以经得住如此不懈的挥霍？家家有本难念的经，张地试图从生活的层面去思考一种坚持，从世俗的层面去思考一种无奈，从人性的层面去思考一种善良，从生命的层面去思考一种尊重！这种善良与尊重，就是孙晓雪所给予他的关于生活最本真的思考。但是最终他还是要回到那真实得不能再真实的生活中去思考破解这一切的办法，除非生命在未来的某一时刻戛然而止！

想着想着，他那一双朦胧的泪眼突然亮了起来，他不相信在这个家庭中已经完全失去了温馨与美好，他要通过自己的努力让其中的每一个人都解脱出来。不管以后贫穷还是富足，他只希望朝夕相处的父亲和弟弟可以轻松地面对彼此。他意识到要站在一个更高的层次上去解读这个家庭，解读一路走来所经历的一切。他要超越父亲和弟弟——这两个老老实实在各自的命运里过活的人，去重新审视这个对他而言，熟悉得不能再熟悉，却似乎又陌生得不能再陌生的家庭。他要做的不是抱怨，不是自责，而是要沉下心来尽力让自己像一个旁观者一样，认认真真、仔仔细细地去寻找每一个人的状态。不论成建也好，张天也罢，无不是真真实实活在生活里的人。命运给了他们一副什么样的牌，他们就要选择以什么样的方式生存。目之所及，心之所想，永远都无法超越他们生活的半径。所以，张地要跳出这座牢笼，走出这个圈子，去争取自己想要的生活。成建的话在他的耳边回响。他首先反省了自己，作为家里的一员，没有承担起应有的责任，不管亲情是否依旧，一个二十六岁的男人应该对家庭、对父母有所担当。张地开始变得强大，眼神中传递出了一丝坚定，他要以他的执着与坚韧，改变一家人的命运，从而将自己以及全家人的灵魂放归这个本应该属于他们的时代。他拿起了手机，开始尝试着与成建交流。于他而言，这将是一次前所未有的破冰之旅。

此时，时间已过晚上十点半，张地光着膀子，拿出张天用过的一个手机，那是成建给张天买的第一部手机，早已被张天淘汰了，后来成建又用。这应该也可以算作是家里不成文的规矩吧，张天喜欢鼓捣手机，光买手机成建就给张天花去了一万多块钱，张天淘汰下来的旧货就够张地和成建这爷儿俩用的了。此时张地手里的这部三手货触摸屏已经几乎不能用了，笔也早已经光荣下岗了。原本躺在床上的张地起身拿过来一支铅笔，掰断了笔尖，艰难地写着自己想要对父亲说的话。由于手机不好用，稍不留神就得重新返工，来来回回地折腾了好几次。张地越写越紧张，从小到大他还从来没有这样和父亲说过话。把一切都想得非常透彻的张地生怕如果成建再像以前那样冷冷地回他一句不屑一顾的话，他很可能会几近崩溃，所以在写完短信之后，张地整个上身都被汗水浸透了。他几乎用尽了自己所有的气力，给成建发了这样一段话：

“爸，我知道你们都是为了我好，包括张天，他在喊我、骂我，甚至打我的时候，我知道他心里也不轻松，你们都是恨铁不成钢。您知道我的性格，狗肚子盛不了二两香油，所以我希望以后有什么事我们爷儿俩可以心平气和地坐下来好好说。我不管你怎么骂我，以后家里的所有开销都由我来承担，该担当的我必须要担当。我非常能理解您对我的关心，可是我这段时间思考得实在是太多了，烟就先抽着吧！我理解了一个父亲深沉的爱，晚安！”

当张地吃力地发出这条短信时，时间已经过去了一个小时。短短的几句话却让一向擅长文字表达的张地整整发了一个小时。因为这不是一次普通的表达，这几句简短的话语浓缩了张地深刻的思考，浓缩了这个特殊的家庭二十年的坚持，更浓缩了张地对家庭、对亲情最强烈的渴望。于他而言，几乎是站在了崩溃的边缘，做着最后的努力与挣扎。他知道，想要打开自己与父亲之间的隔阂，就必须有所牺牲，他不再像小时候那样害怕与父亲沟通，害怕父亲发脾气。这一条短信，会是张地生命中的一个新的开始。

特别是对于我们这一代人而言，对父亲的敬畏似乎是天生的，不需要任何的理由。小的时候，父亲投过来的一个眼神都会让我们不寒而栗。和每天跟在屁股后面唠叨的母亲相比，父亲往往不会轻易发火，可是我们的行为一旦激怒了父亲，其后果会不堪设想。我相信这是一代人童年挥之不去的阴影，即使到我们长大以后，即使为人父母之后，对父亲的敬畏依然如初。只不过不再是怕受到责罚，而是怕老父亲生气，怕老父亲着急，怕老父亲的脸上增添更多岁月刻下的皱纹！张地也不例外，只不过这种恐惧比别人显得更加特殊一些。自打他有了手机，几乎从来不敢主动给父亲打电话，即使打过去也是说完事情就撂下，全身恨不得都跟着哆嗦，更别说当面与父亲沟通了。张地对自身生存状态的思考，其实从年初晓雪帮他的时候就开始了。他从生活想到生存，从家庭伦理想到人与人之间的沟通，心里憋了一肚子的话想对父亲说，可就是鼓不起勇气。可是一想起张天对自己的种种“暴行”他就不寒而栗，但是张地知道，靠自己与张天沟通绝对是行不通的，于是他决定破釜沉舟，与父亲进行一次面对面的沟通。

这个周日，成建并没有休班，张地在家买了一只鸡，还买了好多菜，和母亲一起张罗了一桌子的饭菜，又特意买了四瓶啤酒，认认真真地准备着在他心目中似乎可以改变自己命运的一顿晚餐。他想营造一种正式的气氛，郑重其事地和父亲谈一次。不管曾经是否公平都已然是曾经，他只希望以后一家人的生活可以平平安安、相安无事，彼此可以展开头上的皱纹，轻松地面对彼此，既然上天选择了我们在今生朝夕晨昏，别无选择，为何不珍惜这份缘分，好好地走完平凡的一生？张地买回了所有的东西，用电饭锅蒸好了饭，然后自己坐在电脑前突发奇想地看了一部当年最热门的电影，尽量让自己放松下来。面前放着电影，张地心里却不断地重复着要与父亲说的话。不论谁对谁错，张地这次想请求父亲帮他劝劝张天，希望弟弟不要再对他那个样子了，毕竟自己也是二十大几的人了。看电影的同时，他在自己的空间里重重地写下了四个字：勇敢面对！既然发誓要改变自己的生存状态，就必须无所畏惧！该来的迟早会来，该去面对的想逃也逃不掉。成建乘坐的列车缓缓驶进了站内，坐卧不安的张地一面督促着母亲的菜，一面不住地跑到大门口去张望。这样的感觉，张地已经久违了。

那还是在张地小的时候，一家人住在南站。家里有一大一小两个铺垫，是当时从辽宁农村奶奶家用苞米外面的叶子拧成的。张地的童年大部分时间都是在奶奶家度过的。每年秋天是奶奶家最忙碌的时候。邻居几家合伙把苞米收回来后还要进行一项庞大的工程：扒棒子！叔叔大爷坐在金黄的海浪之中，嘴上拉着家常，手上麻利地干着活儿，金灿灿的夕阳洒在金灿灿的硕果之上，映衬着乡亲们丰收的笑脸。每当这时，都是张地最开心的时候，他这个小大人最喜欢和婶子大娘们一起干活儿。有一次大伯怕他摔倒，硬是把他扛回了屋里，这可急坏了一向勤快的小帅哥，情急之下竟然抓伤了大伯的脸，可是大伯依然一边擦着脸上流出的血，一边笑呵呵地看着他的大侄子。扒完棒子之后，剩下来的玉米皮乡亲们就编成铺垫，坐上去非常舒服。在每天父亲快下班的时候，张地都会抱着从奶奶家拿回来的那两个铺垫守在门口等着父亲回家，小耳朵竖起来，听着楼道里的声音，有时兴冲冲地跑去打开门，却发现是对门的叔叔。还有时候成建听见他打开了门，故意停下脚步让这个傻小子扑个空……十多年后的今天，望着夕阳下父亲缓缓走来的身影，张地却是那样的不安，他不知道等待着他的，将是怎样的一顿晚餐……

成建进屋，看到饭桌上的酒菜，心里就大概知道了张地要跟他玩儿什么花样。几十年的历练使得成建似乎变得更加内向。心里有事回家也不会说，两个孩子尚未长大，淑梅更是不可能理会他的诉说，所以根本找不到一个可以倾诉的对象。由于菜还没有上齐，成建像往常一样玩儿起了电脑。张地此时哪里还闲得下来，在厨房和卧室之间徘徊，心里还得不断地复习着一会儿要说的话。

“还有一个菜，先吃着吧，一会儿凉了！”

“爸，开饭了！”

张地的心几乎提到了嗓子眼儿，心跳得越来越快。张地把酒倒满，平生第一次和父亲碰了一杯，不胜酒力的父亲只喝了一口。期盼了一天的张地此时却希望时间过得慢一些，再慢一些，可他还是没有足够的勇气说出口。虽然自己一向是家里的弱势群体，饱受弟弟的欺负，但是今天的张地还是选择了一种祈求的方式，只希望父亲能够接受他、理解他。为了直接把话送到父亲的心里，张地决定从头说起：

“爸！我知道有我的时候您的年龄和我现在差不多，我现在能够体会到你当时的那种压力，绝对是常人所无法承受的。张天也说过，说他也不愿意打我，所以我知道他在打我的时候心里也不好受。当我体会到你们俩这种压力，我真恨不得自己马上就变成一个健全人，可是我做不到。爸，人这辈子只有短短的这么几十年，所以我真的希望我们家里的每一个人面对彼此的时候能够轻松起来。我最近听说有的医院能够治疗胎记，我必须要去，如果能够做出哪怕一点点的改变来缓解一下你们心中的压力，就算是付出再大的代价我也要去改变。那天给您发短信，我拿着那个旧手机，当发过去的时候我的上半身都湿了，我真怕您回我一句什么话，我可能就真的崩溃了。所以我希望您可以帮我劝劝张天，让他不要再那样对我了，只要您认真跟他说，我想他会听的……爸，就算我求您了！”

当张地从口中说出这个“求”字的时候，他觉得自己的心在滴血。说完，他喝了一口啤酒，觉得不论怎样，自己在这一刻可以释怀了，不论等待他的

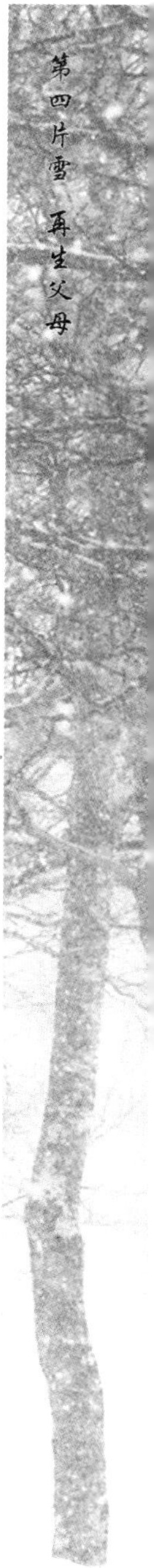

将是怎样的命运，他都“死”而无憾了。张地的目光一刻不离地盯着父亲，成建的脸颊微微有些动容，也许心里早已是翻江倒海，也许他也同样有一肚子的委屈无处诉说，也许他此时此刻是那样心疼他的这个儿子，也许的也许，这个男人的内心将永远是个迷。房间里的空气再一次凝固，时光仿佛被拉回了二十五年前的医院中，当时张地的死活完全不在自己的掌控之中。当年的一幕仿佛再度上演，主角依然是可以决定一切的成建，所不同的是，今天所要面对一切的，只有张地自己。成建放下了筷子，目光突然转向了张地，眼神中少了当年的倔强与强大，多了几分哀愁与沧桑，平静的表面之下，这个父亲身上的每一个器官，仿佛都在为之动容：

“行，爸答应你，一家人，何必计较那么多！”

夜色此时已经渐渐暗了下来，房间里的灯光刹那间显得特别明亮。成建虽然只喝了一杯啤酒，可脸色依然微微有一些泛红，他从来没有如此用心地品尝过家里的饭菜，好像还是二十多年习惯了的那个味道，可是不知为何，这筷子就是怎么也放不下，似乎有一种别样的滋味紧紧地抓住了他的味蕾。还是那一张成建结婚时买的圆桌，可是上面摆着的这五道菜，三个人吃起来却是截然不同的味道，这里面有成建二十年如一日的坚持，二十年如一日的无奈，吃下去仿佛有一种什么东西卡在了嗓子眼儿，卡得他说不出话来，又不知道该如何去诉说，该向谁去诉说。举杯与儿子相碰的瞬间，舌尖留下了一丝苦涩，让他的心里隐隐作痛。看着张地每一次端起酒杯，都会哆哆嗦嗦地首先敬给桌子一口，看在眼里的成建百感交集，可表面上依然装作若无其事的样子，依然倔强地保持着一贯的严肃，也许只有这样，他才可以继续支撑着这个特殊的家庭。使他放不下筷子的，还有一种甜，一种温暖之后的甘甜，这种甘甜源自于割舍不断的血脉，源自于血浓于水的亲情。一向酒后话多的淑梅那天喝得最多，可她却一句话都没说，只是静静地在那看着、听着，仿佛一瞬间拾起了久违的记忆……爱的精灵伴着那一抹皎洁的月光再一次扣响了这个家庭的大门，更扣响了他们每一个人的心门！

当这一家人在生存的压力下向前奔波的时候，人性的天平发生了倾斜，彼此以一种极其特殊的方式相互支撑着。他们在抱怨中相互扶持，在指责中彼此支撑，以维持自己的、家人的、家庭的命运不在这个变化万千的时代中陨落。张地以自己执着的渴望和带着一丝哀怨的坚强，让那一座架在彼此心中的天平回到了它的起点。那一份始终在血液中流淌着的亲情会让一个父亲、一个儿子，相信也一定会让一个弟弟，回到灵魂的原点……

我们年轻过……

最近闲来无事的时候，脑海中突然莫名其妙地重复着这样一个问题：如果抛却家族中辈分的排列，从最大范围的社会层面上讲，两代人的距离应该是多少年？在如今这个新生事物层出不穷的时代里，相信被这个问题所凌乱的，绝不仅仅是我一个人。好不容易听会的新歌，亦或是对着电脑废寝忘食才学到手的本领，刚想拿出来炫耀一下，却被那些年轻的直言不讳者冷冷地告知：“大叔，你 out 了！”如此几番下来屡试不爽，自己也就干脆自暴自弃了，灰溜溜地跑回家，抱着自己牙牙学语的儿子在阳台上过着颐养天年的生活。当心绪安静下来，让心中那一枚刻着时代印记的指针重新指向自己，那些似乎早已如烟的“往事”在心底里静静地流淌，那些似乎早已被尘封的旋律再一次轻柔地划过耳畔，才知道其实自己才是青春永远的主角。那个永远都充满活力的自己，在灵魂深处牢牢地抓着你，一刻也不舍得放手……然后在心里愤愤不平地对那些小崽子们说上一句：“你大叔——也年轻过！”

每一个人都放肆地年轻过，在人生最美好的年华里让生活随着心中的旋律起舞，在那一条长长的时光坐标中留下生命最具活力的呐喊。就连磕磕巴巴、吐字不清的张地也要拼尽全力在上面留下几句囫囵吞枣的白描。张地入职不久，就凭借着他那张三寸不烂之舌成功混入了广大革命战友的内部。他入职一个月后，公司来了一位电脑高手杨东昊，比张地大五岁，江湖人称昊哥，负责公司网络设备的维护工作。此人来头非同一般，科班儿出身的大学毕业生，开过网店，做过网管，走遍了北京、大连等各大城市，还有过一段光荣的军旅生涯。入职不久，东昊就和采购部的内勤张娟成为了好朋友。张娟和张地同岁，性格开朗，能言善辩，每次出去 K 歌人家都是当之无愧的麦霸，绝对堪称八〇后队伍中的时尚界人士。天生爱凑热闹的张地天天跟他们黏在一起，这三个“混世魔王”凑到一起，办公室里每天都欢声笑语。张娟和杨东昊非但没有把张地看作不可接近的另类，反而和他成为了好朋友。那段日子，张地过得可谓热闹非凡，笑料百出。尤其是他那大名鼎鼎的昊哥，可真是没少让张地出丑。可谁让咱地哥想得开呢，既然已经一步丑到位了，就干脆“丑不惊人死不休”吧！话说自打认识了昊哥，张地就被迫踏上了私家侦探的漫漫旅程。只要张地离开办公室，桌子上不是耳机丢了，就是鼠标跑了，有一次整台笔记本电脑竟然都神奇地消失了。每当这时，张地只能无奈地看看对面优哉游哉的他昊哥：

“给自己个面子，干点儿好事儿行不？宝哥一会儿出去不？得给你昊哥捎点儿药了，出门儿忘吃药不行啊！”

“还敢嘴硬，鼠标不想要了？”

别看嘴上厉害，张地拿他昊哥可是一点儿辙都没有，自己只得再一次踏上漫漫的“寻亲之路”。大大小小的柜子找了一圈儿，依然不见他那可怜的鼠标：

“这可咋整你说，招呼它也听不着啊！”

说是寻找，其实张地也没那个耐性，只是装模作样地逗大家开心，他知道东西丢不了。经过他的缜密侦查，张地最终将目标锁定在了“嫌犯”的周围，离了歪斜地冲着他昊哥就去了：

“藏你自己这儿可不行啊！”

“一边儿去！别在这儿打扰我，后退，保持一米开外！求求哥，哥告诉你！”

明明知道是俺藏的，还得让你求俺，这就是咱老大的脾气！旁边的他娟儿姐更是看热闹不嫌事儿大的主儿：

“张地啊，赶紧想办法挽回吧！”

张地一边继续在那儿翻箱倒柜，一边可怜巴巴地哭诉：

“现在‘盆儿’都不好使了，‘碗’有啥用啊！”

张地也是一个聪明人嘛！少干活多说点儿好话，昊哥最后看他实在可怜，就一点一点地提醒他，缩小张地的侦查范围。每次张地都能以他那张能说会道的小嘴儿成功化险为夷：不是在柜子里找到了鼠标，就是在一个不起眼的盒子里与他的耳机悲惨重逢。哎，可怜的孩儿啊！他昊哥的本事可绝不仅仅是和张地玩儿藏猫猫那么简单。想当年在部队人家可是运动健将。公司办公楼二楼有一个茶歇区，为大家准备了一些甜品和水果，更重要的是，还设了一台专业的乒乓球案子。每天中午在食堂吃完饭，人家运动鞋一换，小球拍一拿，绝对堪称国手水平，在单位已经收了好几个徒弟了。张娟就是他的得意门生之一，师徒俩每天吃过午饭都会准时来到这里友好地切磋一下球技，张地是他们俩最忠实的观众。只见他昊哥往那儿一站，左右开弓，小球儿打得绝对是轻松加愉快。对面的他娟儿姐可就没那么 happy 了，左一下，右一下，前一下，后一下，捡球的时间比打球还长呢。最后实在是“忍无可忍”了：

“你再这么打，信不信我把拍子给你飞过去？”

眼瞅着大徒弟热身也差不多了，自己也嘚瑟够了，他昊哥，咱见好就收吧：

“好好打，不闹了，不闹了！一、二、三、……打够一百回合不黄咱就上班！”

他们俩打得热乎时，铁杆儿粉丝张地也没闲着，只不过他好像对吃更加情有独钟，围着他昊哥和他娟儿姐一圈儿一圈儿地溜达，一会儿一个橘子，一会儿一块儿饼干，站在那儿吃吧还觉得有点儿不是那么回事儿，于是就打起了“游击战”，每一圈儿都绝不走空。不到二十分钟，整整一盘子的饼干就被张地彻底干掉了。他娟儿姐一回头，瞬间惊呆了，以一种崇拜的目光看着张地：

“张地，你中午没吃饱啊？”

一看被提出了质疑，张地慌里慌张地猛咽了一口饼干：

“吃饱了，就是馋……馋了！”

“张娟，你的邮件儿！”

就在他们即将打道回府的时候，今天的重头戏这才闪亮登场。张娟根本都没看门卫的王哥就知道自己梦寐以求的平板电脑到货了，兴奋过度的张娟一技华丽的转身，想第一时间扑向自己的最爱，怎奈这步伐没跟上那垂涎欲滴的眼神，结结实实地把自己扔在了地上：

“我的平板电脑……啊！”

原地旋转三百六十度狠狠落地，难度系数大不说，声音的分贝数更是高得惊人。他娟儿姐坐在地上是又哭又笑，摔得那叫一个惨，自己保持了多年的淑女形象就这样被惨烈地摔在了地上，好在心爱的平板电脑没有与自己“同归于尽”。昊哥马上走过来扶起了张娟，一旁的张地下意识地端详了一下自己，没敢往上凑，免得给他娟儿姐更大的刺激，还是别雪上加霜了。昊哥扶着张娟回到了办公室。在平板电脑的安慰之下，一向没心没肺的张娟很快就雨过天晴了。回到办公室的张地，依然在享受着刚刚过去的一切。那一张张灿烂的笑脸，一句句无须任何思索的调侃，一个个友善的眼神；还有他昊哥赐予他的各种雷人的外号，你有来言，俺有去语，说话慢半拍，就是不吃亏；等把他昊哥气得要上手招呼的时候，咱就小腿儿紧捣，撒丫子开溜，就算是马失前蹄，充其量也就是跟他娟儿姐一样来个狠狠着陆……一切的一切都无不让他洋溢在这人生的春天里，仿佛真正找到了家的感觉，不再如梦般时隐时现。他觉得自己与昊哥离得很近，与娟儿姐离得很近，与生活离得很近，与他所处的这个五彩斑斓的时代…… 离得很近！回到办公室不久，张地的空间里就多出了三个字：“真踏实！”

杨东昊和张娟，让张地第一次真正近距离看到了同龄人的生活，看到了他自己身上从未有过的率性。那朗朗的笑声无数次地在他耳边回响，一次次地呼唤着他那一颗本该属于这个时代的年轻的心，呼唤着他那曾经最迷人的沉醉，哪怕只是生命中一个小小的驿站，他都沉浸其中，久久不愿醒来……后来听张地说，随着2013年那次公司改制，张娟和杨东昊先后离开了公司。晓雪当年去公司办离职的时候，坐的就是张娟的车，当时即将结婚的张娟和晓雪一样被分到了连锁，不久之后也离职了。晓雪、东昊，还有张娟，这三个当年的大孩子迎着青春的黎明相聚在了这里。在一起工作的一年多时间里，张地参加了他昊哥的婚礼，喝过了他娟儿姐的喜酒。如今的张娟，经常沐浴着灿烂的阳光，抚摸着自己的大肚子，为即将出世的宝宝，讲述着那些有关青春的故事。

生命中有那样一段肆意的时光：整个办公楼的二楼只有他们三个年轻的身影，每一个角落都可以听到他们青春的回响。高兴了就约上三五好友出去唱唱歌；食堂啃腻了就让昊哥带着出去吃抻面，坐着昊哥的摩托车一路兜风，到地儿也就基本被灌成半饱儿了；更让人无法忘怀的，是那些永远也填不完的入库单，永远也看不尽的申购表，还有那此起彼伏的电话铃声，时刻都在催促着那一个个曾经炽热的梦想。委屈了就让眼泪尽情流、鼻涕尽情甩，管他是在食堂还是在办公室，今天有雨咱就得今天下！他昊哥无意间的一个动作便可以瞬间让他娟儿姐多云转晴。相信不论时光的脚步走过了多少年，不论时间将容颜如何改变，梦境深处依然是那个耳朵里塞着耳机，搂着海绵宝宝的抱枕趴在办公室睡午觉的疯丫头，那曾经相伴的音符，还依然在耳边回荡。我的青春很大，我们曾经一同身着整洁的制服，代表一个品牌侃侃而谈；我的青春很累，我可以上午被接踵而来的原料搞得团团转，下午还要去车间支援生产，像霜打的茄子似的吐着槽坐上下班回家的通勤车；我的青春很委屈，上有领导，下有客户，中间有这些一同工作的同事们，太多太多的事情只能默默地藏在心底，对自己悄悄地诉说，第二天继续冲着大家傻笑；我的青春很难忘，难忘昊哥那信手拈来、在宿舍上下铺的床板上为张地画的漫画，难忘张地连夜给他昊哥回赠的歌词，难忘晓雪她们曾经手牵手在新年晚会上的华丽绽放，难忘那一幕幕演绎着时代旋律的倩影，难忘所有被我们匆匆打进背包的好年华，难忘曾经那青春与青春的相遇……

如今的张地会经常站在那空旷的茶歇区，聆听着耳畔那些依然崭新的故事；座椅上的海绵宝宝依然在那里冲着他傻傻地笑着；宿舍床板上昊哥留下的漫画，还在那里讲述着张地版的世界末日，永远忠实地记录着那一年，记录着那个迷人的夏天。脚步就这样跟随着心的节奏移动，推开档案室的门，翻看着那一份份合同，浏览着那一张张订单；耳边回荡着晓雪和张娟重复过无数次的经销商和供应商，仿佛是一个个青春的代名词，串联成了一幅美丽的画卷，永远印在了张地的脑海中。张地如同珍宝一样将它们揽入怀中，因为这一切留下了太多的记忆，承载了太多的美好。拂去上面的灰尘，将其如

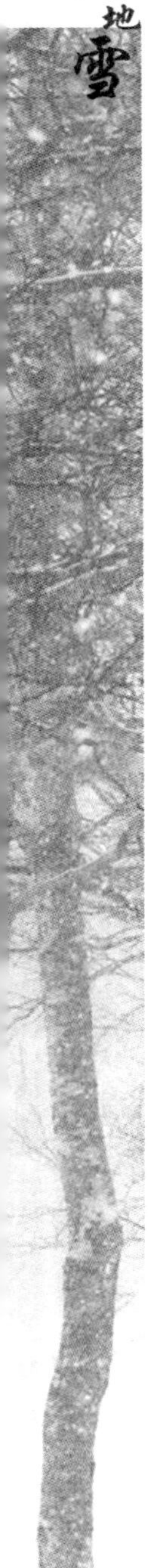

同举行仪式般规规整整地放回原处，昂首肃立，聆听青春的回响。锁上房门，珍藏起一段故事，珍藏起一段人生，珍藏起心目中永远的守候，珍藏起他那永不磨灭的青春记忆。青春是生命中的精灵，是光阴的使者。我们曾经呼唤着她，等待着她，追逐着她，享受着她，又将她永远留在了与她相遇的那个地方。我们与她共同背叛了光阴，约定了今生的不见不散。青春可以很大，她收录了生命中所有已知和未知的美好；青春也可以很小，她就像我们每个人的名和姓一样，只属于那个年纪里每个人自己的记忆，是任何时代里的任何人都无法复制和超越的人生。未来的某一天，我们会在一个阳光明媚的午后，给儿孙们去讲述那些年、那些人、那些事，还有那个他们永远年轻着的爸爸妈妈、爷爷奶奶……

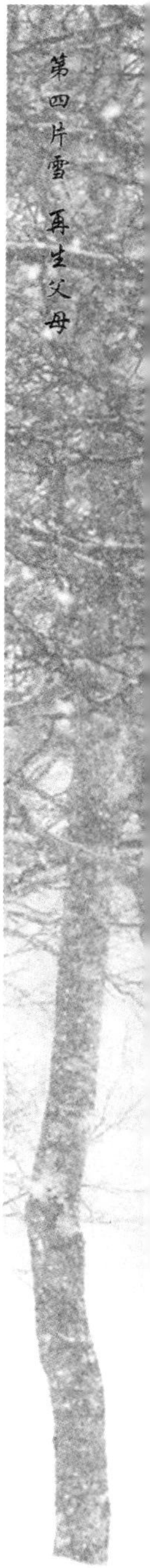

从容出发　幸福抵达

电动车，老百姓更习惯叫它电瓶车，刚刚兴起的时候曾经天真地认为电瓶车是电动三轮车的专属称谓。甭管几个轱辘吧，实则是一种普通的交通工具，甚至曾一度尴尬地徘徊在各个地方性法规的边缘，被大城市红牌罚下。晓雪所居住的小镇则几乎成为了电动车的海洋。每天早晨八点，就在这浩浩荡荡的电动大军中，总会有一辆黑色的电动车在新城的马路上穿过。杜鹏每天上班前，都会先把他家的孙大老板安全护送到店里，此乃杜鹏给自己立下的雷打不动的规定。两个人怀揣着心中共同的期许，驶向全新的一天！

开店之后的晓雪真正领教了什么叫“世界之大无奇不有”，什么人都可能在这里不期而遇，着实让晓雪大开了眼界。每天这店门一开，孙晓雪就算是打开了话匣子，从顾客映入眼帘那一刻开始，她就得不遗余力地推荐自己的服饰，全方位立体式营销一触即发。她在热情招呼客人的同时，还得保证让自己精心淘回的服装有的放矢地隆重登场。节假日的时候，她还要化身多面手，给这位帅哥做介绍，帮那位美女试衣服，简直是眼观六路耳听八方，经常说得她口干舌燥，杯子里的水放到冰凉也顾不上喝一口。短短几天下来，晓雪就感觉自己每天要说的话比她二十多年说的话还要多。诸如这般对于孙老板来说倒还可以应付，可真要是碰上那蛮不讲理的主儿，真是秀才遇到兵——有理也说不清啊。

晓雪店里的正中间，挂着一件女款矮领小衫，绝对高端大气上档次，颜色多样，尺码齐全，乃孙老板在北京大扫荡时最为得意的战利品。回货的第一时间晓雪就迫不及待地当起了模特，穿着在镜子前面足足臭美了半个多钟头。这件小衫当仁不让地成为了孙老板的镇店之宝，成本价一件一百元，标价一百五十元。要是碰上那会砍价儿的，沾点儿毛利也就走你了，薄利多销嘛，况且还能看到咱美女老板的真人展示，所以这衣服理所当然成为了店里最为走俏的款式。话说就是这件衣服，这天吸引来了这么一位足以“气吞山河”的资深美女。

这天在店里，晓雪刚刚送走了一位顾客，正要坐下来喝口水，迎面走进来了一位彪形大姐，大阴天儿的还戴了一副墨镜，眼瞅着镜腿儿都快断了。那大姐腰围足有三尺，进店转了一圈，果然非常有自知之明。“大姐，选衣服啊！”晓雪上前问道。

这位“大姐大”根本没搭她的茬儿，昂首挺胸，气宇轩昂，迈着悠闲惬意的步伐在店里溜达了一圈，气势绝对跟白云大妈家的那只公鸡中的战斗鸡有一拼：

“随便看看！”

大姐大高傲地甩给了晓雪这四个字，就开始一圈一圈地转，孙老板跟在后面，心想：您这哪是随便看看啊。您还别说，这位大姐的眼光还真挺高大上，经过整整三圈的顺时针盘查，这位“大姐大”一眼就叨上了正中间的这款矮领小衫，着实把后面的孙老板吓了一跳，心想：姐姐，俺这款没有特大号的啊！晓雪这件镇店之宝的面子还真大，居然让这位神秘的资深美女摘下了墨镜。摘下的瞬间晓雪仔细一瞧，两个眼镜腿儿几乎变成一百八十度平角了。

“这件拿给我看一下！”

（纠结中……）

“有……有大号的吗？”

“哦，有！您试试这件。”

您别说，这位彪形大姐还真挺争气，硬是把自己给塞进去了，孙老板一看有门儿啊这是：

“很适合大姐的气质，这个季节穿正合适！”

“多少钱？”

“一百五！”

一听这数儿，她还真发上飙了：

“多少？妹子，你这也太黑了吧！这种小衫我见过，顶多六十块钱，咱也别费劲了，六十块钱我拿走了。”

“大姐，这是今年最新的款式，六十块钱我来都来不了，您要是真看中了，一百四！不能再少了！”

这资深美女还真不是白叫的：

“妹子，姐也给别人卖过货，也打这里边儿混过，你这水分也太大了，像这种小款六十都不低了！”

晓雪还从没见过这么不讲理的：

“肯定不行，我根本来不了！”

“你咋这么死心眼儿呢，宰大头啊，就姐这身材，这气质，像是不懂的吗？哎，还是年轻啊！”

晓雪随着这位美女低调的语言，下意识地从上到下打量了她一番，悲催地没一句能对上号儿的，看来这姐们是胡搅蛮缠来捣乱的，孙老板认为没有必要再惯着她了：

“那您去别人家看看吧！”

“你……什么人啊，哎！白瞎姐这身材了！”

说完还有些恋恋不舍地冲着那件衣服抛了个媚眼儿，戴上了墨镜，继续迈着极度自恋的步伐扬长而去。孙老板满脸疑惑：

“这是哪个庙的啊？”

晓雪看了看那件衣服，委屈自己又回忆了一遍刚才这位女汉子种种雷人的表演，越想越气不打一处来：姑奶奶再怎么着也不能赔本儿赚吆喝吧！晓雪气得猛喝了两口水，一看库存这气又泄了一大截：唉，又该进货了！可是手头儿这资金有些囊中羞涩，她想起了两个月前借给龙哥的五千块钱。龙哥是她生意上的一个伙伴，孙老板在他那进过很多货，一直都是关系不错的朋友，来赤峰的时候晓雪两口子还请他到家里吃过饭。两个月前，龙哥在孙老板这里借了五千块钱，说是一时周转不开，咱们慷慨大方的孙老板就把钱给他打了过去，借钱的时候妹子妹子地叫着，恨不得跟你拜把子，还一通神吹，说什么北京的服装大咖就没有他不认识的，貌似有他罩着，晓雪就可以独霸天下了。可后来孙老板再打电话过去，这位龙哥居然跟她玩儿起了失踪，电话不接，短信不回，微信更是石沉大海。开始晓雪还善良地以为他在忙着什么事情，可是后来她越想越觉着不对劲儿，之前还一直有联系，可自打借给他钱就再也没给她打过电话，给他打不是打不通，就是说在外面出差，再不就真正装起了“聋哥”，说手机信号不好。这是要玩儿赖的路子啊，晓雪又给他拨了过去，没想到这次这小子更嚣张了。

“喂，龙哥，忙不？”

明明都认识半年了，可这回却有点儿翻脸不认人的架势了：

“哪位啊？”

“我晓雪！”

“啊……啊晓雪呀，有事儿吗？”

龙哥镇静得很啊，这一问晓雪反而觉着不知该如何张口了：

“龙哥，我最近有一批货压住了，手头儿有点儿紧张，您看您欠我那五千块钱……”

“哦，这事儿啊，最近生意不好做，我现在没钱，过段时间再说吧。你稍等啊……”

只听见电话那头有上门推销的买卖：

“龙哥，限量版……五千八百八十，要不？”

“要要要！给你哥我留着啊，听没！”

晓雪这边听着肺都快气炸了，欠着别人的钱，还大言不惭地在那儿摆阔，真是林子大了什么鸟儿都有。一向温柔贤惠的晓雪气得也快要骂娘了，她一边听着那边刺耳的对话，一边先尽量让自己平静下来：

“龙哥，我知道你没少照顾我，我这手头儿真实在是倒不开了，你先给我拿上，以后你要是有急用，我肯定给你拿，你……”

那边不慌不忙地要起了无赖：

“妹子啊，哥现在就有急用，要不这样吧，你打个车过来，看我们家啥值钱你只管拉走，好吧！”

说完就把电话挂了。

“哎龙……简直就是一变色龙！”

这到底是谁欠谁钱啊？欠钱不还还理直气壮了，心理素质也太过硬了。遇着这种练过金刚不坏之身，历经千锤百炼的家伙，一时还真拿他没辙。打完电话晓雪反倒感觉好像是自己理亏似的：

“居然还有这种人，脸皮是铁打的吗？”

借钱的时候恨不得把你当祖宗似的供起来，一旦把钱骗到手就开始六亲不认了，想着这个人之前称兄道妹的那副德行，晓雪真恨不得抽他一顿。看着店里很多畅销的款式都到了补货的时候，晓雪很是着急。她倒上了一杯水，一个人静静地坐在店里。不知为何，晓雪想起了在大学里送快递时的情景，那个时候的自己虽然什么都没有，可是做起事来浑身都是力气，只要能给家人带去礼物，就什么都不怕。骑着“万事通”那辆自行车跑遍北京城都不觉得累。随便有个什么天马行空的想法，下一分钟基本就开始付诸行动了，即使后来不被杜鹏逮住，浑身蛮力的晓雪也百分之百能给老弟买上电脑。那时的自己，真简单；那时的日子，真快乐！可如今条件好了，面对这个现实的社会，晓雪却常常被搞得一头雾水，那副今天看上去依然傻乎乎的模样一度令自己狼狈不堪，却依然不曾有过丝毫的改变。晓雪正在这儿回忆呢，手机响了，这个“万事通”可真是不禁念叨啊，晓雪会心地笑了，可是刚一接起电话来，“万事通”就号啕大哭起来：

“晓雪，亲人啊！你姐我让那个王八蛋给骗了！”

大学四年晓雪还从没见万事通哭过，这可是一向给姐们出头平事的主儿，晓雪慌了神儿：

“你先别哭，怎么了这是？”

晓雪这一问还真起作用，”万事通“一边说着一边咬牙切齿，恨不得把那个曾经对她无微不至的老钱给吃了：

“晓雪你知道吗，那个老钱就是个大色狼，家里有老婆，外面五六个情妇，还说什么要跟我结婚……”

“万事通”越说越伤心：

“带我去夏威夷，说今年要带我去那儿举行婚礼，我那天下班看见他跟别的女人在一起，我追上去问，还被他老婆骂了一通，说我是第三者。那个老色鬼连眼皮都没给姑奶奶抬一下，轻描淡写地说就是跟我玩儿玩儿。”

说着说着，“万事通”又哭了起来，“我这几年大好的年华，就葬送在他手里了，啊……”

在北京的时候，晓雪也曾见过那个老钱，此人乃是身价千万的大老板。大二那年，这个老钱在一个校外招聘会上成功俘获了一度被闺蜜们奉为校花的“万事通”乔娜。乔娜出身高干世家，一直做梦都想嫁入豪门。当时同届金融系的穷小子李彬对她穷追不舍，每天一下课就去宿舍楼前献殷勤，任劳任怨地做了三个月的兼职，就为给乔娜买一束玫瑰花，可终究没能使这个拜金妹回心转意。大四那年，就在晓雪和杜鹏他们整天为投简历找工作而奔波于各种招聘会的时候，乔娜已经挎着名包、坐着宝马当起了阔太太。但这并不妨碍本性单纯的乔娜跟晓雪她们这帮闺蜜们打成一片，大学四年，同屋的姐妹八人从来都是集体出动。出身不凡，而且出手阔绰，素来以假小子而名震江湖的乔娜顺理成章地成了她们八个人中的“一姐”。看到这个曾经无数次替她们遮风挡雨的哥们儿如此低迷，刚刚还被气得眼珠子冒火的晓雪，此时却变得温和理性起来。乔娜现在最需要的就是她们这些闺蜜们，不论遇到什么事，也不论相隔多么遥远，象牙塔里的闺蜜们，永远是一辈子的好朋友。

“快别哭了，那种披着人皮的狼，早点儿识破他就对了！我看你还是来我这边散散心吧，过来陪陪我！”

不愧是她们的“一姐”，脾气还是那么倔：

“我才不去呢，你该看我笑话了！”

“我的亲姐啊，你妹子我是那样人吗？你大学时候办的囧事儿还少啊，我想笑话还用等现在？哎那你现在在哪儿呢？”

晓雪这一问，乔娜哭得更厉害了，肠子都快悔青了，短短几句话，断断续续地说了足有半个钟头：

“我在李……李彬这儿呢，他在小玉那儿知道了我的事儿，二话没说就把我接过来了，他除了上……班，一直都在照顾我。我现在不敢回……回家，啊晓雪，姐错了，姐真太糊涂了，早该识破老钱那个王八蛋！”

“在李……”

晓雪感觉自己像是在看一部浪漫的电视剧，怎么也不敢相信这样的事情居然发生在了自己的姐妹身上，她也跟着陷入了剧情，被这剧情给微醺了，没出息地眼圈儿开始泛红：

“不会吧姐姐？你俩演爱情片儿呢啊？你是说李彬……李彬一直都……”

“嗯，他一直从小玉那儿打听我的消息，潜伏在暗处，这次要是没有他，你就见不着你姐了！啊……”

“说啥呢？这对你来说是好事儿我跟你说！姐，真正能让咱们女人踏踏实实过一辈子的不是大把的钞票，而是真正爱你的那个人！”

“我就是想生活得好一点，未来能有个依靠，难道这也有错儿？”

“我的傻姐姐啊，谁都想过得更好，一摞嘎嘎新的红票儿往那儿一砸你妹子我也两眼放光，可那不是咱的啊。这年头儿谁的都不如咱姐们儿自己的！”

晓雪的一番话让乔娜平静了许多，可从小娇生惯养的她依然固执地认为，这干得好，怎么着都不如嫁得好：

“再怎么干也是小姐的身子丫鬟的命，咱一个梳小辫儿的，哪争得过他们啊，你说那些好男人都死哪儿去了？”

“你说死哪儿去了？你信妹子的吧，这么大的事儿都不在乎，彬子肯定是你的菜，想跑都跑不了！”

就这么简单，晓雪轻轻松松就把她乔姐给哄好了，电话那头又传来了爽朗的笑声：

“就你明白行了吧！呵呵呵……”

“记住，姐姐，爱你的人，有一分钱都会分给你，不爱你的人，有多少钱都是浮云！我现在每天虽然很辛苦，可我觉得特幸福，特满足！我愿意一辈子就这么跟着杜鹏，你的李彬也是一样的……讨厌你！”

就在孙老师悉心开导这个拜金妹的时候，刚刚下班的杜鹏进来了，听到老婆大人这么不遗余力地表扬自己，在那儿一个人大美特美起来，目前已经天旋地转，找不着北了：

“咋啦晓雪，谁欺负你呢？”

“没，杜鹏下班过来了。”

“哎哟喂，都老夫老妻了，还腻乎呢！我可不当电灯泡儿了！”

孙老板刚撂下电话，小脸儿就绷了起来，还真有几分大老板的威严。怎奈杜鹏在惯性的作用下，没刹住车，继续自恋：

“行啊，孙大教授，才结婚一年就萌生了如此深刻的体会，听得我这都不好意思了！”

已经做好准备被老婆大人强烈反击的杜鹏这一次却又失算了，晓雪什么都没说，走过来和他紧紧抱在了一起，给他鹏哥来了个措手不及：

“哎…… 哎，公共场所。这么大个老板注意点儿影响好不好？”

晓雪闭上双眼，在杜鹏的怀里待了很久很久，就是不愿意松开，她多么希望永远就这样和他抱在一起。短短一天的时间，就在她这间不足五十平方米的小店里，晓雪看到了、听到了、经历了这么多自己不想遇到，更永远不

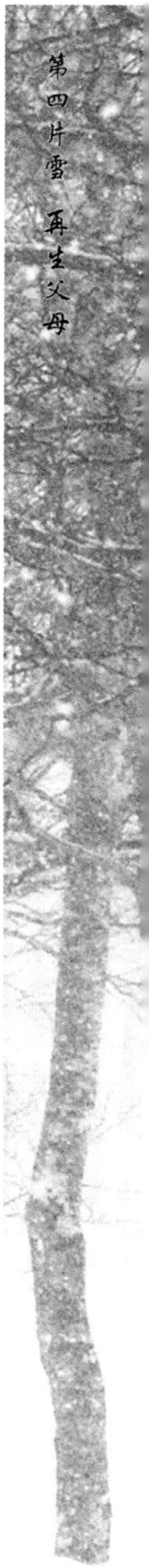

愿意看懂的事情，在抱紧的那一刻，她已经忘掉了这一切，只记得此时此刻，自己正徜徉在幸福里。杜鹏抱紧了晓雪：

“怎么了宝贝儿？有我呢，不怕啊！”

晓雪慢慢坐了下来，刚刚和老公来了个温暖抱，一看门口进来的这位，孙老板立马就精神起来了，心想：神啊，这姐们儿怎么还杀回来了！只见上午那位蛮不讲理的“大姐大”进来以后直接奔着那件衣服就去了，这回倒是低调了不少，连墨镜都没戴（八成是镜腿儿已经夭折了），站稳之后这一回头，小店里一半的面积就都归她了：

“你这件衣服不卖我真是白瞎了，一百四，说准了啊！”

晓雪彻底服了，从后面给她拿了一件，自己一回头差点儿笑出声来，心想，这大姐做女人可真是屈才了。回头正想着给她往袋子里装，没想到这姐们儿把钱往桌上一拍，看到衣服口水差点儿流出来：

“这回可是我的了！”

她把衣服夺过来直接穿着就走了，商标吊牌在脖子后随着她铿锵的脚步左摇右摆，小两口看到后实在是憋不住，大笑起来：

“哈哈哈……”

杜鹏算是开了眼了：

“瞧人这大姐……真爷们儿！”

一看见这位大姐，晓雪又想起了那位死皮赖脸的龙哥，这没钱可拿啥进货呀：

“死刘龙，老娘非把这钱要回来不可！”

“他还真要耍无赖啊？”

杜鹏望着天花板苦思冥想了半天：

“过来，俺有招！”

杜鹏攥紧拳头伸向了晓雪，孙老板立刻心领神会：

“对，揍他！”

“看看这都几点了，回家吃饭！”

夫妻俩关上店门，结束了一天的忙碌。骑上他们刚结婚时买的那辆黑色的电动车，晓雪不自觉地回头看了一眼小店高大的牌子，在灯光的照耀下是那样的漂亮，照亮了他们的理想，也照亮了一路上的艰辛。夜色渐浓，电动车从容地走在小镇的街上。每当这时，晓雪都会静静地趴在老公身上，和他絮叨着店里的事情，快乐的、烦恼的、有趣的、棘手的，并不期望着杜鹏能帮上什么，只是想说给他听，然后再听上鹏哥一段机智幽默，甚至不着边际的“神评论”，所有的烦恼就都被抛到了九霄云外。当曾经的豪言壮语被分解成了如今每一天里的柴米油盐，陪伴在身边的你，一直都在！

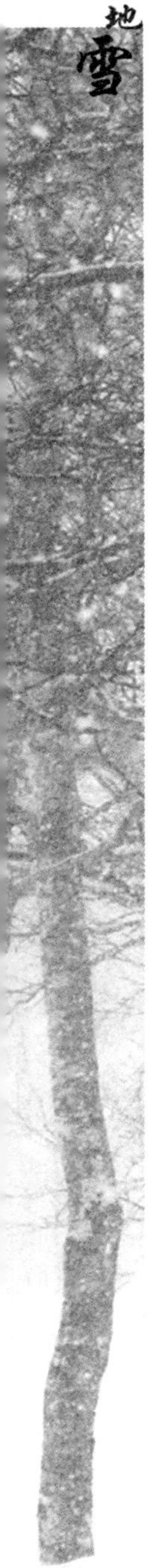

不论高速还是低速，上坡还是下坡，车轮就这样从容而执着地向前，有过些许懈怠，也曾顿足迟疑。早上踏进人生的赛场，不畏惧世俗的千姿百态，只为晚上能回到幸福的港湾，相伴最初的美好！

两个人，一辆车，从容出发，幸福抵达！

从最初到永远

“死张桐，哥又被你忽悠了，哎，那是我的拍子！”

“2008届中文系孙晓雪，向你发出挑战！”

“跟女生打球……没水平！”

“怎么，不敢了？”

“谁不敢了，接招儿吧你就！”

又是一个飘雪的冬天，清晨被一阵鞭炮声惊醒，对面的小区里，又一对新人步入了婚姻的殿堂！起床看一眼手机，思绪定格在了一年前的今天。翻开这一年的日历，每一页上的记忆都还依然那么清晰，每一个看似嘻嘻哈哈的日子里，彼此默默支撑，一路相伴。我会戴上一副最不靠谱的面具让你快乐，然后悄悄地在你感到最无助的时候，给你来一个最有力的背后袭击。卧室门后挂着的那一副专业级别的网球拍记录着两个人最初的美好！话说今年自打入秋开始，杜鹏同志就开始了一项庞大的地下系统工程：每天夜里躺在床上瞪大了双眼和家里的天花板商量着关于如何惊艳亮相结婚一周年纪念日的相关事宜。可是当这个日子真正到来的时候，鹏哥却早已失去了浪漫的雅兴，两个人都被刘龙的事情严重困扰着，服装店的生意也明显下滑。虽然一直身为家里的“财务总监”，可是咱们的孙老板可是有底线的，小两口从结婚开始就按月给父母存的养老钱，晓雪从来都是分文不动。在结婚纪念日这天，两个看似无心插柳的巧合，却让晓雪收获了最为珍贵的礼物。

虽然是两个人的结婚纪念日，可是忙碌了一天的夫妻俩放弃了出去吃烛光晚餐的计划，想着回家陪陪爸妈，让他们享受一下天伦之乐，这在孝顺的晓雪看来，也不失为一种别样的浪漫。一家人忙乎了一大桌子的饭菜，共同纪念这个幸福的日子：你陪老爸喝上两杯，我陪老妈唠唠家常。父母慈爱的目光代替了浪漫的烛光，才知道一年前的今天，他们的幸福，其实并不少于我们。就在一家人吃得开心的时候，杜鹏接到了一个电话，紧接着神色慌张地躲进了卧室。正好赶上晓雪要去厨房盛汤，无意间听到了杜鹏的“阴谋”：

“亲哥啊，我这可是专业球拍，打我媳妇买回来就没玩儿过几回！”

…………

“一看您就是行家，您再给添点儿，我媳妇遇到点困难，兄弟确实是急等着用钱。”

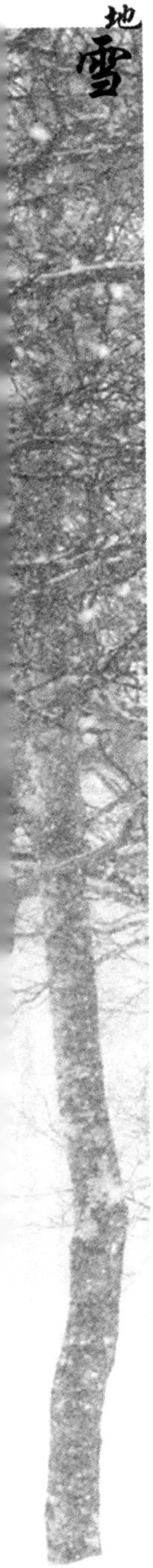

…………

“哈哈，我哪来的钱，我的钱就是她的钱，全部上交！”

一直在外边偷听的晓雪马上奋不顾身地冲了进去，给杜鹏杀了个措手不及：

“啊……先……先这样吧！”

“谁呀？先哪样啊？”

“没……没谁，男的。看没，刘洪涛，名人，翻译成英文就是红桃六！”

“我知道是男的！”

“那不就结了，走，咱饭饭儿去！”

“站住！胆儿大了你呀，啥你都敢卖，赶明儿把媳妇儿也卖了吧！”

“你都听……听见了！”

晓雪转过身去，不理杜鹏。

“晓雪，你听我说！看着你这些天为生意上的事儿着急上火，我心里真不是滋味。眼瞅着你这减肥大业都快要成功了，可是你这些日子连零食都不买了。都怪我没本事，害得你这么辛苦。你别着急，不就一球拍嘛！等咱家孙大老板成为服装巨头的时候，咱再买一副更酷的！”

“多酷的我也不稀罕！咱俩是怎么认识的？你要把它卖了？咱俩新房里还什么都没有的时候，我第一个把它挂在了卧室，你要把它卖了？咱们整天这么拼命地干，不就是为了咱们这个家嘛！”

“老婆，我也舍不得，这副球拍是你送给我的最珍贵的礼物，可是现在你有难处，咱们得过日子啊！”

晓雪越说越觉得心里不是滋味：

“是，现在店里是有难处，能有多难？当初你给孙凯买电脑的时候，想到过后面的日子怎么过吗？你把球拍卖了，给我换来一百家服装店，让我开成全国连锁，有用吗？那些对我来说一点意义都没有。我们结婚一年，认识都快四年了，我想要的是什么，难道你还不知道吗？每天回到家看到那副球拍，就会想起我们在大学的时候，有再多的困难也不会觉得累，因为它会让我明白，现在所坚持的一切都是为了什么，我相信，最初的幸福，会陪伴着我们一直到老！”

老妈眼瞅着汤都凉了，还不见他们俩过来：

“这俩孩子在屋里嘀咕啥呢？”

“你看看去，叫他们赶紧过来。”

婆婆走到卧室门前，听到了小两口儿的对话，不由得吃了一惊。晓雪每次回家，总是报喜不报忧，不是淘到了最流行的款式，就是又卖出了一个大单子，还总是显摆自己每天晚上数钱数到手抽筋，常常听得老人家心花怒放。

蒙在鼓里的婆婆还真以为晓雪一直都顺风顺水，没想到一个人支撑一家店面这么不容易，婆婆很是心疼：

“这孩子，怎么也不跟家里说呀！”

老人家正抬手想要敲门，好像突然想到了什么，跑回房间拿出了一个存折，慢慢推开了卧室的房门。晓雪正坐在床上，看到婆婆进来赶紧擦了擦脸上的泪水：

“妈！”

婆婆其实在外面早已经听明白了是怎么回事儿，故意揣着明白装糊涂，一来想试试他们肯不肯跟自己说实话，另一方面，看着自己的两个孩子，一向决策英明的她，也确实不知道这案子该怎么断了：

“咋了这是？吃半道饭，你又欺负晓雪了吧！”

“妈您看您又冲着我来，我哪有那个胆儿啊，又跟我这儿较劲呢，您说她那店都……”

晓雪在一边玩儿了命地冲老公眨眼睛，刚才还在哭鼻子的她这会儿只想着生意上的这点儿小事儿千万千万不能再让公婆也跟着着急，在她心里，公公、婆婆的身体比什么都重要。可是眼看着一向没出息的小鹏子马上就要如实招来，吓得晓雪赶紧把话接了过去：

“没事儿妈，他这儿跟我贫呢。这不是天冷了嘛，跟我要那件红色棉服，告诉他多少遍了，早晨一上班就忘，我也老是忙得忘给他拿，我一会儿回去就拿出来洗洗！”

说着又狠狠地给老公递了个眼神儿，杜鹏马上心领神会，充分发挥了他见风使舵的看家本领，二人随即上演了一出“连环计”，云山雾绕地一通神侃：

“是，我总忘，妈您没发现我最近明显见瘦吗？热胀冷缩冻的！”

老妈微微笑了一下，心想这两口子一唱一和的，果然是铁嘴钢牙啊，看来这回得上狠招儿了：

“既然你俩没事儿，那妈有事儿，我这不是快退休了嘛，今天一查医疗保险少交了一年，我和你爸这儿不太宽绰，你看你俩能不能给我先凑点儿？”

晓雪第一时间中招儿，毫无防备，马上从包里拿出了一张银行卡：

“妈，我这儿还有六千，不够我明天再去支，杜鹏你快出去先给妈取出来！”

眼瞅着这戏可真没法儿收场了，可就算是出去借钱，他们也绝不会让爸妈为难的：

“哦，好！”

杜鹏说着拿起衣服就要走，老妈干脆利落地上去一把抢过了银行卡：

“往哪儿走啊你！好好的球拍都要卖了，这哪儿来的钱？你们俩开银行

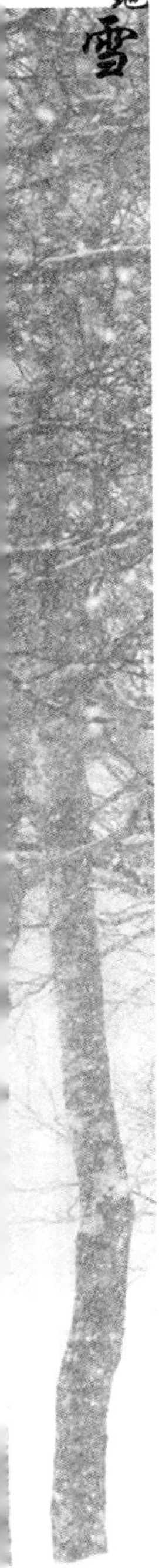

的啊？”

说着生气地把银行卡扔到了床上，自打晓雪进门儿以来，婆媳俩从来就没红过脸，老太太也早已把晓雪当成了自己的亲闺女，可这次她这闺女真把妈妈给气着了：

“越大越有主意了是吧，还再出去支去，跟你自己妈在这儿充大款呢？这么大的事儿都不跟我说。晓雪说说吧，今天又接了几个大订单？又卖出去多少副拍子了？还打算跟我这儿编点儿啥往外卖？”

不知从什么时候开始，记忆深处已经渐渐模糊了曾经低着头、啃着自己的手指被父母批评的感觉；不知从什么时候开始，曾经的恐惧变成了温暖与怀念。但我知道今天这顿痛批，这俩孩子是想躲都躲不过去了，因为他们在担心着父母，父母在牵挂着他们，爱，让他们“矛盾”升级，而且愈演愈烈；更是因为不知从什么时候开始，我们身上即使再小的事，已经成了父母心头上天大的事。父母是儿女小时候心中的天，当我们长大以后才知道，儿女一直是父母心中的所有。

晓雪还是第一次见婆婆生这么大的气，可把她给吓坏了，赶紧扶婆婆坐下，轻轻抚摸着婆婆的胸口：

“妈您别生气，最近生意上是出了一点小问题，可我们自己会处理好的，妈我求您了，您和我爸千万千万别跟着着急，真没事儿！杜鹏，赶紧……”

“对妈，真没事儿！晓雪就爱大惊小怪，明天我亲自出马，分分钟摆平，我先去给您取保险钱啊，妈，咱不生气！”

晓雪一边扶着生气的婆婆，一边指挥着他们家的小鹏子。看到婆婆为自己生意上的事儿着急上火，急得她眼泪都下来了：

“你快去，你快去！”

不争气的杜鹏还是没抢过老妈：

“哪儿去啊？你妈我都开了两个月退休金了，用不着你们！”

“妈您不带这样的啊，晓雪欺负我，您怎么也忽悠我啊！”

“闭嘴！你们俩现在能耐大了啊，翅膀硬了，等哪天把房子卖了再告诉我啊！”

老妈这回可是真生气了，小两口儿吓得谁都不敢说话，婆婆拿出了她的存折，和晓雪那张银行卡一起递到了她的手上：

“晓雪，这三万块钱，你拿着，赶紧把货都上上，别总拣好听的忽悠我！”

原本在那儿低头忏悔的小两口儿缓缓抬起了头。晓雪更是一躲再躲：

“不行妈，我俩都这么大了，怎么能用你们的钱呢！杜鹏，快让妈拿回去！”

“叫他干啥？他还不如你呢，尽动那些歪脑子，结婚的时候，我给你爸买的毛衣，到现在还在那柜里搁着呢！快拿着，你不拿妈才着急呢。”

这老将出马，效果就是不一般啊，给他们来了个软硬兼施、收放自如，根本不给晓雪留下任何继续出招儿的机会：

“孩子，别说你们现在二十多岁，就是你们长到四五十岁，在爹妈眼里你们也是孩子。爸妈现在上岁数了，退休了，所有的心思就都在你们俩身上。你说你们要是过不好，你爸我俩那才是真着急呢！以后再遇着事不能不跟妈说，你爸我俩这把老骨头没那么脆弱！好闺女听妈话，快拿着！”

“妈！”

婆婆这一声“闺女”叫得晓雪心里暖暖的，自打来到家里，晓雪就把婆婆当成了自己的妈妈，只有一个儿子的婆婆更是把晓雪当作了自己的女儿。晓雪上班的时候，夫妻俩一日三餐都“啃”在家里。周末的时候，晓雪更是整日黏在婆婆身边，帮着她做家务，陪着她唠家常，教她唱家乡的二人转。她们是无话不说的朋友，是亲密无间的母女。感觉自己被冷落的小鹏子同志常常醋劲儿大发，一个人在网上神游，冲着电脑“泄私愤”，成了被冷落的孩子。此刻这一声“闺女”，早已经在自己的心里不知叫过了多少遍！感动之余，晓雪觉得婆婆叫出的，只是母女俩彼此心照不宣的一个称呼而已！曾经萦绕在晓雪耳边的嘈杂全部都消失了，周围安静得可以聆听到心的跳动。灵魂深处那一抹纯真，足以使她识破所有的虚伪，只觉得自己还可以为爱人、为亲人、为父母以及所有默默支持她的朋友们，扛起更多……晓雪重重地接过了存折：

“谢谢妈！我一定好好干，加倍还给你们！”

“还啥还，就当我和你爸在孙老板这儿入股了！”

“哈哈哈，看咱妈，多有商业头脑！”

爱，不需要过多的语言，却会在你最无助的时候，给予你最无声的力量；在你最疲惫的时候，给予你最坚实的肩膀，然后悄悄地在一个不让你看见的角落里，痴痴地注视着你。晓雪在家人温暖的呵护下度过了生命中第一个也会是她终生难忘的结婚纪念日。老公和婆婆这一份最朴素的礼物，胜过了所有奢华的海誓山盟。

妈妈的嘱托是压力，更是动力，真正为晓雪的事业插上了翅膀。素来雷厉风行的她以最快的速度为自己的小店勾勒出了一幅蓝图。她很快补齐了店里所有的货品，然后和杜鹏重新杀回了北京。在2014年的新品发布会上，一向稳扎稳打的孙大老板这次却一举签下了四个品牌的北方总代理，把她的小店升级为了一个代理公司，孙老板摇身升级为了孙总，店里的营业额更是蒸蒸日上。晓雪每天忙得是脚不沾地儿，毕业整整三年的她如今成为了名副其实的“女强人＋富婆”，她还低调地给自己配置了一辆深蓝色的座驾。再看看咱孙总今天的日程安排，恐怕她想低调都难喽：一是与各地区经销商签订加盟合同，二是去平面公司敲定线上推广方案，三是到区电视台参加“2014三八红旗手颁奖典礼”节目的录制。

孙晓雪终于成功了！她始终没有忘记今天的一切并不属于她自己。在还婆婆钱的时候，婆婆还是以投资入股为由拒绝了。晓雪理解了婆婆的用意，悄悄将五万块钱存到了夫妻二人专门为父母设立的账户里——咱孙总给的利息还真是不低啊！一路风雨使得晓雪更加体会到，不论何时，亲情永远是金钱所无法衡量的。就像婆婆说的那样，自己不论多大，在他们眼里也永远都是孩子，即使在很多人看来，她已经开始变得强大，永远会有一束关注的目光，温暖地打在自己身上。所有的华丽都是外在的，晓雪只想凭借自己的努力让家人生活得更好！

这天，晓雪她们正在店里忙乎，门外突然刮过了一阵风，一辆豪华轿车停在了门前，车被擦得倍儿亮，停在那儿直晃眼，店员小李一看，猜着肯定是又来大买卖了：

“雪姐，什么情况？”

晓雪一看进来的不是别人，正是那个没良心的刘龙，正想找他算账呢，这回自己找上门儿来了，以孙老板对他的了解，此人来者不善！果不其然，他一进门嘴上就跟抹了蜜似的：

“哎呀我的大妹子，大老板了，可了不得了这家伙！”

晓雪见他这副尊容，就知道他所为何来。要知道本小姐在北京签回来的四款服装，可是2014年最流行的，凡是长江以北的卖家想要货，都得上她这儿报到来。晓雪想这回你小子可落我手里了：

“这位先生，您要买什么吗？”

“咋还不认识了呢，我，你龙哥！”

“龙哥？不认识！”

“不就是那五千块钱吗，哥给你带来了，算上利息，正好一万，数数！”

说着就把钱拍到了桌上，心想这回非把这个小丫头砸晕了不可，没成想孙老板根本不吃他这套：

“五千我留下，剩下的拿回去，没事儿了吧！我还忙着呢，您自便吧！”

说完数出了五千块钱就要走，在那儿自以为高枕无忧的刘龙这回可傻眼了，拿起钱就追了上去：

“哎，等等妹妹，我的亲妹子啊，你那四款开衫儿是真漂亮，今年大家都在找这个啊，哥哥我就差打飞机奔厂家了，可那也白扯，代理权在我妹子这儿呢！你再给哥个机会，肯定在北京给你整火了，有钱大家一起赚嘛！”

“这批货不适合你，你不是困难吗？拿货吧？五千块钱您都发愁，我真没办法了，你再淘点儿别的吧，哪天杜鹏我俩再去北京顺便慰问慰问你，就当扶贫了！”

刘龙知道这回是彻底栽了，赶紧想办法给自己打了个圆场儿：

“哎哟晓雪，你就别磕碜我了，我当时真有一批货压到手里了，至少得三个月才能出手，真是扣着回不来钱啊妹子！”

“哦，三个月呢，那还真挺困难的，哎，我啥时候给你打的电话来着？”

晓雪转过来，一边死死地盯着他，一边忙里偷闲给小李递了个眼神儿，示意她去拿份儿合同。晓雪知道刘龙的实力，就是跟自己在这儿哭穷呢，早就知道他肯定得找上门儿来，这小子一出手，以后北京那边的市场就不用愁了：

“他是……他……”

刘龙再也圆不回去了，半个月之前他还在电话里耍无赖呢，这会儿就摇身变成暴发户了。平日里威风凛凛的龙哥，这会儿老实得跟小猫似的：

“哥错了，真错了。你只要给我代理，以后保证一分钱都不会少你的！”

“哭穷，你啥实力我还不知道！”

“是是是，我妹子就是聪明！”

刘龙正在这儿犯愁呢，没想到小李把合同都拿来了，晓雪爱搭不理地甩给了他：

“看看吧，我的龙哥！”

这回她龙哥是彻底老实了，本来还想着怎么继续软磨硬泡呢，没想到孙大老板根本没打算跟他计较，别说小猫了，叫他老鼠估计都得乖乖地答应。说起来这刘龙，绝对称得上是一个响当当的风云人物，他开始出来闯江湖的时候，晓雪估计还上高中呢，心想要是换了自己遇着这么个滚刀肉，一锥子下去怎么着也得让他出点儿血再给他这个甜枣儿，自己都不愿意这么轻易地放过自己。刘龙是真后悔了，他重重地给了自己一个嘴巴，差一点儿就错过了一个这么好的朋友。刘龙和晓雪签了合同，交了保证金和首批货款。“晓雪，我服了，你是这个，多少大老爷们儿都没你这样的胸怀！废话不多说，以后有用得着你哥我的地方，尽管言语，你看哥以后咋对你这个妹子，替我给杜鹏带好。哥……哥走了！”

“不是龙哥，这还是你吗？别在这儿煽情了，痛快回去给你这老妹子卖货去，走着！”

看着刘龙的背影，晓雪摇了摇头，一个人笑了。开了不到一年的店，自己也和这些大大小小的老板们打过不少交道，十个里面有九个都是像刘龙这样久经沙场的老油条，在利益面前绝不退让半步，要是耍起混来，晓雪还真不是他们的对手。这次要不是公婆的帮助，她知道自己也许真就不能翻身了。

可这些人却也是最讲义气的，只要是认准了你，那可真就把你当成自家兄弟姐妹。自从那次之后，刘龙真把晓雪当成了自己的妹子，不但从未拖欠过货款，而且有求必应，晓雪凡是涉及北京的业务，只要她一个电话，没有不帮忙的；杜鹏他俩每次去北京，刘龙肯定事先全给安排妥当，只要是让龙哥知道他们来了，就休想在他这儿溜走，任何理由都能被他轻松化解。所以晓雪去北京从来不敢抱任何侥幸心理，只要是孙老板进京，刘龙就成了她的专职司机，自带汽车，还得是他的高级座驾，北京就跟他们家开的似的，谁让咱哥们儿这脑子一根儿筋呢！后来孙凯结婚，刘龙两口子更是专程从北京开车过来，不但带来了份儿大礼，在丹东老家更是跑前跑后地帮着张罗。对于经商而言，半路出家的孙晓雪其实依然是个门外汉，那些所谓的江湖规矩更是一窍不通。可是晓雪明白一个理儿，咱哪怕卖给人家一根针，也要货真价实，以心换心。这衣服可以整个签儿明码标价，可这诚信，却是无价啊！甭管哪一行哪一业，都得遵循这个法则。咱姐们儿脑子慢，何必搞得那么复杂，您说呢？

故事讲到这里，我可是得好好自行检讨一番了，手里的笔似乎有些失礼地忽略了一个重要人物，他就是杜鹏，一个自始至终兢兢业业的男人：在单位是一个兢兢业业的好职员，在家里是一个兢兢业业的好老公、兢兢业业的好儿子、兢兢业业的好女婿。也许没有多么惊天动地的事业，也不是世俗定义的那种高富帅。只要家里每一个人都平平安安、开开心心，他愿意在他们身后永远做那个默默无闻的小男人。这不，他的闹剧又开始上演了。

自从那天再次被老妈和晓雪识破真相之后，杜鹏就一直耿耿于怀，每天下班之后都会准时来到卧室对着那副球拍发一会儿呆。这个周末，晓雪回家正好赶上杜鹏一个人在家再一次故技重演，晓雪在条件反射的作用下变得异常警觉：

“你……要干什么？”

杜鹏拿着那副球拍，小脸儿紧绷，面无表情，冷冷地给了她一句：

“有件事儿，哥忍你很久了！走，咱俩出去单挑！”

“单……”

晓雪还没等缓过神儿来，就被义愤填膺的杜鹏“押”到了新城高中的网球场上。直到这时，晓雪才恍然大悟，她抢过老公手里标记着“老婆”的那支球拍，三年前的每一个细节都历历在目。兴奋的晓雪首先对老公展开了喋喋不休的语言攻势，勾起了杜鹏心里那一段玫瑰色的记忆：

“确实得好好跟你小子算算账了！老公你还记得吗？当年我每次都站在有阳光的一边，眼睛总是被晃得看不清楚，所以才让小鹏子同学频频得手！”

………

“2008届中文系孙晓雪，向你发出挑战！”

这一纸久违的战书让杜鹏彻底找回了当年的感觉，他环顾四周，周围所有的一切都还是那么亲切：

“老婆你还记得吗？当时张桐在这儿，‘万事通’在你那边，减肥达人小玉在那儿等着当球童，观众席上的李彬，远远地瞄着‘万事通’，从来不敢靠前…… 这后来嘛……”

“老公你知道吗？彬子他俩成了，就像现在的我们一样幸福，后来嘛……”

“后来嘛……接招儿吧你就！”

“啊……等会儿……”

杜鹏一拍子就把球发了过去，可是晓雪没接，突然跑到场边吐了起来，这可是让小鹏子同学很不满意：

“太伤自尊了！才三年，你老头儿我不至于老成……咋了晓雪？”

杜鹏一看不对劲儿，他知道老婆的演技没这么高超，赶紧过去扶着老婆：

“咋了这是？我给李主任打电话，咱马上去医院！”

“别……别！”

晓雪缓了缓，郑重其事地警告老公：

“告诉你啊，以后再打球儿你可绝对不是个儿了，因为现在是二打一！”

这幸福来得也太突然了，杜鹏的拍子都被他扔在了地上：

“啊！晓雪，你……”

晓雪重重地点了点头，杜鹏疯了一样抱起了老婆，“一家三口”一圈又一圈地转了起来：

“快放我下来，放我下来……”

…………孙晓雪和杜鹏静静地坐在空旷的球场上，望着不远处的小家，思绪的涟漪荡回了两个人最初的相识。虽然不再是最初的球场，但你在我的心里，我在你的爱里，依然是最初的模样，不管相隔了多少年。从他们的小区到高中的网球场，会是多远的距离……

是两公里……

是三年……

还是……永远……

“老婆，你想要男孩儿还是女孩儿啊？”

“这我倒是还没顾得上想，我只是想着到时候让他（她）给咱俩当裁判，省得你老欺负我！”

“你说到那时候，咱俩还打得动网球吗？”

“到那时候啊，咱俩就一个手拄着拐棍，一个手拿着球拍，来他个孙大

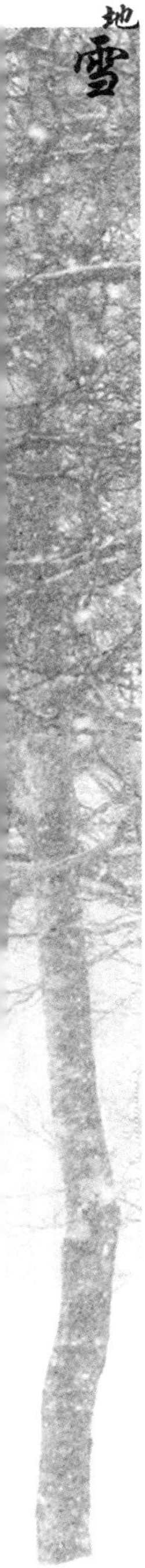

妈和杜大爷大战三百回合……”

“一个手拿着球拍，一个手……这……这难度太大了，没办法发球了。要我看啊，咱就生一对龙凤胎，让他俩打，咱们给他俩当裁判！”

“等他们俩打累了，咱们就像现在这样坐下来给他俩讲故事，讲网球和球拍的故事，讲咱们年轻时候的故事，讲他们爸爸、妈妈的爱情故事……”

如果，我不曾来过……

人都是有梦的，在人生如画一般的年华里，天马行空地勾勒着自己色彩斑斓的人生，或达官显贵，或舞文弄墨，或英俊潇洒，或风度翩翩。未来时态中的自己永远是那样的完美，未来时态中的人生永远是那样的无懈可击，犹如一块碧玉般完美无瑕。无论怎样漫无边际的遐想，都是我们对人生最美的诠释与注解，不允许有丝毫的亵渎，而且无一例外，梦的主角都会是那个最完美的自己。

梦是现实的延伸，是思想的升华，是夜里熟睡时的期许，常常被人们拿来取笑别人的白日梦，其实也不失为我们在清醒状态下对心灵的一种奖赏。这个周末，张地做了一个梦，在平时他最最熟悉的广场上，看着那一个个扶老携幼、举家游玩的人们，无不向他讲述着一个个关于家的故事。家是我们人生交汇的地方，我们在这里用情与爱编织出生命中最动人的乐章。眼前的场景让张地异常清醒。望空中飘扬的风筝，看远处嬉闹的人群，张地却走进了这样的梦境：如果，我不曾来过……

“如果，我不曾来过，一切都不会是今天这般模样；如果，我不曾来过，每一个人的命运都不会是现在这个样子；如果，我不曾来过，生性要强的母亲是绝对不会被下岗所打倒……母亲是一个勤劳能干的人，干起活儿来像男人一样，每年秋天往院里卸煤的时候，我和父亲加一块儿都不是她的对手。现在的她已经完全与这个社会脱节了，家里就是她全部的天地，在她看来，家里似乎永远都有洗不完的衣服、干不完的活儿。她可以什么都不闻不问，可是如果谁把家里弄脏了，后果将不堪设想。家门前铁道的那边有一片荒地，十几年来一直都是邻居种的。可从那年开始，母亲就把我们自己家门前的地硬生生地抢了过来，而且明确地告诉他们：‘在谁家门前，就是谁家的！’在她身上似乎有着永远都使不完的劲儿，永远都闲不下来，每年秋收之后，她都会把地里所有的秸秆儿统统收回来当柴火。她不管是谁种的，也不管是谁家的地，都会在第一时间把地里收拾得干干净净；不论做什么，为谁做，都从来不计报酬……假如第一胎是弟弟张天，那么母亲下岗时，他已经到了该上学的年纪，母亲一定会在当时的姥姥家，一面照顾张天，一面像三姨那样，开启自己崭新的人生。20 世纪 90 年代初的中国，正是市场经济体制最为活跃的时期，母亲凭借她的智慧和她骨子里那不服输的性格，一步步从零开始，从无到有，从小到大。二十年后的今天，她也许已经是一家私营企业的老板，也许早已经拥有了自己的店面，最次也会在私企里做到了领导的职位。我坚信，她是一个要强的人，只有初中学历的她既然可以在大集体里用勤劳的双手创造自己想要的生活，在其他的领域一样可以大有作为，因为她是一个永远有梦想、永远不服输的女人。如果是那样，如今的她肯定早已经买上了楼房，拥有了自己的小轿车，和父亲、弟弟过着平淡而殷实的生活。恰恰是她的要强，才成就了今天现实中的她。二十年前的母亲带着一个残疾的孩子，又遭逢下岗失业，脑海中不知曾有过多少次的挣扎，她肯定会像今天的我一样，做过千般种的假设，有过千般种的计划，描绘过未来千般种的生活，可是当回头看见东倒西歪的我，她彷徨了，她看不到任何的未来。在梦想与现实的交错中，她走向了压抑，走向了绝望。二十年后的今天，她在某种程度上已经彻底与这个时代隔绝，丢掉了曾经那个不知比多少男人还要强大的自己，只能眼睁睁地看着家里所发生的一切，自己却无能为力，身边的我们，已经变成了她脑海中最熟悉的陌生人。这是我的罪过，即使有来生，我也无法弥补！

“如果，我不曾来过，父亲当然也不会是今天这个样子。当年的他虽然不是大学本科毕业，却也是一表人才。父亲读书的时候就在理科方面显示出了天赋，读高中的时候每年的数理化考试都是全年级数一数二的，在各种竞赛中更是获奖无数。后来在事业上更是一帆风顺，从一线的信号工，到后来的工长，再到如今的车间副主任、助理工程师。如果，我不曾来过，父亲的事业肯定不会是如今的这个高度。他是一个在学术上非常较真儿的人，只要让他钻进去，不得出结果就休想让他出来。记得小时候有一次和他一起看一个中学生知识竞赛的节目，节目中出了一道数学题，坐在炕上的父亲一边看着，一边在脑海中进行着运算，不料还没等公布答案电视却跟他开起了玩笑：闭路没台了。‘哎呀！’父亲一边遗憾地拍着大腿，一边让我赶紧拿来了纸和笔，趴在炕上像一个小学生一样算了起来。他是那样的认真，那样的投入，仿佛周围的一切都不能打扰到他……经过十几分钟的奋战，他终于算出了结果，又让我打开了电视，可惜还是没有节目。‘肯定是这个数，除非 x 是整数，不是自然数！’父亲依然是那样的执着，只有看到答案，他才会甘心。当年的父亲，浑身上下都充满了激情。当年的父母是身边所有人羡慕的对象，称赞父亲是搂钱的耙儿，母亲是装钱的匣儿。如果，我不曾来过，这会是多么幸福的一家人啊！父母出双入对，形影不离，事业上相互支持，生活上相互体贴，膝下还有一个健康聪明的宝宝。咱老百姓的幸福生活，相信也就如是了吧！夫妻是相扶一生的伴侣，无论多么庞大的家族，无不源于一段美满的姻缘。两个羞答答的青年，在幸福中牵手，在牵手中共融，彼此扶持，相互支撑，方可构建起一个上有老下有小的美满家庭。中国人重视家，家是我们灵魂的归宿，是一个可以让我们为对方放弃事业甚至生命的地方。因为家的完整，才是每一个中国人心灵的完整。可是在这二十年的岁月中，这个男人，他有家吗？我的身体或许不是完整的，可父亲的生活、父亲的心灵、父亲的情感等男人需要在家的概念里拥有的一切……父亲，他拥有吗？家是一个琐碎而庞杂的体系，要有经济的支撑，更要有情感的维系。当父亲在工作上遇到困难，面临抉择的时候，他只能自己去面对。等待他的，没有妻子端来的热茶，没有爱人体贴的照料；等待他的，只有母亲每天语无伦次的言语，自己在沉默中静静地睡去，第二天早上独自爬起，为尚在读书的我们准备早饭。当我初中毕业规划人生的时候，这个男人也只能一言九鼎；当被他寄予厚望的张天对学习失去兴趣的时候，当所有生活的重担都恶狠狠地向他袭来的时候，这个可怜的男人，连个诉说的人都没有。一个人，只有他一个人，走到了今天！”

张地尽情徜徉在自己的梦境里，眼前的一切仿佛通通可以被他搬到自己的梦中。因为这个家庭所缺失的，实在是太多了！“张天……张天……这孩子……”想到弟弟，张地不自觉地萌生了一丝畏惧。可是此时此刻的他心静如水：

“我一直在埋怨自己的成长是一种畸形的状态，却没想过张天的成长难道就正常吗？一个九〇后的孩子，原本应该徜徉在父母温暖的怀抱中，放学回家，丢掉书包，吃着妈妈为他做的最爱的菜肴，在爸爸的陪伴下温习功课，在妈妈讲的故事中进入甜蜜的梦乡。他或许可以每天上学牵着爸爸的手，放学坐着妈妈的小轿车回家。衣食无忧的父母肯定会把所有的精力都放在弟弟身上，培养他的兴趣爱好，挖掘他的闪光点。最起码也会陪在他身边，妈妈牵着他的左手，爸爸牵着他的右手，陪他一起成长，见证他每一个精彩的瞬间，精心雕琢着父母这一部今生最骄傲的作品。二十年后的今天，他也许已经考取了重点大学，在自己所钟爱的领域里实现青春的梦想……如果那样的话，如今的弟弟会是什么样呢？是延续父亲的事业做一名出色的工程师？还是会成为一名优秀的教师？凭借那一副好体格这会儿没准儿在部队里保家卫国了呢！不论怎样，他都一定会比现在更加优秀……可现实中的他呢？刚刚出生妈妈就得了病，除了日常的照料之外，他并没有体会过真正意义上的母爱，父亲又长期在外地上班，还要面对一个身有残疾的哥哥。想当年他不愿让同学看到我，其实是一个不知世事的孩子面对现实的自卑与无奈。在快要毕业的时候，记得他曾经说起过，当时熟悉我家情况的邻居跟他说，他有这样的一个哥哥，母亲又患病，肩上要背负比别人更多的责任，他跟别人不一样，在面对抉择的时候，他比同龄孩子要现实得多。他二十一岁就背井离乡，去了外地的露天矿，每天面对沉重的劳动，这是一个九〇后的大男孩该有的生活吗？难道父亲就不思念他这最最疼爱的小儿子吗？这样的命运对弟弟而言，难道就公平吗？九〇后，应该是最具梦想、最有激情的一代年轻人，应该是依然在父母面前撒娇的孩子。可是如今的弟弟却变得和父亲一样的现实。在他身上所应该具有的时代符号，就这样被无情地剥夺了，只看到他那黝黑的脸颊上面，镶嵌着一双忧郁的眼睛。如果，我不曾来过，这双眼睛，也许会绽放出更多的光彩……”

不知不觉，夕阳西垂。一缕火红的霞光温暖地打在人们的脸上。“如果，我不曾来过，所有的事情都会如最初般那样美好；如果，我不曾来过，他们的灵魂会如最初般那样自由；如果，我不曾来过，一切的一切都会如这一缕霞光般静谧安详！”张地多么希望自己就随着这西沉的霞光一起去了吧，结束每一个人的痛苦，以这样一种与夕阳同醉的浪漫洗刷自己的罪责。可是，那又能怎样？他们一家三口已然错过了人生的朝阳。人生永远没有回放，没有彩排，每一分、每一秒无不是生命的现场直播。既然如此，为何不在剩下的岁月中，尽自己所能，让生命的指针随光阴的钟摆重新指向原点……

回 家

有句老话叫父爱如山！在八〇后这一代人的心中，父亲似乎是最熟悉又是最陌生的人。父亲的爱，深邃而深沉；父亲的爱，深深埋在心底，似乎不愿让我们知晓。在漫长的人生道路上，他总是以一副严肃认真，甚至让我们感到冷酷的目光默默地关注着我们。也许有一天，当我们真正读懂了这份爱的时候，却发现父亲已经老去，他那一双曾经令我们害怕的眼睛，已经渐渐失去了曾经的坚毅与威严……

二十六年前的那个秋天就已经注定了张成建必然，也必须是一个不同寻常的父亲。但与此同时，在他的身上依然可以找到一些我国传统家庭观念中父亲这个角色共有的特质。他和很多六〇后的父亲一样，在家中一言九鼎，不容置疑，也曾经历过棍棒底下出孝子的光荣传统。可是当这些传统被沿用到曾经弱不禁风的张地身上，这味道似乎就发生了变化。放在其他父子身上再正常不过的鸡毛蒜皮的生活，到了张地爷儿俩这里似乎就升级为了鲜血淋漓的生存。当命运把他们推到一个极点，他们也就不得不在生活与生存之间徘徊。同样的故事情节，相同的人物关系，当场景被切换到张地家的时候，同一舞台上的演员却对这个剧本有着截然不同的理解。这个所谓的剧本，就是演员们共同而且必须要经历的生活。

当张地决心要改变自身命运的时候，他认为这是一件比登天还难的事情。想改变父亲和弟弟对他的态度几乎是不可能的。这两个人就像压在他头上的两座大山，似乎永远都不可能被征服。张地抱着一种视死如归的态度开始尝试着与成建交流。可是令张地感到有些意外的是，命运似乎就这样悄无声息地改变了，这两座大山并非如他想象的那样高不可攀。成建不再像以前那样因为一点小事就对他吹胡子瞪眼，即使偶尔误会了，他也会第一时间向张地解释清楚。因为成建发现张地的内心似乎永远地停留在了昨天，对自己的每一句话，甚至每一个眼神都变得异常敏感。即使从父亲的眼神里读出哪怕一点点的凶相，张地都会第一时间投入他的那个小世界里，不断地思考着父亲到底在坚持着什么，即使成建无意中的一句话都会让张地抽着烟苦思冥想整整一夜。曾经那些依然历历在目的皮肉之苦使张地的心变得无比脆弱。此时的他，不能接受丝毫不和谐的音符，在他的眼里，那不是正常的生活，在其他的家庭里那是绝对绝对不可能发生的，哪怕细微的风吹草动都有可能是下一场灾难的导火索。他的眼睛就像是一台具有超高分辨率的扫描仪，从上到下，无时无刻不在观察着成建的一举一动。独特的经历和深刻的思考赋予了张地一双神奇的眼睛。这双眼睛可以从孙晓雪每一个细微的行为中解读出深刻的人生哲理，也可以在张成建举手投足之间，去解析自身一切痛苦的根源。他这种有意识的自我保护，让成建有生以来第一次觉得害怕了！张地再也不是自己曾经那个头脑简单的大儿子了，他似乎离自己越来越远了。张地只要稍微觉得有点儿气儿不顺就自己一个人在那里较劲，甚至变得有些和淑梅一样沉浸在自己的思想里不能自拔。成建不经意间的一句话都可能化作张地头上的一片乌云，久久不能散去……任何人都甭想将他唤醒！知子莫若父，成建知道，现在的张地，无论自己说什么他都不会听的，甚至会觉得自己是在害他，所以他只能给他创造一个良好的、他理想中的环境让他的身心可以得到放松。淑梅和张地，这两个完全沉浸在自己世界里的人让这个曾经在家里一言九鼎的男人，让这个已过知天命年龄的男人，妥协了。时光回到张地给父亲发短信的那个夜晚。那天成建一整天都在现场处理故障，和同事们一直忙乎到晚上八点多，回来又和大家在外面吃了饭。他从当年的一个名不见经传的信号工到今天车间的副主任，在铁路系统摸爬滚打了半辈子，积累了大量的现场工作经验。安全向来是铁路的第一要务，除了扎实的理论知识以外，更需要有一颗细致的心，才能确保设备的万无一失。所以每当出去聚会的时候，大家总是不忘抓住机会，向这位平日里待人谦和、丝毫没有一点儿官架子的老前辈取取经。酒桌上这位滴酒不沾的老前辈风趣幽默、平易近人，几句话下来就可以让气氛变得特别轻松，是电务段里出了名的好人缘儿。这天，当他们有说有笑地回到工区，已经是夜里十点半了，忙碌了一天的成建很快就洗洗睡了。可谁知刚刚躺下来手机就响了，开始还以为又是什么广告推销一类的骚扰信息，吵得人睡不好觉！速来雷厉风行的他正要来个一删到底，一看是张地发过来的，就在那样一个洒满月光的夜里，一个人静静地看着，本来已经快要睁不开眼睛的他，此时却再也没有了睡意……

夜已经深了，成建自己一个人在被窝儿里一字一句地看着张地发过来的信息，内心有一种说不出来的委屈，可是看到儿子大半夜不睡觉发过来的短信心里又是那样心疼，甚至有些害怕。在他看来，张地心事太重了。他一遍遍地看着信息，曾经在家中上演过的种种打打杀杀不住地浮现在他的眼前。自打淑梅得病，自己就一直忙于一家人的生计，所有的事情都得靠自己一个人担当。一直到张地初中快要毕业的时候，想着自己终于快要熬出头了，便想让张地自己干点儿什么，减轻家里的负担。至于兄弟俩的战争，也从来没上过心，认为只是小哥儿俩吵架，而且当时，张地也非常知道让着弟弟，从而也就左耳朵进，右耳朵出了。可是他万万没有想到，这些事情居然给张地造成了这么大的伤害，看着看着，成建不自觉地自言自语起来：“我也没厚此薄彼啊！这小子也太较真儿了，真的是忽略了他的感受？”想着想着，原本躺在床上的成建突然坐了起来，出了一身冷汗，因为他想到了张地刚刚毕业时曾经喝药轻生的事情，他不知道这小子如果再想不开，他会不会……“张地……张地……我的儿子！”成建的手心此时已经满是汗水，当一切的过往再一次被唤醒，成建真切地感受到了孩子内心的压抑与痛苦，手上还未来得及擦拭的汗水告诉他：他不能失去这个儿子！窗外皎洁的月光打在了成建的脸上，这一张曾经容不得半点质疑与反抗的脸颊，此时却写下了一丝懊悔，写下了一丝怜惜，写下了一丝惆怅。他不想看到张地继续蹒跚地在回忆的痛苦中徘徊。此时月光下的这个父亲，心如刀割……

不论岁月如何无情地流逝，血缘一直都牵动着我们最柔软的那根神经，只是在很多时候，这根神经被藏在了内心最最隐蔽的地方。它也许不是最活跃的，被很多欲望的神经压制着、掩盖着、牵引着，使生活的天平向着生存的方向倾斜，可是当人生走到了某一个节点上，真正触碰到了这根与血脉相连的神经，那种疼痛一定是撕心裂肺的，不管它是生活还是生存，只希望涌动着相同血液的两颗心从此可以靠得近一些，再近一些……即使中间依然有裂痕，这位老人也愿意用最笨拙的方式把它们清除。

光阴的使者悄无声息地改变着我们的生活。春的微风呼唤着我们的梦想，夏的火热燃烧着我们的激情，秋的硕果滋润着我们疲惫的心田，冬的洁白唤醒了游子的思念……又是一个银装素裹的冬天，小镇上不时响起的鞭炮催促着人们回家的脚步。三百六十五天的轮回，不论在这一年得意还是失意，成功还是失败，团圆是属于我们每一个中国人的年度盛宴。在这个寒冷的冬天，衣着单薄的张天回家了！他拖着疲惫的身躯，带着满满的思念。每次回来，张天都希望假期能够长一些，再长一些，恨不得永远都不要再回到那个鬼地方：在零下二十多度的天气里，穿着厚厚的棉衣在外面挖沟，甚至还要去清理厕所的管道。这个平日里相当讲究穿戴的大男孩在工作中却丝毫也找不到帅哥的风范。他在那里，最习以为常的动作就是在忙完了工作之后，摘下棉帽子，扫去额头上已经被冻成了冰碴儿的汗珠儿。这样的磨炼，使得张天懂事了许多，他更加体会到了生活的不易，还有，就是几十年父亲走过来的艰辛。在这个寒冷的冬天，有一份掺杂着些许苦涩的温暖正在等待着他，也在等待着这个家里的每一个人……

对于这个今年只有二十一岁的大男孩来说，一年中回家的这几天是他最幸福的日子，不仅可以品尝到可口的饭菜，还可以和昔日的玩伴们整天待在一起：你去我家蹭顿饭，我再来你家住一宿。不管干什么，泡网吧、扫大街，仿佛故乡的每一条街道、每一条小巷都曾留下过他们快乐的身影。只要和兄弟们在一起就是个舒坦！直到这时，张天似乎才真正回到了他这个年龄的孩子应有的生活中，即使在一年中只有短短的几天。这天张天回来，一开门就闻到了一股烧糊的味道，他赶紧跑到厨房，关掉了电磁炉。家里在冬天只有两个房间是暖和的，其余的暖气都被撤掉了，可是他回到里屋却没有看到父亲的身影，转身的瞬间，他看见父亲一个人坐在一个冷屋子里。

“爸，锅里的菜都……”

嘴边的话刚说到一半，张天却愣在那儿了。他看见父亲正抱着个相册在那儿发呆，自己这一系列轰轰烈烈的举动他却没有一点察觉。刚刚还十万火急的张天，此时正站在那里，静静地看着父亲的背影，鬓角已经微微泛起了白发，昔日腰身挺拔的成建已经开始有些驼背了。他出神地望着手里的照片，翻看着这一本前几天张地刚刚买回的影集，里面的照片被按照时间的顺序整理得整整齐齐。看着刚刚毕业时候的自己，成建却觉得仿佛不认识了，照片里那个意气风发的小伙子正在那里冲着他微笑。思绪随着手里翻动的照片一页一页地向前，当年他是一位和蔼可亲的父亲，怀里抱着可爱的小张地，眼神里充满了慈爱与温馨，当他翻到兄弟俩抱着足球的那张合影时，张天走到了他的跟前：

“爸，怎么了？咋想起看这些了？”

成建叹了口气，怕张天为自己着急，又假装憨憨地笑了一下，什么都没说，掏出了手机，找到了张地那天半夜发给他的那条短信，把手机递到了张天的手上：

“看看吧！这是张地……哦不，这是你哥在上次你走之后给我发的短信。”

“给你发……”

张天拿过手机来一看，习惯性地认为，这小子又欠调教了：

“什么呀这都是，多大个事儿啊，天天抽烟对他有啥好的！我看他这是没事儿闲的！回来我问问他这又要干啥。”

原本想父亲会和自己再一次强强联手，给张地来他个双堂会审，没想到这次父亲却摇了摇头：

“你这脾气就不能改改？这次你哥可是真认真了，这半年每天回来电视也不看了，就抽着烟在那儿自己琢磨。那天就是因为怕你回来再揍他，专门张罗了一桌子的菜，还买了几瓶啤酒，哆哆嗦嗦地说了很多话。什么人生啊，残疾啊，死啊活啊的，听得爸这心里真不是滋味儿，最后还求我跟你说，别再那样对他了。”

父亲的几句话让张天平静了许多，刚才还义愤填膺的他此时却不知该说什么好了。原本站在那里准备再教训张地一顿的张天走过来和父亲坐在了一起，一边翻看着照片，一边继续听着父亲的诉说：

“天儿，你现在也不小了！是一个男子汉了，再怎么着，那也是你哥，这个是这辈子都不会改变的，想想哥哥小时候多疼你啊，就算为我，你也不能再那么对待你哥了。天儿啊，爸一天一天老了，以后这个家还得靠你撑起来呢！”

张天看着和哥哥小时候的照片，不自觉地伸手去抚摸照片上的哥哥，眼前这一幅幅鲜活的画面，仿佛在诉说着往日时光中所有的点滴。如今已经长大成人的张天突然意识到是哥哥一路陪伴着他成长，是哥哥与他一起走过了无忧无虑的童年，还是这个身体有些残缺的哥哥，曾经是那样地谦让着他，照顾着他，无条件地包容了他一切的调皮与任性。可是自己却报以了哥哥那样一段似乎永远都挥之不去的记忆。张天如今才发现，自己的童年原来也是那样美好。一缕久违的温暖和一丝淡淡的自责与酸楚，唤醒了他尘封多年的记忆，让他完全沉浸其中。那些成长的点滴，仿佛就发生在昨天，张天一遍又一遍地阅读着自己与哥哥共同写就的这本成长写真：

“爸你看，这是我六岁那年，那个足球我俩恨不得睡觉都搂着！”

“还说呢！你俩一共踢坏了多少足球？”

“额……这个问题难度太大了！”

…………

“这我也就一生日吧！张地也真敢抱我！”

“跟你妈求了半天的情，自己都站不稳非要抱着弟弟照一张，把你妈吓的，就在边上候着，没看着你妈那裙子边儿吗？汗都吓出来了！”

…………

“还有这个机关枪，可把我俩抢疯了！”

“最后还不是让给你了！有脸说呢，小时候你不管吃啥，自己的吃完了上去就抢你哥的，不给就拿火钩子刨，你那时候可比你哥霸道多了！”

…………

“你们俩都长大了，那样的日子再也不会有了！”

张天目不转睛地盯着手里的照片，像一个木偶一样矗立在那里，脸颊微微有一丝抖动，之后像小时候那样用手不停地揉着眼睛：

“爸你放心吧！我知道该怎么对张地了。”

“张地？”

张天有些害羞地摸了摸脑袋：

“啊？哦！嘿嘿，我哥！”

“好儿子……哎，我锅里的肉！”

父亲这一突如其来的反应，把几乎要哭出来的张天给逗笑了。他抹了一把眼睛，收起了马上就要流出的泪水：

“才想起来呀！我早就给关了！”

直到这时，成建才彻底从那一幕幕温暖的回忆里走出来，思绪重新被拉回现在时的那一刻，立即被满屋子的糊味儿熏到了厨房。打开锅盖一看，原本好好的一锅肉早已完全被榨干，像一堆漆黑的木炭放在那里。如果换作平常，成建一定会捶胸顿足，懊恼不已。可这次，成建却与儿子对视了一下，两个人在厨房里大笑起来：

“哈哈哈……”

这笑声是那样的爽朗，这两个男人已经不知多少年没有这样开怀大笑了，就像是一场漫长而艰苦的跋涉之后，尽情地开怀畅饮，把酒言欢。细细想来，这真的是一场旅程——一场不可预知但又无从选择的旅程，一场曾经几度迷失了方向的旅程，一场险些让他们失去亲情的旅程……当他们重新锁定正确的方向，一路扬帆远航，才发现旅途中所丢失的一切，都已在岸边向他们招手。那种失而复得的喜悦让这对父子在厨房里端着那一锅烧糊的肉，笑着笑着，就哭了；哭着哭着，又笑了……

爷儿俩把这道特殊的菜盛了出来，虽然已经面目全非，可是两个人丝毫没有扔掉的意思，依然津津有味地吃了起来。一向对饭菜十分挑剔的张天，这次吃得特别香。成建也越吃越觉得有味道，这味道里有一种说不出的苦，有一种说不出的甜，有一种说不出的温暖……

“别都吃了啊，这么好吃的菜得给你哥留点儿！”

“晚上回来再给他炖，这独一无二的味道是专属于咱俩的，别人谁也吃不出来！”

成建放下了手里的筷子，一边品尝着嘴里的菜，一边回味着张天的这句话：

“孩子，你真的长大了！吃，咱俩都把它吃了！”

夜幕降临，门口点起的灯时刻等待着回家的游子，家门上倒贴的福字被飘落的雪花洗刷得分外鲜红。晚饭过后，一家人打开电视，拿出刚刚买回的年货，坐在一起，热热乎乎地说着各自在这一年中所经历的事情。喜悦之时共同欢呼，艰难之处搭起肩膀，走过的痛苦仿佛依然在揪着父亲的心，逝去的欢笑却依然在他的脸上荡漾。张天有意让哥哥坐到了里面，所有的后勤保障工作有生以来第一次由他一人独揽，弄得张地有些受宠若惊，他不知道这小子葫芦里究竟卖的什么药。在哥哥说话的时候，张天也不再像以前那样上去一棒子打死，而是在一旁静静地听着，这一形式上的改变让他无意中发现，原来哥哥的内心是那样的火热，那样的精彩！张天在外地的时候每天都有晚睡的习惯，在辛苦了一天之后回到公寓，拿着遥控器悠闲地看着电视，最早也要到夜里十一二点。可是这天，兄弟俩在父母回房间休息之后却早早地关掉了电视……

房间里漆黑一片，一切都安静了下来。兄弟俩躺进被窝，张天呆呆地盯着房顶，和哥哥诉说着在外打工的岁月，他们看不见彼此的脸，只是声音在房间里来回地交换。没有了面对面时的杂念，看不见彼此的喜怒哀乐，只有跟随心灵流淌出的声音。或许这，才是灵魂与灵魂之间的对话。

“你在那边怎么样？”

“不怎么样，见我岁数小就欺负，有啥活都让我干。”

说着说着，张地突然想起了张天刚刚毕业时的情景。那是张地第一天上班，当时弟弟刚毕业正在一家影楼打工。学校给成建打电话让张天去学校，说有一家外地的煤矿招工。可那天张天没带手机，成建给张地打电话让他去找弟弟。情急之下，第一天上班的张地就向单位请了假，去了那家影楼。张天一看他来了，就和朋友走了出去，不想让张地进去，不想让别人知道自己有这么个大哥。可没想到张地没看见他，上楼叫着张天的名字找了个遍。这可让一向好面子的张天大发雷霆，他要求张地每天除了上班不允许去任何地方，绝对不可以再次发生兄弟俩在大街上相遇的事情。那段时间，张地的同学聚会张天都没让他参加。一怒之下的张天最终也没去那家煤矿，而是去了山西二舅的公司。张地想到这里，觉得有些委屈，却又觉得有些对不住弟弟。他在想，如果当年张天去了那儿，今天的他又会是什么样呢？

“你跟我说实话，如果那次不是我，你会去鄂尔多斯吗？”

“那我也不去，一个熟人都没有！”

张天这个回答让张地轻松了一些，没有了自责，可这委屈又涌上了心头：

“那段时间可把我憋坏了，你哪儿都不让我去。那天下班碰上大姨听说你去山西了，我真是如释重负，第一个感觉就是我自由了！”

这是张地有生以来第一次当面指责张天，原本以为张天会发脾气，可没想到接下来张天说的话，让他在那个夜晚经历了第二个有生以来的第一次：

“那时候我不是小嘛，不懂事。这几年在外边经历的太多了，这些事儿我都快忘了。我……”

张天停顿了一下，白天父亲的话不断地在耳边萦绕：

“这些年我在外边这么辛苦，啥活儿都干还总被欺负，也算是我应得的报应吧！”

听到这句话，张地瞬间精神了许多，他突然眼前一亮，简直不敢相信自己的耳朵。刹那间，所有的委屈、抱怨涌上心头，其中还夹杂着对弟弟的心疼，他无法再听下去了，这么多年的坚持，这么多年的痛苦，这么多年的忍耐，仿佛仅此一句，足矣！

“别这么说，都过去了！太晚了，睡……睡吧。”

张地说着，用被子蒙上了自己的头，在躲进被窝的一瞬间，泪水再也忍不住，滑落了下来，落在了枕头上，更落在了自己的心里。他不想再有哪怕丝毫的控制，就让这泪水随着自己的心肆意流淌。在这个特殊的家庭里，张地不知流过多少次眼泪，可是这次流泪和之前的任何一次都不同，因为这次的泪水是热的，带着一种别样的温暖，暖进了他的心窝……

夜深了，呼啸的北风无情地掠过小镇的每一个角落。曾几何时，这个家庭似这严冬般寒气逼人。那个夜晚，窗外一切的冰冷似乎开始与这个家庭渐行渐远；那个夜晚，他们睡得很香甜；那个夜晚，这个家庭中的每一个成员的心——回家了。他们那曾经随世俗飘摇的灵魂——回家了！

心的回家，才是真正的回家！

全家福

不论人生的足迹漂泊到了哪里，家永远是每一个中国人最温暖的地方。曾经的分离是为了家的富足，今天的团圆是为了心的永远。那一年的那个清晨，将那张黑白的全家福打进背包，披星戴月踏上了梦想的征程；这一年的这个黄昏，照片里当年那个青涩的小姑娘，亲手为这一幅她生命中最动人的画面，勾勒出了最美的风景。

在大多数世俗的眼光里，孙晓雪成功了！她以她对时尚的敏锐捕捉以及酷爱臭美的绝佳天赋，在短短半年的时间里赚了个盆满钵满。可功成名就的孙晓雪却在此时大腹便便地来了个功成隐退：她让杜鹏辞掉了医院的工作专心打理公司的生意，自己却专心在家做起了准妈妈。在她看来，这只是她为了自己心底里真正意义上的成功所做的准备，晓雪心目中真正的成功，其实还没有开始。直到这一天，夫妻俩站在了小镇里最高档的一所刚刚交付的新房里。在这个面积达一百三十平米的房子里，晓雪实现了曾经为自己许下的心愿：把爸爸、妈妈和弟弟，当然了现在还要加上一周后即将过门的弟媳祁菲菲，都接到自己的身边，永远在一起。为了心目中的这个终极梦想，孙老板拿出了自己一半的积蓄。在这套已经被她精心装修过的新房里，晓雪的眼前似乎再一次燃起了弟弟生日上那点点的烛光，浮现出了蛋糕上那个调皮的鬼脸，耳畔响起了妈妈暖心的叮咛……就在杜鹏瞪大了双眼满屋子乱窜的工夫，她一个人静静地站在窗前，一向运筹帷幄的孙大老板以她心中满满的思念，描绘出了只属于她的“孙氏成功”，晓雪越想越开心，想到马上就可以跟爸爸、妈妈和弟弟在一起了，竟然一个人在那儿跳了起来，只见她挺着个大肚子，左跨三步，右跨三步，最后还不忘用尽全身力气摆个pose，笨拙得就像一只可爱的小熊猫：

“老公，老公！”

“媳妇啊，这房子可太漂亮了，要不咱跟他俩……咋了这是，美成这样了咋？又憋着啥坏呢？”

杜鹏从卧室跑出来一看，可把孩儿他爹给吓坏了：

“我的个媳妇哎，你嫌我血压不够高是吧！什么个情况啊，把你刺激这样儿？”

“老公，瞧咱这房子咋样？”

“绝对土豪级别，我都想让他们跟咱俩换了！”

“这点儿出息！我想着等小凯结完婚以后就把爸妈和他俩都接过来，让菲菲到咱们刚装好的那个新店当店长，让小凯去北京做那边的总代理，有龙哥在那儿我也放心。你们家孙老板的决策怎么样？”

“你不是把北京的代理权给龙哥了吗？”

“他那只是一个区的，整个北京的我还给我老弟留着呢！”

“想法不错，可是把这小子发配到北京你舍得吗？”

“有啥舍不得的？他本来就是学销售的，就是让这小子出去好好锻炼锻炼，再说天天在我身边，还不又得像小时候似的欺负我！嘿嘿，我这叫公报私仇！”

“孙老板英明啊，那他们都来了那我干什么？”

“你当老板啊！”

“我当……不会吧，你让我做你这个位置？”

晓雪坐到了沙发上，拿起了茶几上的全家福，阳光暖暖地打在了她脸上，使她的笑容也是那样温暖，那样自信：

“这张照片你见过吗？这是我十岁的时候照的，那时候咱爸咱妈是那样年轻。时间过得太快了！如今小凯都要成家立业了，爸妈却一天天地变老了，每次回去的时候真恨不得时间就从那一刻永远停止。现在的每一天都是爸爸、妈妈在我们身边的最年轻的一天，多想让爸妈不要再变得衰老，让我永远留在他们身边！”

杜鹏站在那里，望着窗外的风景，他同样想到了自己的父母，继续静静地听着晓雪的诉说：

“现在我们马上就要有自己的宝宝了，我不想错过他成长的每一个瞬间，更重要的是，我是他的妈妈，我要亲自将他爷爷奶奶、姥姥姥爷所给予我的爱，毫无保留地给他，在他那金子般纯洁的目光中——传承！”

说着说着，晓雪完全忘记了自我，吐露出的每一个字都在静静地拍打着两个人的灵魂，杜鹏听得入了神，两个人在回忆里沉寂了很久。时间仿佛永久地定格在了这一刻，所有幸福的点滴汇成了一条清澈的河流，穿透了两个人的心扉，在心底里静静地流淌，交汇成了一个爱的旋涡。他们要用自己青春里每一滴晶莹的汗水，去浇灌灵魂深处的永恒。在这套崭新的三居室里，有姐姐为弟弟购置的全套家具家电，有女儿为父母买回的按摩椅，有晓雪店里的店员利用业余时间为孙凯布置出的婚房，大到装修的风格，小到每一件装饰品的摆放，都是晓雪亲自设计把关。她用心地创造着这个真正属于她的作品，因为这里，才是真正属于她的成功。她要用尽青春里的所有，为家人打造一个温暖的巢穴，为自己的灵魂构筑一个永恒的港湾。

回过神儿来的杜鹏看见晓雪依然沉醉其中，自己恨不得马上就把岳父、岳母他们接到身边来。他不愿看到老婆这样，马上转移了话题，跑到梳妆台前面，不管什么东西看见就往头上擦：

“媳妇，你说我得来个什么发型，更符合咱杜总的气质？我琢磨着啊，大气的就来个背头，想低调的话咱就来个偏分，怎么样？”

“哎！哎！哎！那是擦脸的，你还知道自己姓啥不？”

“知道啊，杜总嘛！”

“我告诉你啊，每天的工作你要及时向我汇报，尤其是北京那边，你得盯紧点儿！”

“合着还是给你跑腿儿的啊！”

“怎么着？难道你还想凌驾于我之上不成？”

“这个不敢，您就安心在家垂帘听政吧！”

从当年象牙塔里那个青涩的小姑娘，到如今的准妈妈，孙晓雪走过了人生最美好的年华。从当年的那个小丫头片子到如今照亮全家人的未来，这个从农村走出来的八〇后在实现了自身理想的同时，迎着一路的朝阳为朋友带去了春天的和煦，为这座小镇带来了夏日的激情，为爱人奉上了金秋的硕果，为亲人捧回了冬日的暖阳……追逐记忆的脚步，翻开那本心底里一直叫作青春的相册，如同一个孩子般大声地喊出：“是她！就是她！那个向日葵下数着妈妈头发的小丫头！天南地北转了一大圈，这……这不还是她嘛！”

都说时间是一个出色的魔法师，可是思来想去，好像晓雪使得这位人尽皆知的大师失去了魔力。在那张黑白的全家福中，有一个流着鼻涕的小破孩儿，一只手被爸爸领着，另一只手调皮地放在了嘴里，心里还惦记着前面张二伯手里的糖果。就是照片中这个当年因为没有让他和妈妈站在一起而险些哭鼻子的小破孩儿，在十多年后的今天，穿上了姐姐在北京亲自为他们量身定制的新婚礼服。在孙凯的婚礼上，姐姐挺着个大肚子，和他还没出世的外甥一起，见证了他人生中最幸福的时刻。

孙凯的媳妇祁菲菲，是孙凯工作那家酒店的领班，他的顶头上司。可是人家根本没把这个比他还要小一岁的领导放在眼里，入职一个月就对人家暗动芳心的他却给菲菲来了个“冷处理”。当时所有的服务生都前呼后拥地巴结她，唯独人家孙公子对她爱搭不理地，无形中在菲菲心里蒙上了一层神秘的面纱，于是便想尽办法接近孙凯。孙公子审时度势，自认为时机成熟时来了个顺水推舟，成功抱得美人归。在婚礼上，菲菲给了姐姐一个深深的拥抱。姐姐不但在这边给他们买好了房子，还给她安排好了工作。虽然只见过两面，可晓雪一下子就喜欢上了这个和她一样聪明能干的小丫头，看到她，晓雪就仿佛看到了自己刚刚毕业时的样子。

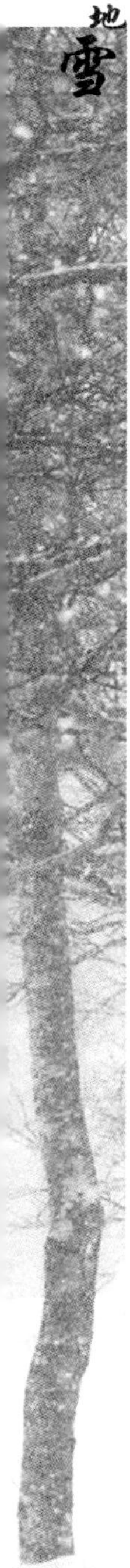

还是这个小院儿，还是当年的向日葵，只是照片中从四个人变成了十个人，从最初的四口之家，变成了如今由三家组成的一个大家庭。十多年后的今天，曾经的黑白照片变成了一张彩色的全家福。在这两张照片中我们看到了岁月的变迁，看到了容颜的憔悴，看到了一份矢志不渝的坚守，更看到了人性的至美！

两张全家福，一颗赤子心，串联起了这段温暖的故事！在这张洋溢着幸福与温馨的照片中，我找到了赋予这张照片以生命的那个人，那个当年在镜头前还有些腼腆的小丫头片子，此时在刘龙按下快门的瞬间，笑得最甜、最美，也最真！

找回自己

寒冬里一声汽笛的轰鸣拉开了 2015 年春运的序幕。放眼望去，小小的火车站被无数归心似箭的人们塞得水泄不通。行色匆匆的人们提着满满的思念与祝福，焦急地遥望着家的方向。春节是中华民族最为隆重的节日，不论相隔多远，也不论在这一年的漂泊中是否实现了心中那个或大或小的梦想，团圆都是这一刻永恒的主题。在这一年节后的客流中，我看到了两个熟悉的身影。张地的大姑夫即将在正月初六庆祝自己的六十六大寿，成建和张地要回北票老家祝寿，爷俩在相隔多年之后，再一次像张地小时候那样，坐上了同一列回家的列车。

按照当地风俗，每年的正月初六和初八是最忙碌和热闹的日子。在这两天里，家中如果有年满六十六岁和八十岁的老人，儿女们会在自己的家里宴请亲朋好友、街坊四邻，为老人祝寿。在阖家团聚的正月里，人们都会选择“六”和“八” 这两个中国人心目中最吉利的数字来表达儿孙们对老人的孝心与感恩、敬仰与祝福。一到正月，在这祖祖辈辈共同生活的土地上，都会有不少老寿星，这七大姑八大姨的可是得记清楚了。儿时的张地就曾在大伯家亲眼看过一家人在正月里赶场、兵分多路前去赴宴的壮观景象。到了中午开饭的时间，就听见冰封的大地上炮声四起，忙碌了一年的老邻旧居欢聚一堂，共同举杯，七大姑八大姨在一起，屋里屋外笑成了一片。小辈儿们端着酒杯，叔叔、伯伯地转一圈下来早已喝得面红耳赤。再看看炕上坐着的老寿星，老哥哥、老姐姐围坐两边，儿女们跑前跑后地忙活着，孙子孙女辈儿的呢？他们可不管你祝寿不祝寿，依然是我行我素，和小伙伴们屋里屋外地跑。每当这时，炕上的这位老寿星像是事先彩排好了似的，笑得像个孩子…… 春节是传统文化的回归与传承，从腊八到十五，我们所做的每一件事无不是在传承着我们自己的文化，这种文化在千百年的演化中，已经逐渐变成我们的生活。春节是一个民族共同的节日，同时也是每一个炎黄子孙自己的节日，每一个人在这个节日里都有着属于自己的记忆，属于自己的故事，属于自己的成长，属于自己的温暖！

张地基本每年都回北票，一开始是去奶奶家，奶奶去世后那里就变成了大伯家。直到如今，大伯一家已经搬到了大连，老姑也搬到了沈阳，只有大姑一家依然在这里守候着这一片养育了他们的土地。时代的变迁改变着这片

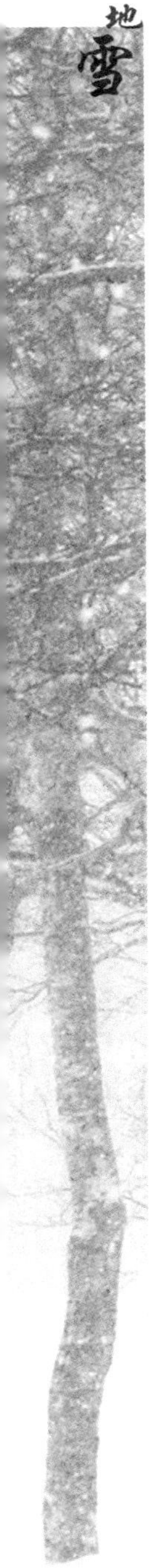

土地上的乡亲们，改变着乡亲们的生活，不变的，是那份血浓于水的亲情。大姑是成建姐妹四人中的老大姐，膝下的一双儿女早已成家立业。已经上大学的大孙女只比张天小一岁，小时候张天回奶奶家，都会和他这个大侄女玩儿得不亦乐乎，在奶奶家上演叔侄版的大闹天宫。今年春节，大姑的女儿、女婿带着她的大外孙从大连回来过年。再次回到这片熟悉的土地，张地的内心变得特别柔软，被眼前的一切感染着，同时也在不停地观察着、思考着……

人有时候是很奇怪的，到了一定的年龄，经历了一些事情之后，时间过得越久，往事就越发变得清晰。在张地尽情地感受着亲情的同时，成建在这个他长大的地方同样释放着最率真的自己。每次回老家，他都会成为大家的焦点，在老姐姐家里的每一分钟，都是张成建最轻松的时刻。在这里，他可以忘记家庭中的紧张；在这里，他可以忘记工作中的艰辛；在这里，他可以暂时卸下头上所有的枷锁，做回他心目中最理想、最帅气的那个自己。别看在饭桌上滴酒不沾，人家在牌桌上那可是当之无愧的霸主。就在老姐夫大寿的前一天晚上，水足饭饱的成建和自己的外甥、外甥姑爷斗起了地主，成建可是牌桌上的老将，甭管你是麻将还是扑克，通通放马过来，就没有他不会的。每次回来要是不和老哥儿几个打上几圈麻将，总觉得缺点儿什么似的，失手的概率可以说是微乎其微。厉害归厉害，牌桌上的成建那可是相当有风度：如果是和外人玩儿，几圈儿小麻将下来孩子们的压岁钱也就当场报销了；如果是和自己家人玩儿，不管赢多少最后不是还给人家，就是分给孩子们，毕竟现在他也已经是爷爷辈儿的人了嘛！可是这江湖险恶呀，即使是久经沙场的张成建，也避免不了有时候牌运不济啊。

看看今天这阵势，外甥也称得上是牌坛老手儿了，今天要重点关注坐在对面的外甥女婿，吃饭之前刚在西屋和那帮秃小子们玩儿了一下午，这手可还热乎着呢！旁边还有两个观战的“左右护法”——二姐家的外甥和儿子张地。即使这样，成建也没把这俩小毛孩子放在眼里，只要手里这牌说得过去，他可就是当仁不让的地主。没过一会儿，面前就摆满了胜利果实——一小沓儿一元钱的大票儿。成建得意地对旁边的“左护法”说：

“看见没小伟？你这还打什么工啊？往这儿一坐这不就发家致富了！”

“哈哈哈……”

一看眼前的局势，一派大好：

“你的二啊，拿回去！小破二你就想说了算了，看看这是啥！”

…………

“看这把的啊，咱就缺它，就缺……”

一看上来这三张牌，一张有用的也没有啊。

“这牌上的，赞助给你俩得了！”

“哎，那可不行，二舅！”

“就是二舅，我们哥儿俩就靠这三张牌赢您，呵呵，收着吧！”

场上的局势真是变化莫测啊！短短几把，成建面前的一元大票儿就被乖乖地还了回去，到最后居然沦落到了从兜儿里往外掏钱的地步，真是江湖险恶呀。想想刚才悟出的发家之道，貌似有点儿误人子弟了，成建无奈地从兜儿里掏出了五块钱：

“看没，小伟，这就得老老实实地给人家。啥都不好干吧，发家还得靠劳动，没点儿本事要钱儿都不灵啊！”

坐在一旁的“右护法”张地，看着像孩子一样开心的父亲，不知不觉间被眼前的这一幕深深地感动了。此时此刻，这个房间在张地的眼中仿佛只有父亲一个人，他已经很多年没有看到父亲这样开心了。打牌中的父亲伶牙俐齿、英勇善战，而且机智幽默；洗牌的时候还不忘总结得失，客观地分析上一把的战况，思维活跃得就像二十几岁的小伙子。成建在这一场游戏中似乎在寻找着什么，寻找着一种似曾相识的欢乐，寻找着一种似曾相识的纯真，寻找着一种似曾相识的洒脱，寻找着一种似曾相识的人生。这一切的一切，都是为了寻找曾经那个似曾相识的自己。他忘记了自己是一个残疾孩子的父亲，忘记了自己有一个患病的妻子，忘记了这三十年的艰辛，忘记了生命中所有的痛苦。每一次潇洒地挥牌，清脆地打在老姐姐家的炕上发出的啪啪的声音回荡在成建的耳朵里，是那样动听，如一曲优美的旋律在这个温暖的屋子里盘旋，伴随着三个人的你争我抢，伴随着三个人爽朗的笑声，暖化了他的灵魂，驱散了这个男人生命中所有的严寒。这声音摘掉了他头上关于父亲和丈夫的枷锁，他只是一个来姐姐家玩耍的弟弟，只是一个和蔼可亲的二舅。一切的一切，仿佛本该如今宵这般简单纯真；一切的一切，回到了一个生命最初的形态。张地仿佛不认识眼前的父亲了，他甚至有些愧疚地觉得，今天这个场合自己是一个多余的人，他希望自己可以化作房间里的一团空气，千万千万不要让父亲看到自己，因为他知道，自己几乎承载了眼前这个男人生命中所有的痛苦。张地在那一刻觉得自己开始变得渺小，开始变得虚无……他下意识地站起身，可目光却依然懒惰地停留在父亲身上，过了好久……此时“战场”上的胜负输赢已经离张地越来越远，在他的世界里，只有父亲一个人……

张地强迫自己的视线离开了父亲，原本就坐在父亲身旁的他站了起来，呆呆地杵在那里，一瞬间感觉自己仿佛腾空了，化作了灯光下的一丝尘埃，无处安放自己的躯体，更无处安放自己的灵魂。他漫无目的地在屋子里溜达着，无意间看到了柜子上的一张照片，那是父亲、大伯、大姑和老姑兄弟姐妹四人在去年大姑过生日时候留下的合影。在这张照片中，他感觉到最疼爱

自己的大伯——真的老了！虽然此时的大伯就在旁边打麻将，可是当光影将兄弟姐妹四人定格，仿佛将那些匆匆溜走的年华静止在了这张方寸的照片中，思绪跟随着眼前的照片回到了久别的童年。成建是家中的老小，也是四个人中第一个走出山村的人，是他们这一辈人中的骄傲。张地出生的时候，成建的哥哥、姐姐们都前去探望，对张地更是疼爱有加。张地上学之前几乎常年生活在奶奶家，伯母对张地更是视如己出，比照顾自己的一双儿女还要耐心：张地小时候由于手不好使，吃饭爱掉饭粒儿，经常把衣服弄得很脏，伯母就亲手给他缝制了兜兜，吃饭的时候就给他戴上。奶奶家的每一个人非但没有排斥这个特殊的孩子，反而将他照顾得无微不至。就算有时候冷落了自己的孩子，伯母也从没有让张地受到过一点儿委屈。当时还在世的奶奶更是这样，总会让张地的堂哥让着弟弟，照顾弟弟。张地清楚地记得，奶奶在仅仅比自己大六岁的堂哥面前称自己为孩子，其实当时张地也老大不小了，可是这句"孩子"已经成为了奶奶的口头禅，是张地的专属称谓，因为在奶奶心中，张地是最需要照顾的，是她永远最疼爱的孩子！在这一大家子人中，谁都没有排斥过这个特殊的生命，不论张地是残缺还是健全，都是他们的骨肉至亲！张地转过身，目光在父亲和大伯之间来回移动。看着这老哥俩儿欢乐的样子，他感觉自己仿佛瞬间重新回到了这个温暖的房间，周围的一切是那么的真实可感，这里有他的过去，有他的现在，更有他内心的归宿，温暖地和他此时的心是同一个温度。张地紧闭双眸，所有的欢声笑语重新回到了他的耳朵里——他的儿子，回来了；他的侄子，回来了！张地睁开了眼睛，脱胎换骨般地回到了父亲身边：

"战况如何，谁赢了？"

…………

"我看看这牌，爸，春天了，没跑儿，等着数钱吧！"

"是啊儿子，这回真的是春天了！"

在这个万家团圆的春节，他们生命的春天仿佛真的来了！伴随着门口那摇曳的红灯笼，一切都仿佛变回了最初的模样。在这个夜晚，张成建和张地，这两个不胜酒力的男人——醉了：醉回了那流逝的年华，醉在了这片烙下了他们各自生命中最美好印记的土地上。在这里，他们的灵魂得到了彻彻底底的舒展，他们不再吝惜命运给他们留下的那一片狭小的空间，而是冲破了所有条条框框的束缚，和着那一曲原本就属于他们的生命和弦，如同两匹脱缰的野马，撒着欢儿地奔跑着、释放着。打牌过程中爷俩的几次对话，也如同这两个男人的命运轨迹那样，无数次地交汇着、分离着、碰撞着、重合着。

不管命运曾经跟我们开了一个多么大的玩笑，终究我们还是要相信生命的美好；不管经历过多少的悲欢离合，终究我们还是要相信血浓于水，在生

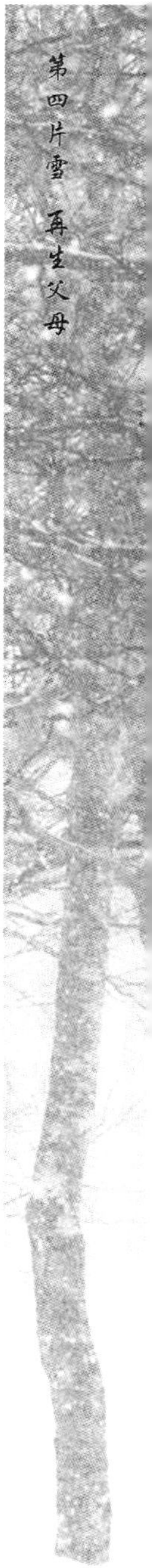

命的某一个节点上，它会牢牢地牵住我们内心最柔软的那根神经，会很疼，但是会疼得你心甘情愿，疼得你一点儿脾气也没有。这就是他们的命，也是这两个男人别样的幸福，这种幸福和任何人都不一样，即使是他们彼此，也不一样！

时钟走过了子夜十分，喧哗散尽。张地躺进被窝，他双眼发亮，似乎有一个天大的秘密即将浮出水面，却又一时找不出这个秘密是什么。他拿出手机，打开了那篇被他珍藏许久的《母亲的话》，其实就是他整理孙晓雪在空间里发表过的文章和动态。在这个温暖的夜晚，他找到了所有孙晓雪文章中所写到的东西：那相濡以沫的亲情，那种对故乡深深的眷恋，那一份矢志不渝的坚守……他突然发现生命中的这些美好，其实他同样拥有，只是在以一种不同的形态存在着。此时此刻，他的灵魂感受到了一种前所未有的温暖。张地抱着手机，幸福地进入了梦乡…… 他仿佛梦到了自己可以同时在给予了他物质和精神生命的父母膝下——尽孝！

张地的故事告诉我们，无论我们在以哪种方式和形态生活，都永远不要丢掉心灵深处那个最真实的自我。生命的宽度和生活的长度，都是需要我们用心去丈量的！

后记：母亲的土地

一抹灿烂的晚霞抚摸着这一片炽热而多情的土地，倒映着乡亲们的笑脸，伴随着四时的更迭，哪怕一株很小很小的生命都可以在她的怀抱中生根发芽，破土而出。土地养育着世世代代依恋着她的人们，厚重的黑土地塑造了东北姑娘的妩媚多情，金色的黄土坡孕育了西北汉子的奔放洒脱。一方水土养一方人，一茬又一茬的庄稼，历经着风霜雨雪的洗礼；一代又一代的人们，演绎着各自截然不同的人生。我们在这片土地上呱呱坠地，在这片土地上玩耍嬉戏，在这片土地上追逐梦想，在这片土地上书写着自己的人生。吮吸着你的乳汁长大，又喝着你甘甜的泉水，走遍了海角天涯，你微笑着谅解了我所有的无知，包容了我所有的任性。你把你的宽厚与博大赋予了你的女儿，那个曾经在你怀里撒娇的小丫头，将她带到了她所走过的每一个角落……

试图用文字打开心扉，悄悄地躲到一段人生的背后，只为去聆听心的回响。张地的故事让我找到了在如今这个时代下完全不同的人生，他代表的是蜷缩在时代小角落里的一个群体。这部小说写到今天，心中突然产生了很多疑问：在我们所共同生活的这个时代里，还会有多少残疾人以及他们的家庭？他们又会是怎样的一种生存状态呢？所有的生命体都应该是自由的，而不是人性小角落里一种迫使下的价值观的强加，除非是被戴上了手铐和脚镣的罪犯。而这只能会使得整个家庭的精神世界走向毁灭的深渊，因为它是在客观亲情关系基础上人性的双向捆绑与束缚。在我国，残疾人群体已经达到了八千万人之多，这就意味着在其身后有八千多万个活生生的家庭。在这其中，肯定有不少是正常形态下的亲情，父母也愿意把他们的骨肉推向真正属于他们的人生舞台，但这一数字又是多少呢？他们中能有多少人有能力给父母养老送终，又会有多少残疾孩子的父母要考虑这个问题？当健全和残缺同是身上掉下来的肉的时候，当家庭还在为吃饱穿暖而奔波的时候，这些父母又会做出何种选择呢？在一些传统封建思想意识还依然存在的农村，遗弃女婴的案例依然时有发生，我们还可以想象那些大众视野之外的残疾孩子的命运吗？这个问题是应该去深刻反思，还是只能像我们所处的年代那样不能选择，只能认命呢？真的希望社会上能有更多的人去思考这个问题，以目前中国社会的文明程度，我相信我们也有能力去面对和思考这一问题。在中国人已经逐步走向小康的今天，当我们再次聚焦这个弱势群体，奉献我们的关注与爱心，目光不应该仅仅停留在他们的衣食住行上，还应该从更深入的层次去关注他们，要以他们为中心，去关注他们身边人精神世界层面上的生存状态。他们可能和我们穿着同样的衣服，过着物质条件和我们相差无几的生活，可是当我们真正意义上走进他们的时候，或许会被震惊，这就是我在与张地接触过程中最直观的感受！当一份亲情走向畸形，当一个活生生的家庭在我们身边走向畸形，即使他们过着看似衣食无忧的生活，那一个个鲜活的身影也势必会在我们共同所处的价值体系中渐行渐远。当我的大脑被这无数的问号所填满，顿觉手中的笔，变得那样沉重。我不仅仅是在记录一个人，而是在记录一个群体，记录一种社会，记录一种生存的状态和生命的形态！

不管怎样，无论是作为一个朋友还是一个故事的记录者，我都应该为张地感到庆幸，试想：在这个群体中能有多少人可以像张地这样对自己的成长进行梳理，对这其中每一个人的状态做出客观的分析，对自身的生存状态有一个清晰的认识和把握？更加令我折服的是，当他意识到这种生活不正常的时候，可以完全凭借自己的力量去改变。这种从意识层面上升到身体力行地去改变，是多少健全人都不可能完成的事情啊！每一个家庭关上房门都是一个相对封闭的世界，一个几乎囊括了所有人性形态的世界，在试图改变这座小世界的过程中，除了自己，也许谁都无能为力，因为他想改变的，是作为一个人根深立命的地方。在与张地交流的过程中，我们哥儿俩经常上演这般雷人的大场面：前一分钟我还坐在那儿静静地听他诉说，恨不得像孙悟空那样变成一只小虫子钻到他心里去，后一分钟我就被他气得站起来一圈儿一圈儿地转，然后走到他面前：

“你给我起来！”

每当这时，他都会一脸无辜地站起来，貌似有些害怕地看着我，继续听着我的训话。我恨不得拎着他的耳朵对他说：

“孙晓雪到底怎么你了？值得你这么感谢她？人家见着你恨不得都绕着走，你可倒好，还认上母亲了，比自己都小一岁，叫得那叫一个亲，你就自己玩儿吧你，有你后悔的时候！”

我这边被气得义愤填膺，他却不屑一顾地坐回原处，不跟我顶，也不跟我犟。你发你的牢骚，我当我的“儿子”，继续在那里我行我素，根本不惯着我。我没办法呀，只好尊重这位艺术原型的想法，试图更加深入地去挖掘眼前这位神人的内心。当这部作品写到最后，真正把两个人的故事立体而真实地呈现出来的时候，我宣布举手投降了。孙晓雪在张地真正意义上走向社会、走向成熟的那一刻，在她自己全然不知的情况下，以一种特殊的方式微笑着重重地给了张地一记震耳欲聋的耳光，非常明确地告诉他：“你的生活是有问题的！”彻底把这个傻小子给打醒了，没想到这小子还“恩将仇报”，继续死皮赖脸地“不耻下问”。即使这样，善良的夫妻俩依然没跟他一般见识：你前进一步，我们就后退两步，一次又一次老老实实地为自己的善良埋单，一次又一次地原谅了张地所有的无知，一次又一次地包容了张地所有的荒唐。否则别说晓雪了，就杜鹏那脾气也肯定饶不了他，因为张地确实是太过分了！正是这一次次的“恩将仇报”，让张地看清了太多他早就应该看清楚的事情，思考了太多他早就应该思考的问题，明白了太多他早就应该明白的道理，更让这个家庭收获了他们早就应该……哦不，是本不应该失去的亲情。晓雪对张地的帮助其实很简单，如果放到别人身上，根本就不值一提，可这个人偏偏是张地——世界上独一无二的张地。晓雪使他完成的，是站在零的起点上，重新去进行人生初定义的思考，让他的思维和灵魂真正意义上由一个胚胎开始，迅速成长。晓雪在毫无意识的情况下开启了一个生命全新的篇章，更拯救了一个即将走向消亡的家庭，原因只有一个——她将丹东那片土地赋予她的淳朴与善良带到了这里。这个来自辽宁的内蒙媳妇，不知不觉中，已将那白山黑水的宽厚与博大带到了这片百里之外的土地上，在自己平凡的生活中误打误撞地当了一把救命恩人，凭空多出了这么一个大儿子。刚刚听到这个故事的时候，我记得我根本顾不上坐在对面的张地的感受，自己偷偷地捂着嘴笑，因为我觉得他实在是太荒唐、太滑稽了。可是当我真正走进张地的生活，又觉得那样心痛，直到最后晓雪的出现，又让我觉得那样暖心。

将孙晓雪作为我笔下的主人公之一，绝不仅仅因为她帮助了张地，而是我被她身上那种同龄人少有的率真与从容所打动，她与当下年轻人那种“唯成功论”的价值趋向形成了鲜明对比。孙晓雪时时刻刻都在做着最真实的自己，自己是什么样的，就会在生活中呈现一个什么样的自己，就会在社会上呈现一个什么样的自己，从没有过任何的虚伪，更不需要任何的掩饰。细细想来，在当今的社会中将亲情以及坚持内心最真实的感悟作为生活中的信条，而不是将生活变为不断向物质满足驱使的过程，这样的人，其实在当下的现实生活中已经不多见了。这个生活在我们身边的年轻人，可以让我们在她平凡的生活中静下心来去思考，静下心来去品味，静下心来去感知，静下心来去窥探我们自己的生活。你会觉得这个人似乎是那样完美，可距离自己又是那么的近，那是因为她对她生命中的一切都是真诚的。许多的人和事，你真诚了，一切也就简单了！

在这两个人物的共同感召之下，我终于将小说写到了最后。在最后的整理阶段，张地平均每天给我打不下十个电话，把我的手机打没电了，就亲自到我家来督战。他眼里含着热泪跟我说，他要将我的这部作品送给他的“父母”。于是在他的软磨硬泡之下，当我写完故事的主体部分，就提前将书的小样印刷了出来。他要用我手中的笔，回报晓雪所给予他的思考与成长，使他的生命获得了新生，这是一种精神层面的救赎。我被张地深深地感动了，更被他震撼了！其实我并不认识孙晓雪，她是一个多愁善感的女孩儿，经常在朋友网上记录自己的生活，抒发自己的情感。这也许是我的幸运吧！我通过张地的朋友网串联起了晓雪的故事，记录下了她的生活。我希望有朝一日能够认识这对小夫妻。或许是他的真诚感动了上苍，经过多方打听，终于找到了一位和晓雪住在同一个小区的朋友小张，和他们住得很近，他们几乎同时买的房子，搬家的时候，杜鹏还曾过去帮忙。为了不再打扰到他们，我并没有出面，而是通过朋友转交了过去，同时让他帮忙转达了我和张地的感激与祝福。希望这部小说能为他们记录下所有美好的回忆！回来后小张告诉我，晓雪过了一个真正意义上的团圆年，而且如今的晓雪也成为了一位名副其实的母亲。

在这一代独生子女纷纷成家立业的今天，几乎每年春节都会在网上看到他们关于去谁家过年的“德比大战”。双方都是父母的独苗，养儿方知父母恩，谁都不想在那样一个团聚的时刻让自己的父母独守孤独，况且相信我们关于年的所有记忆，都离不开自己的爸爸、妈妈。那些上了岁数的人们过年，又怎能少得了孩子们呢？于是便有先驱者大胆尝试，绝对堪称改革试点的模范，他们将双方父母接到自己工作的城市共同过年。来自不同城市，甚至不同省份的四位老人同处一室，都有着各自执着坚守了大半辈子的生活习惯，况且又是大家最重视的春节。要知道在我们九百六十万平方千米的土地上，各种地域性的习俗可谓五花八门，南北方更是差距甚大。如果是兴致高涨的老人，不免在此时要借机考验一下自己的儿媳或是女婿。四位父母大人同时莅临，若是能在这同一屋檐下和谐相处，绝对就是街坊四邻相传的佳话了。双方父母莅临，就已如此，小伙伴儿们听说过“三方父母”共同过年的佳话吗？

孙晓雪实现了这一革命性跨越，在她买给父母的大房子里十足地任性了一把。腊月二十八这一天，晓雪全家都在孙凯这里过年，即将临产的晓雪在菲菲的房间里美滋滋地听着舒缓的音乐，一圈儿一圈儿地抚摸着自己的大肚子，优哉游哉地吃着菲菲给买回的零食，和肚子里的小家伙儿说着悄悄话，尽情地沉浸在即将做母亲的喜悦与幸福之中，成了全家的国宝“大熊猫”。她这里惬意得很，其他人可是忙得不亦乐乎：菲菲一直在店里忙乎；一对亲家母则开始挨个儿打扫卫生，从晓雪家忙乎到孙凯家，又从孙凯家忙乎到老太太自己的家，洗洗涮涮，整整干了三天。晓雪看到两位妈妈如此操劳，几次想搭把手儿，可是几次出手都被两位母亲大人给骂了回来：

“傻丫头，你不心疼自己，我们还心疼我们的大孙子呢！”

碰了一鼻子灰的晓雪还是闲得难受，一个人慢慢腾腾地挪到了公司。可是没想到几天不照面儿，这几个小丫头竟然也敢跟自己对着干了，干这个也不行，干那个也不让，小李看她实在可怜，就给她倒了杯水，把账本拿来给她看，没想到她雪姐根本不需要：

“这个就免了吧！如果我没记错的话，昨天的营业额是五千，北京发了两百件春季新款，沈阳发了三百，还有一批河北廊坊的货已经给总部去了订单，没错儿吧！你们姐夫每天回家要是不带账本，根本进不了俺的门儿！”

姐儿俩张着嘴彻底听傻了：

“姐，你太牛儿了，你这老公是啥牌儿的呀！”

女人们在忙，男人们也没闲着。两位爸爸成了全家的后勤部长，所有的采购工作都落在了这老哥儿俩的肩上。杜鹏和孙凯则被委以重任，开车回沈阳接来了菲菲的父母。大年三十儿的当天，菲菲成了家里的大厨，全家十多口人的饭菜做起来可是个不小的工程，只听得厨房内外瞬间乱作一团：

“妈，芹菜摘好了吗？”

“啥？”

“哎呀不是叫您，妈！”

“爸，那鱼昨天您放哪儿了？”

“什么鱼呀？”

“亲爱的爸爸、妈妈们啊，俺服儿了！

几个回合下来，咱家的祁大师傅彻底懵圈了，爸爸、妈妈，公公、婆婆，已经完全被她给叫乱了，一边炒菜，一边自己在那儿笑。晓雪在卧室听到外面这么热闹，便偷偷打开门走了出来，没想到刚一露头儿就遭到了当头一击，全家人的目标这回却空前地一致：

“油烟太大了，回去！”

晓雪一个人在房间里，听着外面热火朝天的盛况，心里觉得是那样踏实，因为最幸福的，莫过于在父母身边的日子！从怀孕到现在，婆婆和妈妈一直陪在自己身边，恨不得寸步不离地跟着她，无微不至地照顾她，甚至手机都差点儿被没收。老姐俩就像两个经验丰富的侦探，晓雪哪怕有半点儿出格的地方都会被她们发现，当场予以严肃处理。虽然心里有点儿小怨气儿，可是晓雪更多的是享受这样的日子。离开家这么久，已经好几年没有听到妈妈这样不厌其烦地唠叨自己了，现在听来，真是一种享受！婆婆虽然一直在自己身边，可是自打晓雪的代理公司成立，事业越做越大，婆婆似乎和自己产生了一些距离，跟自己说话总是客客气气的，好像生怕自己不高兴，这一度使晓雪觉得很不舒服。自己还是像以前一样，没有什么改变，可婆婆却开始拘谨客气起来，晓雪很是心疼，真的感觉还不如被婆婆骂一顿舒服。父母的责备都是为了孩子好，当晓雪真的让婆婆觉着放心了，成为了她的骄傲，她就会给予孩子最细微的呵护，渐渐转到幕后，心甘情愿地料理起家里的所有。所以无论公司多忙，晓雪都会抽出时间来帮婆婆做家务，陪婆婆拉家常。如今晓雪怀上了宝宝，为了她们的大孙子，两位妈妈好像又回到了从前，以她们过来人的身份“调教”着这个准妈妈。在她们身上，晓雪好像看到了自己儿时的妈妈。不养儿不知父母恩，已经将我们养大成人的父母，如今又为了我们的孩子，继续着曾经婆婆妈妈的叮咛、婆婆妈妈的照料、婆婆妈妈的体贴、婆婆妈妈的牵挂。这就是女人——一代又一代的“婆婆”和“妈妈”们。儿时的妈妈，如今的婆婆，在不远的将来，晓雪也会成为这“婆婆、妈妈”队伍中的一员。一代一代，传承着温暖与守候……只为她们听到的那生命最初的呢喃。

正月里一个飘雪的日子，一切都显得那样晶莹剔透。远处传来的几声炮响，似乎在迎接着新生命的降临。伴随着一声清脆的啼哭，晓雪的孩子降生了，这个六斤六两的大胖小子，在睁开眼睛的那一瞬间，看到了妈妈幸福的笑容，在与孩子对视的那一刻，晓雪流下了喜悦的泪水。这今生第一次目光的交流，是生命对生命的呼唤，从这一刻开始，晓雪真正成为了一位母亲。不知道是不是巧合，妈妈说晓雪出生时也是一个飘雪的日子，所以爸爸给她取了这个纯洁的名字。二十六年前那个洁白的雪天，塑造了孙晓雪纯洁无瑕的心灵；二十六年后，在这个同样雪花飞舞的日子里，晓雪将这个全新的生命带到了这片辽阔的内蒙古土地上，那洁白的使者，依然在护佑着全新的生命。看那漫天飞舞的白色精灵，此刻已然在窗外跳出了一支生命的舞蹈……这是一种轮回，生命的轮回，家的轮回，爱的轮回！小家伙瞪大了双眼看着妈妈。刚刚降临这个世界的他虽然还不知道爸爸妈妈、姥姥姥爷、爷爷奶奶的故事，可他那双清澈透明的眼睛仿佛在告诉妈妈，他会传承下来，传承下爸爸、妈妈博大的胸怀，传承下姥姥姥爷、爷爷奶奶淳朴的家风，传承下这个家族一脉相承的善良。孩子的姥姥看着自己的大外孙子，脸上乐开了花，笑着笑着，泪水不经意间覆盖了脸上的皱纹。她仿佛又看到了曾经年轻的自己，看到了曾经襁褓中的晓雪：

“看这大眼睛，跟丫头小时候儿一模一样，小嘴儿长得像他爸，小鹏就是……哎哟，哎哟，又不干了，看这委屈的！丫头你知道吗？你小时候比他还能哭呢，就算是把你喂饱了也成天抱着个奶瓶子，谁都甭想抢走！”

“呵呵，是吗妈？我小时候那么厉害呢？”

“亲家母，咱俩好福气呀，咱们的大孙子集中了俩孩子身上所有的优点，长大了肯定错不了！像他妈妈一样懂事、孝顺、有出息……”

坐在床上的晓雪，头上包着一条毛巾。她看看母亲再看看儿子，目光在他们之间一遍又一遍地穿梭着，面前有爸爸、妈妈、公公、婆婆，还有刚刚来到这个世界的小家伙儿，每一次目光的重合仿佛都有太多的话要说，有太多的感激要表达，有太多的情感想要倾诉……太多的太多却又都被这闪烁着泪光的眼神所代替。此刻的孙晓雪正被她生命中的挚爱包围着，除了在那儿傻笑和流泪，她还能做什么呢？她仿佛和身边的儿子一起，回归了生命最初的状态。生命的降临是一种神圣的仪式，此时病房里的三代人，血管中流淌着相同的血液。这个乖巧的女儿、孝顺的儿媳、贤惠的妻子、幸福的妈妈，正在那里出神地凝望着她的儿子，窗外飞舞的雪花定格了这人世间最美的风景！

就在这一片生我养我的土地上，发生了这样一段感人至深却又发人深思的故事。我很荣幸可以用我手中的笔将这一切记录下来。孙晓雪是我们内蒙的儿媳，在她身上我学习到了很多，思考了很多，更收获了很多。为了了却张地的心愿，我拿出了整整一个月的工资请我的这位小张兄弟吃了顿大餐，向他讲述了晓雪和张地的故事。他听了以后很感动，没有辜负我的这顿“饕餮盛宴”，不但及时向我汇报了送书当天的情况，而且还替我进行了跟踪采访。

在我这部《天地雪》动笔整整一年的这天，正赶上晓雪的孩子满月。小张带着小说的小样敲开了晓雪家的门。几句寒暄过后，小张就迫不及待地直奔主题：

“鹏哥，嫂子！今天除了看看孩子，我给你们带来了一本书，你们看看！”

正在那儿抱着儿子玩儿的杜鹏由于惊吓过度，差点儿把孩子给摔着：

“你？出书了？《月子2》啊！”

晓雪拿过来一看，更是满脸疑惑：

“吴凡？我们不认识这个人啊！”

“吴凡是我的朋友，这本书是他写的，你们认识张地吧！”

孩儿他爹一听到张地这个名字立刻进入了“一级备战”状态：

“那个傻子又要干啥？你怎么也让他给盯上了！”

听到张地这个名字，晓雪心里更是觉着别扭：

“小张，嫂子谢谢你！这书我们不看，你拿回去吧！”

“嫂子你先听我说，我刚开始听说这个人的时候也觉得荒唐至极，特别烦这个人，真就像你们说的，他就是个傻子！可是吴哥跟我说，这个残疾人有着一段极其特殊的成长经历，他的父亲和弟弟当时对他特别不好，非打即骂。你帮助他的时候，他刚刚步入社会，有生以来第一次体会到了人与人之间的关怀，所以他才会那样不遗余力地感谢你！”

杜鹏还是满脸的不屑，晓雪一会儿看看老公，一会儿又看看小张，有些不知该如何是好。我的这顿大餐真是没白请啊，小张那可是相当的卖力：

“嫂子，这本书我看了，张地对你真的没有任何非分之想。他是一个非常有思想的残疾人，是你的帮助让他对自己的家庭和生活进行了深刻的思考，思考了很多做人做事的道理，而且改变了家人对他的态度，这一切都是你们所给予他的。他哭着请求这个作者要把书印出来送给你们，报答你们，把你们视作了他的再生父母！说即使你们把它扔了，他的心愿也了了！”

杜鹏把已经熟睡的孩子抱回了房间，呆呆地盯着小张，不知道这个张地又要玩儿什么路子。夫妻二人相互对视一下，什么话都没说，晓雪有些动容，眼眶开始变得湿润，继续听着：

“哥，嫂子。说实话，兄弟佩服你们！在不了解这个人的时候，谁都会认为这个人很过分，甚至我都怀疑他这儿有问题！我承认，他的经历根本不是理由，他是怎么长大的和你们一毛钱关系都没有！你们招谁惹谁了！可你们却一次又一次地帮助着他，谦让着他，在如今这个现实的社会，真的太难得了！我也佩服张地，他不傻，而且是一个特别善良的人，你们更是善良的人，无条件地包容了他所有的无知！你们就看看吧，他肯定不会再来打扰你们了，连这个作者都没敢出面，怕你们多心，怕打扰到你们！这样，我把这本书放这儿，看不看随你们！”

晓雪和杜鹏两个人你看看我，我看看你，一时不知道该说什么好了。小张把书放到了茶几上：

“嫂子，吴凡说他要替张地感谢你们，张地的感谢你可能已经听了无数次，肯定都怕了吧！这次是这个吴凡要感谢你，感谢你们拯救了张地的灵魂，改变了他的命运，也改变了他的家庭，你帮助的，不只是他一个人，而是一个险些消亡的家庭啊！”

小张有些激动，声音开始变得哽咽：

“哥，嫂子，这一声父母，你们担得起！我也要替吴凡谢谢你们，谢谢你们让他捕捉到了这么多生活的美好！”

后来小张告诉我，在他走之后的三天里，那本书一直被放在茶几上纹丝儿未动，两口子不知道该如何去面对那一段几乎被他们遗忘了的往事。在一个宁静的夜晚，夫妻俩怀着一种特别复杂的心情翻开了这本书。当看到张地的故事时，他们忘记了这是一个曾经给予过他们伤害的人，被张地的故事感动着，被张地的单纯感动着，被张地的善良感动着。当他们翻开自己的故事，那过往的一幕幕幸福的瞬间，仿佛就发生在昨天。两口子你看一会儿，我看一会儿，时而欢声笑语，时而又沉默不语，时而似乎又有一种想哭的感觉。在这一篇篇文章、一段段文字背后，他们如同看到了张地那真挚的双眼，仿佛真的是一个儿子在诉说着心目中最伟大的父母。杜鹏忘记了曾经所有的气愤，一向小心眼儿的他这次却感触颇深：

“这个张地，还真认真了，我看他不是傻，是一根筋，老婆，你说他真的是在那种环境中长大的？”

杜鹏的问话并没有打断晓雪的思绪，她依然盯着手里的书，完全进入了小说中的情节，老公抛来的疑问，也随着她眼前的文字，一点一点渗透进了她的内心：

“我觉得肯定是真的！你看他所写的咱俩，我在空间里只是发了一些只言片语，却都被他如此细腻地捕捉到，而且展开了所有的故事，虽然不是张地写的，但是如果没有他，这个吴凡是完不成的。这说明真正感动他的不是我，而是那些生活中的温暖。他在他自己的生活中渴望那些温暖，所以久久不能释怀。”

晓雪挠了挠头，心里有一种特别强烈的感受，可就是觉得说不明白：

“反正我能理解，但是表达不清楚，你呢？”

“理解？理解啥？理解咱就这么凭空多了一个大儿子？”

“什么呀，所谓的父母肯定是荒唐的，又不是咱们把他养大的，凭啥叫咱父母啊？我是说我能理解他那种特殊的心情，被他称之为父母的，不是你和我，其实是他所渴望的那种对他而言若即若离的温暖。他不但不傻，而且很善良；他也许不懂事，但他的心是真诚的！”

“他傻？谁说他傻？我说过吗？老婆，真没想到咱们无意间做了这样一件好事，咱俩一定要把这本书看完，永远地保存起来。我们温暖着张地，张地也在温暖着我们……”

墙上的时钟静静地向前走着。自打有了孩子，晓雪每天都睡得很早，把孩子哄睡了自己也就跟着睡了，因为半夜还要准时爬起来喂奶，她的作息时间早已经完全服从这个小捣蛋鬼。可是那一天晓雪却睡得很晚。她和杜鹏关掉了房间里所有的灯，只留下一束落地灯微微打亮了客厅里的所有，打亮了墙上浪漫的婚纱照，更打亮了彼此心中那段玫瑰色的记忆。两个人懒洋洋地坐在沙发上，惬意地翻着书，一篇一篇地看着，生怕错过了哪句话、哪个词。当看到他们自己的故事时，周围一切的景致虽然都依然如初，身后的婚纱照依然像一面镜子一样照出了彼此的容颜，可时空仿佛就此穿越，留下了太多共同走过的印记，镌刻进了彼此的生命。结婚只有两年的他们貌似瞬间变成了结婚几十年的老夫老妻，你眼中的我，我眼中的你，倒映在彼此爱的目光中，一切如昨。

“你看这是咱俩刚认识的时候，你骑到快递公司的时候气喘吁吁的，把我吓的，我还以为出什么事儿了呢！”

“还说呢，可把我累傻了！”

“那时候真是，一门儿心思就想早点儿给小凯买上电脑，啥都不怕，其实我出了校门基本连东南西北都找不利索！现在想想我那时候就跟个傻丫头似的！几千块钱对于我这个穷学生来说就相当于巨款了！”

“嘿嘿嘿！”

“傻笑啥呢？”

“还是俺聪明，直击你的软肋！”

“还有这篇，不我说你那些什么这个球儿那个球儿的，都哪儿偷来的词儿啊？也就忽悠我吧你？”

“什么叫偷啊，那都是专业术语！当时我一看这么漂亮的学妹主动过来找我打球儿，回去天天头悬梁锥刺股，什么法网、澳网我都看了个遍。我现在没事儿的时候也经常想咱俩，你说你当时为什么那么主动地抛来了橄榄枝，是觉得我特帅吧？”

“得得得，我求你了，都孩儿他爸了，别自作多情了。我记得那天刚下课，原本想去图书馆看书，路过球场就看见你自己在那儿痛骂张桐啊，拍子都差点儿让你摔了，那小模样儿可怜的。往小了说嘛，我属于是同情弱者，至于说后来嘛……”

“后来咋了？”

“也没啥，就算是牺牲自己，为民除害吧！”

“嘿，我这暴脾气，我……”

“嘘！小点声儿，孩子睡觉呢！”

不知不觉，书已经被他们翻过了大半，俩人共同走过的每一步，都被记录得清清楚楚，铺开了他们的爱情长卷：

“这儿是开店以后……哈哈哈，写得还真像龙哥，那次可把我气坏了，心想这小子简直就一无赖啊！要是没有咱妈的帮助，咱们哪有今天啊！”

“切，也不看看是谁妈！哎，对了，你怎么啥都往空间里写啊，还写我，经过我批准了吗？”

“小样儿吧！我就是要把咱们生活的点点滴滴全都记录下来，留着咱们老的时候看，现在有这本书了，咱们就留着长大了给咱儿子看！”

杜鹏那神奇的思维不知又穿越到了哪里，在那儿笑个没完，眼睛眯成了一条缝儿。

“抽风儿了你？”

“不是，我就想到时候告诉他他还有一大哥，哈哈哈！”

“去你的，以后咱们别拿张地开玩笑。”

“不笑，不笑，怎么会呢，这两年我这小醋儿也吃得差不多了，看了这本书我才知道，这是一个有故事的人，也许这个世界上只有咱俩能够真正读懂他的故事！”

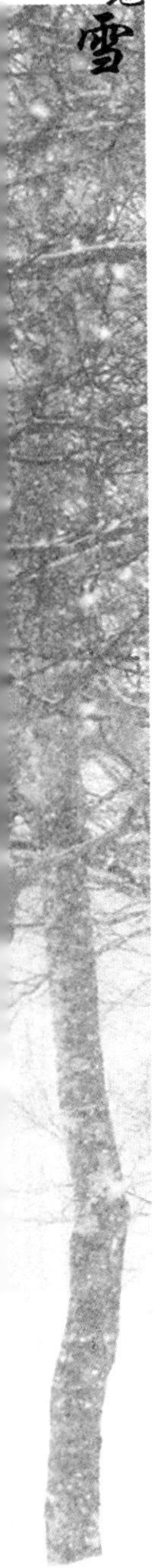

初春的小镇春暖花开，满眼一派生机盎然，每一个人都显得神清气爽。我和张地漫无目的地走在家乡的街道上，迎面吹来的春风，缓缓地吹入口鼻，沁入心底。一呼一吸的瞬间，总能嗅到一丝特别的味道，这味道说不清什么时候曾经牵动过我的情感，滋润过我的心田……这里是我长大的地方，在这里出生，在这里成长，每一条街道都留下过我的故事，留下过我的欢笑，留下过我的泪水。一草一木，仿佛都在诉说，诉说着我的、我们的故事，静静地诉说着我们的过去，倾听着我们的未来……对张地来说，小镇上的每一个角落似乎都留下了“母亲”的脚步，每一处景致都能让他走进只属于他的人生课堂。“母亲”在这片生他养他的土地上为他矗立起了心中的永恒，值得他驻足守望，凝神静思。于他而言，这片土地属于他的这位“母亲”，而他的一切，将永远属于这片土地……我们走了很远，按照我们兄弟俩的惯例，我依然是张地不折不扣的倾听者，我调动我所有的感官聚焦在他身上，相信这是这个故事最好的结局。

“我是在这里长大的，以前觉得城区很小，骑车半小时就能走个遍。可当我遇到母亲之后，又觉得这里很大，她无条件地包容了我的所有，又无条件地给予了我所有！”

…………

“哥，其实我比谁都清楚这一声父母叫得是无比荒唐的。可他们对我的影响是巨大的，我对父母精神的思考也早已不仅仅停留在她给我让的那几个座儿上，父母所带给我的那种温暖让我怎么也无法以简单的举手之劳去定义那些帮助，这种思考是彻骨的，是站在人生初定义上的思考。我会去思考自己所经历的成长，思考自己所处的家庭，思考这里面每一个人看似不符合人物关系的状态，思考母亲这些举手之劳所带给我的巨大的影响。在我心中，他们所赐予我的，是今生永远的思考与感恩。没有晓雪和杜鹏，就不会有我现在的家庭、现在的生活，我的命运、这个家庭的命运，也许这辈子都不会有任何的改变！”

…………

“我的亲生父母为我所失去的，是他们的整个人生，虽然我还不到三十，却已经欠下了这么多的债，下辈子都还不完！”

…………

“这里就是母亲当年扶我下车的地方，那天路边有很多积雪，路面很滑。她把我扶下车之后就走了，我却像一个木偶一样杵在这个地方，连声谢谢都没说……”

…………

“这个小区是晓雪的婆婆家，去年的这个时候，我在这里碰到了他们俩，他们看到我就走了回去，怕我再一次谢个没完。这就是他们好心助人的代价！人家招谁惹谁了！当天晚上，我一夜没睡，思考了很多做人做事的道理。不是两口子有多么伟大，而是我太幼稚了。现在想想，他们就像是在哄着一个和自己毫不相干的孩子，不论我有多么过分，他们只是一退再退，无条件地谅解和包容了我的所有，我叫一声父母，还不应该嘛！无论他们知不知道，这一声父母，我是叫给自己的！”

…………

“同事们都说我可能这辈子也不会再见到他们俩了，都劝我躲着点儿，这些对我来说已经不重要了，他们的这种精神，值得我用一生去学习和思考……”

…………

我们就这样走了很远很远，伴着火红的夕阳，从老城走到了新城。阳光暖暖地打在了张地脸上，他一路走，一路说，讲述着晓雪和杜鹏在这片土地上对他的恩情。小镇上的每一个角落，仿佛都留下了他们的身影，留下了他们的温暖，留下了他们的包容，留下了他们的真诚。他们将这一切留给了张地，更留给了这片多情的土地……

就在快要走到晓雪他们小区的时候，张地突然停了下来，呆呆地看着前面。我抬头一看，迎面走过来一对年轻的夫妻，女孩戴着一副眼镜，热情地和张地打招呼：

“张地，休班儿了？”

那一刻，小两口儿都笑了，张地却哭了……

终

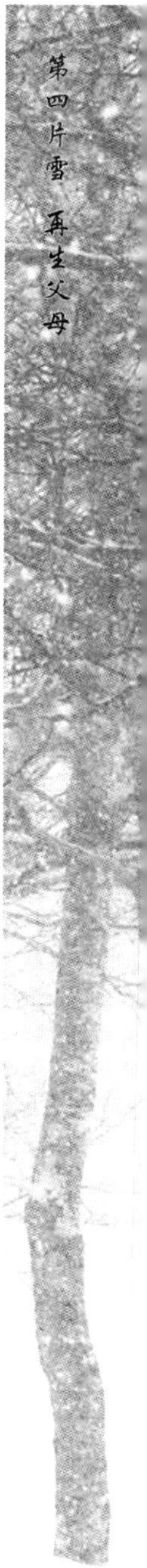

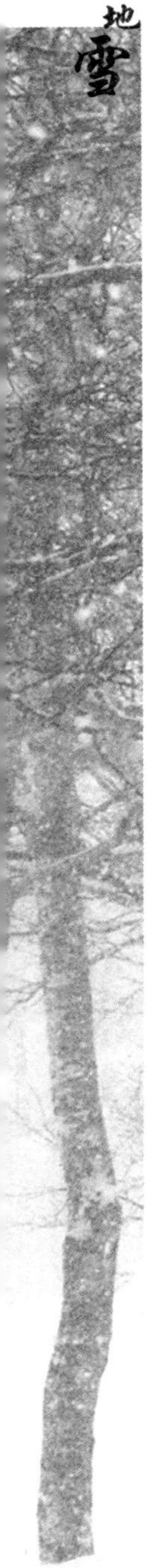

母亲的雪花

又见那洁白的精灵，漫天飞舞的雪花，
宛如圣洁的甘泉，滋润着沉睡的庄稼。
故乡飘满了雪花，我心中思念着妈妈，
您在起身让出的座位上，
留下了谆谆的教导。

又见那熟悉的通勤，追忆当年的温暖，
迷茫中您把我搀扶，绽放我凋零的青春。
又见这洁白的雪花，我仿佛看到了妈妈，
您在婉言谢绝的笑容中，
融化了我彻骨的严寒。

蹒跚到熟悉的小区，泪水浸湿了思念，
微笑中您把我原谅，唤醒我遗失的灵魂。
天上飘下了雪花，我心中呼唤着妈妈，
您留下的只言片语，
是哺育我新生的甘泉。

北风带走了雪花，我流下了悔恨的泪花，
无知的孩子演绎了人间的笑话。
春风融化了雪花，我流下了感恩的泪花，
博爱的妈妈延续着善良的佳话。
北风带走了雪花，我流下了悔恨的泪花，
我把恩情写进了我余生的牵挂。

春风融化了雪花，我流下了感恩的泪花，
您把纯真留给了那金色的年华。
春风融化了雪花，我流下了感恩的泪花，
叫一声妈妈是我今生的报答。

叫一声妈妈是我今生的报答。

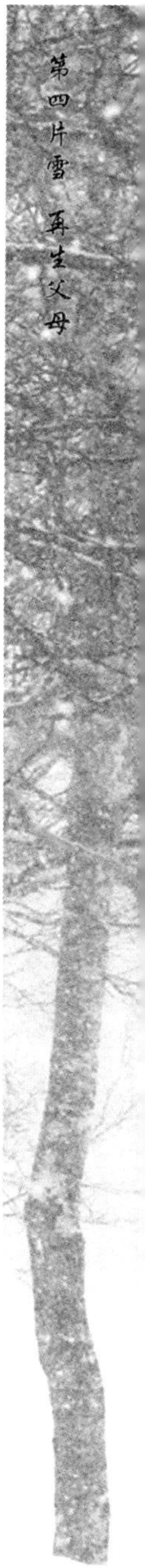